T0007754

Testigo de cargo

Biblioteca Agatha Christie

Biografía

Agatha Christie es conocida en todo el mundo como la Dama del Crimen. Es la autora más publicada de todos los tiempos, tan solo superada por la Biblia y Shakespeare. Sus libros han vendido más de un billón de copias en inglés y otro billón largo en otros idiomas. Escribió un total de ochenta novelas de misterio y colecciones de relatos breves, diecinueve obras de teatro y seis novelas escritas con el pseudónimo de Mary Westmacott.

Probó suerte con la pluma mientras trabajaba en un hospital durante la Primera Guerra Mundial, y debutó con *El misterioso caso de Styles* en 1920, cuyo protagonista es el legendario detective Hércules Poirot, que luego aparecería en treinta y tres libros más. Alcanzó la fama con *El asesinato de Roger Ackroyd* en 1926, y creó a la ingeniosa Miss Marple en *Muerte en la vicaría*, publicado por primera vez en 1930.

Se casó dos veces, una con Archibald Christie, de quien adoptó el apellido con el que es conocida mundialmente como la genial escritora de novelas y cuentos policiales y detectivescos, y luego con el arqueólogo Max Mallowan, al que acompañó en varias expediciones a lugares exóticos del mundo que luego usó como escenarios en sus novelas. En 1961 fue nombrada miembro de la Real Sociedad de Literatura y en 1971 recibió el título de Dama de la Orden del Imperio Británico, un título nobiliario que en aquellos días se concedía con poca frecuencia. Murió en 1976 a la edad de ochenta y cinco años. Sus misterios encantan a lectores de todas las edades, pues son lo suficientemente simples como para que los más jóvenes los entiendan y disfruten pero a la vez muestran una complejidad que las mentes adultas no consiguen descifrar hasta el final.

www.agathachristie.com

Agatha Christie
Testigo de cargo

Traducción: C. Peraire del Molino

ESPASA

Obra editada en colaboración con Editorial Planeta – España

Título original: *The Witness for the Prosecution*

© 2011, Agatha Christie Limited. Todos los derechos reservados.

Traducción: C. Peraire del Molino

© Grupo Planeta Argentina S.A.I.C. – Buenos Aires, Argentina

Derechos reservados

© 2022, Editorial Planeta Mexicana, S.A. de C.V.
Bajo el sello editorial BOOKET M.R.
Avenida Presidente Masarik núm. 111,
Piso 2, Polanco V Sección, Miguel Hidalgo
C.P. 11560, Ciudad de México
www.planetadelibros.com.mx

Agatha Christie

Primera edición impresa en España: junio de 2019
ISBN: 978-84-670-5599-3

Primera edición impresa en México en Booket: septiembre de 2022
ISBN: 978-607-07-9144-4

Impreso en los talleres de Impresora Tauro, S.A. de C.V.,
Av. Año de Juárez 343, col. Granjas San Antonio, Ciudad de México
Impreso en México - *Printed in Mexico*

Testigo de cargo

El señor Mayherne se ajustó las gafas mientras se aclaraba la garganta con una tosecilla seca muy característica en él. Luego volvió a mirar al hombre que tenía delante, un hombre acusado de asesinato.

El señor Mayherne era un hombre menudo, de ademanes precisos, pulcro, por no decir afectado, en su modo de vestir, y con unos ojos grises de mirada astuta y penetrante. No tenía un pelo de tonto. Muy al contrario, como abogado, el señor Mayherne gozaba de una gran reputación. Su voz, cuando se dirigió a su cliente, fue áspera pero no antipática.

—Debo insistir en que se encuentra en una situación muy delicada. Por tanto, es imprescindible que hable con la mayor franqueza.

Leonard Vole, que contemplaba embobado la pared desnuda que tenía frente a él, miró al abogado.

—Lo sé —dijo con desaliento—. No para de decírmelo. Pero sigo sin comprender que se me acuse de asesinato... ¡Asesinato! Y, además, de un crimen tan cobarde.

El señor Mayherne era un hombre práctico y poco impresionable. Volvió a carraspear, se quitó las gafas, las limpió con cuidado y se las puso otra vez. Después dijo:

—Sí, sí, sí. Mi querido señor Vole, vamos a realizar un esfuerzo decidido para salvarlo, y lo conseguiremos, lo conseguiremos. Pero debo conocer todos los hechos. Tengo que saber hasta qué punto pueden ser graves las acusaciones. Basándonos en eso, determinaremos la mejor línea para la defensa.

El joven continuó mirándolo con expresión boba y desalentada. Al señor Mayherne el caso le parecía perverso y tenía muy claro que el detenido era culpable, pero ahora, por primera vez, dudaba.

—Usted me cree culpable —afirmó Leonard Vole en voz baja—. Pero ¡le juro por Dios que no lo soy! Comprendo que todo está en mi contra. Soy como un hombre atrapado en una red, rodeado por su malla, en la que me enredo me vuelva hacia donde me vuelva. Pero ¡no fui yo, señor Mayherne! ¡Yo no lo hice!

En semejante posición, un hombre ha de clamar su inocencia. Eso lo sabía el señor Mayherne. Sin embargo, y a su pesar, estaba impresionado. ¿Y si Leonard Vole era inocente después de todo?

—Tiene usted razón, señor Vole —dijo en tono grave—. Este caso se presenta muy negro. Sin embargo, acepto su declaración de inocencia. Ahora, pasemos a los hechos. Quiero que me diga exactamente, con sus propias palabras, cómo conoció a la señorita Emily French.

—La conocí un día en Oxford Street. Vi a una señora mayor que cruzaba la calle cargada de paquetes. Se le cayeron en mitad de la calzada, intentó recogerlos, vio que se le echaba encima un autobús y sólo tuvo tiempo de llegar a salvo a la acera, aturdida y perpleja por los gritos de la gente. Recogí sus paquetes, les limpié el barro lo mejor que pude, até uno que se había soltado y se los devolví.

—Pero ¿usted no le salvó la vida?

—¡Oh, no, pobre de mí! Todo lo que hice fue un simple acto de cortesía. Ella se mostró muy agradecida, me dio las gracias calurosamente y comentó que mis modales no eran como los de la mayoría de los jóvenes de hoy; no recuerdo las palabras exactas. Entonces le dije adiós y me marché. No esperaba volver a verla, pero la vida está llena de coincidencias. Aquella misma noche coincidí con ella en una fiesta que daba un amigo mío en su casa. Me reconoció en el acto e hizo que nos presentaran. Entonces supe que era la señorita Emily French y que vivía en Cricklewood. Estuve hablando con ella un buen rato. Imaginé que se trataba de una de esas ancianas que sienten simpatía repentina por las personas, y eso era lo que le había ocurrido conmigo por haber realizado una acción bien sencilla que cualquiera habría hecho. Cuando se disponía a abandonar la fiesta, me estrechó la mano y me rogó que fuese a visitarla. Yo, como es natural, respondí que con mucho gusto, y entonces insistió para que fijara una fecha. No me entusiasmaba la idea, pero rehusar habría sido descortés y prometí ir el sábado siguiente. Cuando se hubo marchado, supe algunas cosas de ella por mis amigos: que era rica, excéntrica, que vivía sola con una doncella y que, por lo menos, tenía ocho gatos.

—Ya veo —exclamó el señor Mayherne—. ¿De modo que la cuestión de su posición económica surgió tan pronto?

—Si insinúa que yo hice averiguaciones... —comenzó a decir Leonard Vole acalorado, pero el señor Mayherne lo detuvo con un gesto.

—Tengo que enfocar el caso tal como lo presentará la otra parte. Un observador cualquiera no habría imaginado que la señorita French tuviera dinero. Vivía de forma austera, de manera casi mísera, y a menos que le hubieran dicho lo contrario, usted habría pensado que era pobre, por lo menos al principio. ¿Quién le comentó que gozaba de una buena posición?

—Mi amigo George Harvey, el anfitrión de la fiesta.

—¿Cree que hay alguna posibilidad de que lo recuerde?

—No lo sé, la verdad. Ya ha pasado tiempo.

—Cierto, señor Vole. Comprenda, el primer objetivo del fiscal será establecer que usted andaba escaso de recursos, lo cual es cierto, ¿no es así?

Leonard Vole se ruborizó.

—Sí —dijo con voz apagada—. Por aquel entonces pasaba por una mala racha del demonio.

—Cierto —repitió el señor Mayherne—. Y precisamente cuando andaba escaso de recursos económicos, conoció a esta anciana acaudalada y cultivó su amistad con asiduidad. Ahora, si estuviéramos en posición de poder decir que usted no tenía la menor idea de que era rica, y que la visitó sólo por pura cortesía...

—Es la verdad.

—Lo creo. No se lo discuto. Lo miro desde el punto de vista de otro. Todo depende, y mucho, de la memoria del señor Harvey. ¿Es probable que recuerde esa conversación o no? ¿Podría un abogado confundirlo y hacerle creer que tuvo lugar más tarde?

Leonard Vole reflexionó unos instantes y luego dijo con bastante firmeza, pero muy pálido:

—No creo que eso surtiera efecto, señor Mayherne.

Varios de los presentes oyeron su comentario, y un par de ellos bromearon diciéndome que había conquistado a una vieja rica.

El abogado procuró esconder su desaliento con un ademán.

—Es una lástima —dijo—. Pero le felicito por su franqueza, señor Vole. Es usted quien debe guiarme; tiene buen juicio. Seguir mi planteamiento sería desastroso. Debemos dejar ese punto. Usted conoció a la señorita French, la visitó y su amistad fue progresando. Necesitamos una razón clara para todo esto. ¿Por qué un joven de treinta y tres años, bien parecido, aficionado a los deportes, popular entre sus amigos, dedica tanto tiempo a una anciana con la que no debe de tener mucho en común?

Leonard Vole extendió ambas manos en un gesto de impotencia.

—No sabría decirle. La verdad es que me sería difícil explicárselo. Después de la primera visita, insistió en que volviera, dijo que se sentía sola y desgraciada. Me resultó imposible negarme. Me mostró tan abiertamente su simpatía y afecto que me colocó en una posición incómoda. Verá, señor Mayherne, tengo un carácter débil, me dejo llevar, soy de esas personas que no saben decir que no. Y créame usted o no, como prefiera, pero después de la tercera o cuarta visita descubrí que iba tomándole verdadero afecto. Mi madre falleció cuando yo era niño, y la tía que me educó murió también antes de que yo cumpliera los quince años. Si le dijera que disfrutaba sinceramente viéndome cuidado y mimado, estoy seguro de que se reiría de mí.

El señor Mayherne no se rio. En vez de eso, volvió a quitarse las gafas para limpiarlas, lo que era siempre una clara señal de que estaba reflexionando detenidamente.

—Acepto su explicación, señor Vole —dijo por fin—. Creo que es posible psicológicamente. Ahora bien, que un jurado vaya a aceptarlo es otra cuestión. Por favor, continúe. ¿Cuándo le pidió la señorita French por primera vez que se encargara de sus asuntos?

—Después de mi tercera o cuarta visita. Ella entendía poco de asuntos de dinero y estaba preocupada por ciertas inversiones.

El señor Mayherne lo miró con presteza.

—Tenga cuidado, señor Vole. La doncella, Janet Mackenzie, declara que su ama era una mujer muy entendida en cuestiones de negocios y que llevaba todos sus asuntos personalmente, cosa que ha sido corroborada por el testimonio de sus banqueros.

—¿Y qué quiere que le diga? —respondió Vole con vehemencia—. Eso es lo que ella me contó.

El señor Mayherne lo contempló en silencio unos instantes. Aunque no tenía intención de decirlo, en aquellos momentos se reforzó su fe en la inocencia de Leonard Vole. Conocía algo de la mentalidad de las señoras mayores. Veía a la señorita French entusiasmada con el apuesto joven, buscando pretextos para atraerlo a su casa. ¿Qué cosa más lógica que fingir ignorancia en cuestiones de negocios y suplicarle su ayuda para sus asuntos económicos? Ella era una mujer con suficiente experiencia para comprender que cualquier hombre se sentiría halagado por el reconocimiento de su superioridad. Leonard Vole se había sentido así. Quizá tampoco quiso ocultarle que era rica. Emily French había sido siempre una mujer decidida, dispuesta a pagar por lo que deseaba.

Todos esos pensamientos pasaron rápidamente por la mente del señor Mayherne, pero no lo traslució, y formuló otra pregunta.

—¿Y usted se ocupó de sus asuntos como ella le pidió?

—Sí.

—Señor Vole —dijo el abogado—, voy a hacerle una pregunta muy comprometida, y es vital que me conteste la verdad. Usted se encontraba en apuros económicos. Tenía en sus manos la gestión de los asuntos de una anciana, una anciana que, según su propia declaración, sabía muy poco o nada de negocios. ¿Utilizó en alguna ocasión, o de alguna manera, los valores que manejaba en su propio beneficio? ¿Realizó alguna transacción en su provecho que pueda comprometerle? —Contuvo la respuesta del otro—. Espere un momento antes de responder. Ante nosotros se abren dos caminos. O bien hacemos hincapié en su probidad y honradez para llevar los asuntos encomendados, al tiempo que insistimos en la improbabilidad de que cometiera un crimen para conseguir un dinero que podía obtener por medios mucho más sencillos; o bien, si hizo algo que pueda ser probado por el fiscal, si, hablando claro, se puede probar que usted estafó a la anciana en algún aspecto, seguimos una argumentación basada en que usted no tenía motivos para cometer el crimen, puesto que ella ya representaba una fuente de ingresos rentable para usted. ¿Ve la diferencia? Ahora, le suplico que se tome tiempo para contestar.

Pero Leonard Vole no necesitó pensarlo.

—Siempre llevé los asuntos de la señorita French con total honradez y de forma legal. Actué en su interés lo mejor que supe, como podrá comprobar quien se lo proponga.

—Gracias —dijo el señor Mayherne—. Me ha quitado un gran peso de encima. Y le concedo el favor de creerle demasiado inteligente para mentirme en un asunto de tanta importancia.

—Desde luego —replicó Vole con ansiedad—, el punto más fuerte a mi favor es la falta de motivo. Si damos por hecho que cultivé la amistad de una anciana rica con la esperanza de sacarle el dinero, que en definitiva es lo que usted ha estado insinuando, ¿su muerte no habría frustrado mis propósitos?

El abogado lo miró fijamente y luego, con deliberación, repitió la operación de limpiar sus gafas y no volvió a hablar hasta que se las hubo colocado de nuevo.

—¿Sabe usted, señor Vole, que la señorita French ha dejado un testamento y que usted es el principal beneficiario?

—¿Qué? —El detenido se puso en pie de un salto. Su sorpresa era evidente y espontánea—. ¡Cielos! ¿Qué está diciendo? ¿Me ha dejado su dinero?

El señor Mayherne asintió lentamente. Vole volvió a sentarse con la cabeza sujeta entre las manos.

—¿Pretende hacerme creer que no sabía nada del testamento?

—¿Pretender? No hay pretensión que valga. Yo no sabía nada.

—¿Y si le dijera que la doncella, Janet Mackenzie, jura que usted lo sabía? ¿Que su señora le contó claramente que le había consultado a usted acerca de este asunto y le había comunicado sus intenciones?

—¡Le diría que miente! No, voy demasiado deprisa. Janet es una mujer ya de cierta edad. Era el fiel perro guardián de su señora y yo no le caía bien. Estaba celosa y sospechaba de mí. Yo diría que la señorita French le confió sus intenciones, y que ella lo entendió mal, o en su interior se convenció de que yo había persuadido a la anciana para que lo hiciera. Me atrevería a asegurar que ha acabado creyendo que la señorita French se lo dijo realmente.

—¿Piensa que usted le desagrada hasta el punto de mentir de forma deliberada en esta cuestión?

Leonard Vole pareció sorprendido.

—¡No, por supuesto! ¿Por qué habría de odiarme?

—No lo sé —respondió el abogado pensativo—. Pero está muy resentida con usted.

El desgraciado joven volvió a lamentarse.

—Empiezo a comprender —murmuró—. Es horrible. Dirán que yo la convencí, eso es lo que dirán. Que la induje a redactar un testamento para dejarme su dinero y luego fui allí aquella noche. Que no había nadie más en la casa y que al día siguiente la encontraron muerta. ¡Oh, cielos, es horrible!

—Se equivoca usted en lo de que no había nadie más en la casa —señaló el señor Mayherne—. Janet, como usted recordará, tenía la noche libre. Salió, pero a eso de las nueve y media regresó a buscar el patrón de la manga de una blusa que le había prometido a una amiga. Entró por la puerta de atrás, subió a buscarlo y luego volvió a salir. Oyó voces en el salón, aunque no pudo distinguir lo que decían, pero jurará que una era la de la señorita French y la otra la de un hombre.

—A las nueve y media... —dijo Leonard Vole—. A las nueve y media... —Se puso de pie de un salto—. Entonces estoy salvado. ¡Salvado!

—¿Qué quiere usted decir con salvado? —exclamó el señor Mayherne estupefacto.

—¡A las nueve y media yo estaba de regreso en mi casa! Mi esposa puede corroborarlo. Dejé a la señorita French a eso de las nueve menos cinco, llegué a mi casa cerca de las nueve y veinte. Mi esposa estaba esperándome. ¡Oh, gracias al cielo, gracias al cielo! Y bendito sea el patrón de Janet Mackenzie.

En su exaltación, apenas se dio cuenta de que el semblante grave del señor Mayherne no había variado, pero sus palabras lo hicieron bajar bruscamente de las nubes.

—Entonces ¿quién cree usted que asesinó a la señorita French?

—Pues un ladrón, desde luego, como se pensó al principio. Recuerde que habían forzado la ventana y que la mataron golpeándola con una palanqueta que se encontró en el suelo junto al cadáver. Además, faltaban varias cosas. A no ser por las absurdas sospechas de Janet y su antipatía por mí, la policía no se habría apartado de la verdadera pista.

—Eso no servirá, señor Vole —dijo el abogado—. Las cosas que desaparecieron eran baratijas que se llevaron para despistar. Y las marcas en la ventana no eran nada convincentes. Además, piense. Dice que no estaba en la casa a las nueve y media. ¿Quién era entonces el hombre que Janet oyó hablar con la señorita French en la sala? No es probable que mantuviera una conversación amistosa con un ladrón.

—No —replicó Vole, que parecía intrigado y abatido—. No. Pero, de todas maneras —agregó con renovada energía—, yo quedo descartado. Tengo una coartada. Debe usted hablar con Romaine, mi esposa, enseguida.

—Desde luego —se avino el abogado—. Ya habría hablado con ella si no hubiera estado ausente cuando usted fue detenido. Telegrafié a Escocia enseguida, y tengo entendido que regresa esta noche. Pienso ir a verla en cuanto salga de aquí.

Vole asintió con una expresión satisfecha.

—Sí, Romaine se lo confirmará. ¡Cielos, qué suerte he tenido!

—Perdone, señor Vole, pero ¿quiere mucho a su esposa?

—Desde luego.

—¿Y ella a usted?

—Romaine me adora. Haría cualquier cosa por mí.

Habló con entusiasmo, pero el abogado sintió crecer su desaliento. ¿Merecería crédito el testimonio de una esposa devota?

—¿Alguien más lo vio regresar a las nueve y veinte? ¿Una doncella, por ejemplo?

—No tenemos doncella.

—¿Se encontró a alguien cuando regresaba?

—A nadie que yo sepa. Tomé el autobús. Es posible que el cobrador me recuerde.

El señor Mayherne negó con la cabeza sin demasiado convencimiento.

—Entonces ¿no hay nadie que pueda confirmar el testimonio de su esposa?

—No. Pero ¿acaso es necesario?

—Creo que no, creo que no —respondió el abogado apresuradamente—. Otra cosa más. ¿Sabía la señorita French que estaba usted casado?

—Sí, por supuesto.

—Aun así, nunca le presentó a su esposa. ¿Por qué?

Por primera vez Leonard Vole titubeó al responder.

—No lo sé.

21

—¿Es consciente de que Janet Mackenzie dice que su señora le creía soltero y que esperaba casarse con usted en el futuro?

Vole se echó a reír.

—¡Eso es absurdo! Nos llevábamos cuarenta años.

—No sería el primer caso —replicó el abogado en tono seco—, me consta. ¿Su esposa nunca conoció a la señorita French?

—No —respondió secamente.

—Permítame que le diga que me resulta difícil comprender su actitud en este asunto —dijo el señor Mayherne.

Vole se sonrojó antes de contestar.

—Voy a hablarle con franqueza. Yo andaba apurado de dinero, como usted sabe. Confiaba en que la señorita French me hiciera un préstamo. Me apreciaba, pero le traían sin cuidado las dificultades de un matrimonio joven. No tardé en descubrir que había dado por hecho que mi esposa y yo no nos llevábamos bien, que estábamos separados. Señor Mayherne, yo quería el dinero para Romaine. No dije nada y dejé que la anciana pensara lo que le viniera en gana. Comentó que yo era para ella como un hijo adoptivo. Nunca surgió la cuestión de un posible matrimonio, esa idea es fruto de la imaginación de Janet.

—¿Y eso es todo?

—Sí, eso es todo.

¿Hubo cierta vacilación en su respuesta? El abogado pensó que sí. Se levantó y le tendió la mano.

—Adiós, señor Vole. —Miró su rostro ojeroso y habló impulsivamente—. Creo en su inocencia a pesar de la multitud de hechos que hay en su contra. Espero probarla y resarcirle por completo.

Vole le correspondió con una sonrisa.

—Ya verá usted como mi coartada es cierta —dijo animado.

Esta vez tampoco se dio cuenta de que el abogado no compartía su optimismo.

—Todo el caso se sustenta principalmente en el testimonio de Janet Mackenzie —señaló el señor Mayherne—. Ella le odia. Eso está clarísimo.

—No puede odiarme —protestó el joven.

El abogado salió de la estancia negando con la cabeza. «Ahora a por la señora Vole», se dijo para sus adentros. Estaba muy preocupado por el cariz que iba tomando el asunto.

Los Vole vivían en una casita destartalada, cerca de Paddington Green, y allí se dirigió el señor Mayherne.

Le abrió la puerta una mujer corpulenta y desaliñada, a todas luces la encargada de la limpieza.

—¿Ha regresado ya la señora Vole?

—Llegó hace cosa de una hora, pero no sé si podrá verla.

—Si le enseña mi tarjeta, estoy seguro de que me recibirá —dijo el abogado con calma.

La mujer lo miró indecisa, se secó las manos en el delantal y cogió la tarjeta. Luego le cerró la puerta en las narices y lo dejó allí plantado.

Sin embargo, regresó a los pocos minutos; su actitud había cambiado.

—Pase, por favor.

Lo condujo a una pequeña sala. El abogado, que contemplaba un grabado de la pared, se sobresaltó al encontrarse de pronto con una mujer alta y pálida que había entrado sin hacer ruido.

—¿Señor Mayherne? Usted es el abogado de mi marido, ¿verdad? ¿Viene usted de verle? ¿Quiere hacer el favor de sentarse?

Hasta que la oyó hablar no se había dado cuenta de que no era inglesa. Ahora, observándola más de cerca, reparó en los pómulos altos, el negro intenso del cabello, y un ocasional y muy leve movimiento de sus manos que era a todas luces extranjero. Una mujer extraña, muy silenciosa, tanto que habría puesto nervioso a cualquiera. Desde el primer momento, el señor Mayherne comprendió que se enfrentaba a algo que no entendía.

—Mi querida señora Vole —empezó Mayherne—, no debe usted desanimarse.

Se detuvo. Era del todo evidente que Romaine Vole no tenía la más ligera sombra de desaliento. Se la veía calmada y compuesta.

—¿Me contará lo que sabe? —le dijo—. Es necesario, y no intente ocultarme nada. Quiero saberlo todo, incluso lo malo. —Vaciló, y después repitió más bajo, con un curioso énfasis que el abogado no entendió—: Incluso lo malo.

El señor Mayherne le refirió su entrevista con Leonard Vole mientras ella le escuchaba atentamente asintiendo de vez en cuando.

—Ya comprendo —dijo cuando el abogado acabó—. ¿Quiere que diga que aquella noche llegó a las nueve y veinte?

—¿Es que no llegó a esa hora? —preguntó el señor Mayherne con viveza.

—Ésa no es la cuestión —replicó ella en tono frío—. ¿Si lo dijera lo absolverían? ¿Me creerían?

El señor Mayherne estaba sorprendido. Aquella mujer había ido directamente al fondo de la cuestión.

—Eso es lo que deseo saber —insistió ella—. ¿Sería suficiente? ¿Hay alguien más que pueda corroborar mi declaración?

Había tanta ansiedad reprimida en su actitud que él se sintió un poco intranquilo.

—Hasta ahora no hay nadie más —reconoció de mala gana.

—Ya veo —exclamó Romaine Vole.

Permaneció inmóvil durante un par de minutos y esbozó una sonrisa sutil.

La alarma del abogado aumentaba por momentos.

—Señora Vole —empezó a decir—, comprendo lo que usted debe de sentir.

—¿Sí? —replicó—. ¿Está seguro?

—Dadas las circunstancias...

—Dadas las circunstancias, voy a jugar mis cartas.

El abogado la contempló con desaliento.

—Pero mi querida señora Vole, está usted sobrepasada. Está tan enamorada de su marido que...

—¿Cómo dice?

La dureza de su voz lo sobresaltó.

—Está tan enamorada de su marido que... —repitió con menos seguridad.

Romaine Vole asintió lentamente con la misma extraña sonrisa.

—¿Le dijo que yo le quería? —preguntó en voz baja—. ¡Ah, sí! Veo que lo hizo. ¡Qué ridículos son los hombres! Ridículos..., ridículos..., ridículos.

De pronto se levantó y toda la intensa emoción que el abogado había percibido en el ambiente se concentró en su tono.

—¡Le odio, se lo aseguro! Le odio. Le odio. ¡Le odio! Me gustaría verlo colgado del cuello y morir.

El abogado retrocedió ante la cólera que ardía en su mirada.

Ella avanzó un paso más y continuó con vehemencia:

—Y quizá lo consiga. Supongamos que yo digo que no llegó aquella noche a las nueve y veinte, sino a las diez y veinte. Usted afirma que él no sabía nada del dinero que iba a heredar, pero imagine que yo declaro que sí lo sabía, que contaba con ello y que cometió el crimen para conseguirlo. ¿Y si dijera que aquella noche, al llegar a casa, me confesó lo que había hecho? ¿Que llevaba la americana manchada de sangre? Entonces ¿qué? Supongamos que me presento ante el tribunal y digo todas estas cosas.

Sus ojos parecían desafiarlo, y el abogado hizo un esfuerzo para disimular su creciente desaliento. Trató de sonar cabal.

—No pueden pedirle que declare contra su marido.

—¡No es mi marido!

Las palabras salieron tan rápido de su boca que el señor Mayherne creyó haberlas entendido mal.

—Disculpe, ¿qué...?

—No es mi marido.

El silencio fue tan intenso que podría haberse oído caer una hoja.

—Yo era actriz en Viena. Mi marido vive, pero está internado en un manicomio. Por eso no pudimos casarnos. ¡Ahora me alegro! —asintió con aire retador.

—Me gustaría que me dijera una cosa —continuó el señor Mayherne, intentando parecer tan frío y objetivo como siempre—. ¿Por qué está tan resentida con Leonard Vole?

Ella negó con la cabeza, sonriendo ligeramente.

—Sí, le gustaría saberlo. Pero no se lo diré. Ése será mi secreto.

El señor Mayherne carraspeó como solía hacer y se puso en pie.

—Me parece innecesario prolongar esta entrevista —observó—. Volverá a tener noticias mías en cuanto haya hablado de nuevo con mi cliente.

Ella se acercó mirándolo con sus maravillosos ojos oscuros.

—Dígame con sinceridad, ¿creía usted que era inocente?

—Sí —replicó el señor Mayherne.

—Pobrecillo —rio ella.

—Y lo sigo creyendo —añadió el abogado—. Buenas noches, señora.

Salió de la habitación llevándose impresa en la memoria la expresión de asombro de Romaine. «¡Va a ser un asunto endiablado!», se dijo mientras enfilaba la calle.

Todo aquello era extraordinario. Una mujer extraordinaria, una mujer muy peligrosa. Las mujeres son el diablo cuando van a por uno.

¿Qué hacer? Aquel pobre desdichado no tenía a nadie que lo apoyase. Claro que era posible que hubiera cometido el crimen.

«No —se dijo el señor Mayherne—, hay demasiadas cosas en su contra. No creo a esa mujer. Se ha inventado toda la historia, pero no se atreverá a contarla ante el jurado.»

Le habría gustado estar más seguro de eso.

La audiencia fue breve y dramática. Los principales testigos de cargo eran Janet Mackenzie, doncella de la víctima, y Romaine Heilger, de nacionalidad austríaca, la amante del detenido.

El señor Mayherne escuchó el testimonio condenatorio de esta última. Estaba en la línea de la conversación que mantuvieron.

El detenido se reservó su defensa y se fijó la fecha del juicio.

El señor Mayherne estaba desesperado. El caso contra Leonard Vole pintaba muy mal, e incluso el famoso abogado criminalista contratado por la defensa, sir Charles, le daba pocas esperanzas.

—Si pudiéramos rebatir el testimonio de esa austríaca, tal vez lográsemos algo —dijo sin gran convencimiento—. Pero es un mal asunto.

El señor Mayherne había concentrado sus energías en un solo punto. Si Leonard Vole decía la verdad y había abandonado la casa de la víctima a las nueve, ¿quién era el hombre que Janet oyó hablar con la señorita French a las nueve y media?

El único rayo de esperanza era un sobrino incorregible de la víctima que tiempo atrás había acosado y amenazado a su tía para sacarle dinero. Janet Mackenzie, como supo el abogado, siempre había sentido aprecio por ese joven y nunca había dejado de apoyar su causa ante su señora. Parecía posible que fuese este sobrino el que visitara a la señorita French después de que se hubiera marchado Leonard Vole, especialmente cuando nadie lo situaba en los lugares que frecuentaba.

En todas las demás direcciones, las pesquisas del abogado habían sido inútiles. Nadie había visto a Leonard Vole entrar en su casa, o salir de la de la señorita French. Nadie había visto a otro hombre entrar o salir de la casa de Cricklewood. Todas las averiguaciones fueron en balde.

Era la víspera de la causa, cuando el señor Mayherne recibió la carta que dirigiría sus pensamientos en una dirección completamente nueva.

Llegó con el correo de las seis de la tarde. Una caligrafía horrenda, escrita en un papel vulgar, metido en un sobre manchado, con el sello mal pegado.

La leyó una o dos veces antes de entender el significado.

El abogado leyó y releyó la extraña carta. Claro que podía ser un engaño, pero cuanto más lo pensaba más se convencía de su autenticidad, así como de que era la única esperanza del detenido. El testimonio de Romaine Heilger le había condenado por completo, y el argumento que la defensa se proponía seguir, demostrar que el testimonio de una mujer que había confesado llevar una vida inmoral no era digno de crédito, en el fondo, era bastante flojo.

El señor Mayherne tomó una decisión. Era su deber salvar a su cliente a toda costa. Tenía que ir a Shaw's Rents.

Tuvo alguna dificultad en encontrar el sitio, un edificio destartalado en una barriada maloliente, pero al fin lo consiguió, y al preguntar por la señora Mogson lo enviaron a una habitación del tercer piso.

Picó a la puerta, y como no obtuvo respuesta volvió a llamar.

Esta vez oyó pasos arrastrados en el interior y al fin se abrió la puerta cautelosamente. Una figura encorvada espió por la rendija.

De pronto, la mujer, porque era una mujer, soltó una risita y abrió la puerta de par en par.

—De modo que es usted, querido —dijo con voz asmática—. Viene solo, ¿verdad? ¿Ningún truco? Así está bien. Puede pasar, puede pasar.

Con cierta repugnancia, el abogado traspasó el umbral y entró en un sucio y pequeño cuarto, iluminado por una titilante lámpara de gas. Había una cama sin hacer en un rincón, una mesa sencilla y dos sillas desvencijadas. Por primera vez, el señor Mayherne vio de cuerpo entero a la inquilina de aquel hediondo apartamento. Era una mujer de mediana edad, encorvada, con el pelo gris y alborotado, que ocultaba parte del rostro con una bufanda. Al percatarse de su mirada, volvió a reír con aquella curiosa risa desabrida.

—¿Se pregunta por qué escondo mi belleza, encanto? Je, je, je. Teme que pueda tentarle, ¿eh? Pero ya verá, ya verá.

Apartó un poco la bufanda y el abogado retrocedió involuntariamente ante aquella masa informe de carne enrojecida. La mujer volvió a cubrirse el rostro.

—¿De manera que no quiere besarme, querido? Je, je, no me extraña. Y, sin embargo, fui una chica bonita, y de eso no hace tanto tiempo como usted se imagina. El vitriolo, querido, el vitriolo me hizo esto. ¡Ah!, pero me vengaré de ellos.

Lanzó un torrente de improperios que el señor Mayherne trató en vano de contener. Al fin se calló mientras abría y cerraba los puños con gesto nervioso.

—Basta —dijo el abogado con dureza—. He venido porque tengo motivos para creer que usted puede darme información que ayude a mi cliente, Leonard Vole. ¿No es así?

Sus ojos lo miraron escrutadores.

—¿Y qué hay del dinero, querido? —Jadeó—. Acuérdese de las doscientas libras.

—Declarar es su deber y pueden obligarla a hacerlo.

—No me venga con cuentos, querido. Soy vieja y no sé nada, pero deme las doscientas libras y tal vez pueda proporcionarle una o dos pistas. ¿Qué le parece?

—¿Qué clase de pistas?

—¿Qué le parece una carta? Una carta de ella. No importa cómo la conseguí. Eso es cosa mía. Lo sacaré del aprieto. Pero quiero mis doscientas libras.

El señor Mayherne la miró fríamente y tomó una determinación.

—Le daré diez libras nada más. Y sólo si esa carta es lo que usted dice.

—¿Diez libras? —gritó encolerizada.

—Veinte —replicó el abogado—. Y es mi última oferta.

Se levantó como si fuera a marcharse. Luego, sin dejar de mirarla, sacó su cartera y contó veinte libras una a una.

—Vea —dijo—, es todo lo que llevo encima. Lo toma o lo deja.

Pero ya sabía que la visión del dinero sería demasiado tentadora. La mujer maldijo y protestó impotente, pero al fin cedió. Se acercó a la cama y sacó algo de debajo del colchón zarrapastroso.

—¡Aquí tiene, maldita sea! —gruñó—. La que usted quiere es la de encima.

Le arrojó un paquete de cartas que el señor Mayherne desató y repasó con su habitual aire frío y metódico. La mujer, que lo miraba con ansiedad, no adivinó nada en su rostro impasible.

Leyó todas las cartas, luego volvió a la primera y la repasó por segunda vez. Después recompuso el paquete con mucho cuidado.

Eran cartas de amor escritas por Romaine Heilger, y el hombre a quien iban dirigidas no era Leonard Vole. La de encima estaba fechada el día del arresto de Vole.

—¿Ve como le dije la verdad, querido? Esa carta la deja en evidencia, ¿no es cierto?

El señor Mayherne se guardó las cartas en el bolsillo antes de hacer la siguiente pregunta:

—¿Cómo consiguió usted esta correspondencia?

—Eso es cosa mía —respondió la mujer con tono burlón—. Pero sé algo más. En el juzgado oí lo que dijo esa tunanta. Averigüe dónde estuvo a las diez y veinte, la hora a la que según ella estaba en casa. Pregunte en el cine, en Lion Road. Recordarán a una joven tan atractiva como ella, ¡maldita sea!

—¿Quién es el hombre? —quiso saber el señor Mayherne—. Aquí sólo aparece el nombre de pila.

La voz de la mujer se hizo más pastosa y ronca, y sus manos se abrieron y cerraron. Al fin acercó una mano al rostro.

—Es el que me hizo esto. Ya han pasado muchos años.

Ella me lo quitó... Entonces era una chiquilla. Y cuando fui tras él, cuando fui a por él, ¡me arrojó esa maldita porquería a la cara! ¡Y ella se rio, la muy condenada! Hace años que la espío. ¡Y ahora la he pescado! Sufrirá por esto, ¿verdad, señor abogado, que ella sufrirá?

—Probablemente será condenada por perjurio —replicó el señor Mayherne en voz baja.

—Que la encierren, eso es lo que quiero. Se marcha usted, ¿verdad? ¿Dónde está mi dinero? ¿Dónde está mi dinerito?

Sin una palabra, el abogado depositó los billetes encima de la mesa, y luego, con un profundo suspiro, salió de la triste habitación. Al volverse desde la puerta, vio a la mujer que se abalanzaba sobre el dinero.

No perdió tiempo. Encontró el cine en Lion Road sin dificultad y, cuando le mostró la fotografía de Romaine Heilger, el acomodador la reconoció enseguida. Había llegado acompañada de un hombre, poco después de las diez de la noche en cuestión. No se había fijado en su acompañante, pero recordaba que ella le preguntó por la película que proyectaban. Se quedaron hasta que acabó, aproximadamente una hora más tarde.

El señor Mayherne estaba satisfecho. El testimonio de Romaine Heilger era una sarta de mentiras de principio a fin, producto de un odio exaltado. El abogado se preguntó si llegaría a saber lo que se escondía tras aquel aborrecimiento. ¿Qué le había hecho Leonard Vole? Éste se había quedado de una pieza cuando el abogado le dio cuenta de la actitud de ella. Había insistido en que no podía creerlo, aunque a el señor Mayherne le pareció que, pasada la sorpresa inicial, sus protestas no eran sinceras.

Él lo sabía. El señor Mayherne estaba convencido de ello. Lo sabía, pero no había querido revelarlo, y el secreto entre los dos permanecería oculto. El señor Mayherne se preguntó si algún día conocería de qué se trataba.

El abogado consultó su reloj. Era tarde, pero el tiempo lo era todo. Tomó un taxi e indicó al conductor una dirección.

«Sir Charles debe saberlo enseguida», se dijo mientras subía al vehículo.

La vista de la causa contra Leonard Vole, acusado del asesinato de Emily French, despertó un inmenso interés. En primer lugar, el detenido era joven y atractivo, había sido acusado de un crimen despiadado y tenía el interés añadido de Romaine Heilger, el principal testigo de cargo, cuya fotografía había aparecido en muchos periódicos junto con diversas historias ficticias sobre su origen y su pasado.

Los preliminares transcurrieron con normalidad. Primero se expusieron las pruebas técnicas, y luego llamaron a declarar a Janet Mackenzie, que contó poco más o menos la misma historia que ya había referido anteriormente. Durante el interrogatorio de la defensa, se contradijo un par de veces al exponer las relaciones del señor Vole con la señorita French. El abogado defensor recalcó que si bien creyó oír una voz masculina aquella noche en la sala, no había nada que demostrase que fuera Vole quien estuviera allí, y consiguió dar la impresión de que sus celos y antipatía hacia el acusado eran lo que motivaba su testimonio.

Luego hicieron comparecer a la siguiente testigo.

—¿Se llama usted Romaine Heilger?

—Sí.

—¿Es usted súbdita austríaca?

—Sí.

—¿Durante los últimos tres años ha vivido usted con el acusado, haciéndose pasar por su esposa?

Por un momento, los ojos de Romaine Heilger se encontraron con los del hombre sentado en el banquillo. Su expresión tenía algo extraño e insondable.

—Sí.

Las preguntas se fueron sucediendo, y palabra a palabra surgió la acusación. La noche de autos, el acusado se había llevado una palanqueta y, a su regreso a las diez y veinte, había confesado haber matado a la anciana. Tenía los puños de las mangas manchados de sangre y había quemado la ropa en la cocina. Antes, con amenazas, había obligado a Romaine a guardar silencio.

A medida que contaba su historia, la opinión del jurado, que al principio había sido ligeramente favorable al acusado, se volvió totalmente en su contra. Éste mantenía la cabeza inclinada y su aire de desaliento daba a entender que se veía condenado.

No obstante, cabe mencionar que el propio fiscal buscó contener la animosidad de Romaine, que habría preferido que fuese más imparcial.

El abogado defensor se puso de pie, con aire grave e imponente.

Acusó a la testigo de que su historia era una invención maliciosa de principio a fin, que ni siquiera se encontraba en su casa a la hora en cuestión, que estaba enamorada de otro hombre y que pretendía deliberadamente condenar a muerte a Vole por un crimen que no había cometido.

Romaine negó todas estas acusaciones con la mayor insolencia.

Luego llegó la sorpresa final: la presentación de la carta que se leyó en voz alta y en el más absoluto silencio.

Había peritos presentes para testificar que la letra era de Romaine Heilger, pero no fue necesario. Al terminar la lectura de la carta, Romaine se desmoronó y lo confesó todo. Leonard Vole había regresado a su casa a la hora que dijo: las nueve y veinte. Romaine se había inventado toda la historia para acabar con él.

Con Romaine Heilger, también se desmoronó la acusación. Sir Charles hizo comparecer a los pocos testigos con los que contaban y el propio acusado prestó declaración de una forma directa y varonil, y contestó sin vacilar las preguntas del fiscal.

La acusación hizo todo lo posible y, aunque la recapitulación del juez no fue del todo favorable al acusado, ya se había afianzado un cambio en la opinión del jurado que no necesitó mucho tiempo para llegar a un veredicto.

—Declaramos al prisionero inocente.

¡Leonard Vole era libre!

El menudo señor Mayherne se levantó de su asiento. Debía felicitar a su cliente.

Sin darse cuenta, se encontró limpiando sus gafas. Su esposa había dicho, precisamente la noche antes, que aquello se estaba convirtiendo en un hábito. Los hábitos eran una cosa curiosa. Las personas no se daban cuenta de que los tenían.

Un caso interesante, interesantísimo. Aquella mujer... Romaine Heilger.

Para él, el caso seguía dominado por la exótica figura de Romaine Heilger. Le había parecido una mujer lánguida y discreta en su casa de Paddington, pero en la audiencia se había mostrado vehemente, ostentosa como una flor tropical.

Si cerraba los ojos volvía a verla, alta y exaltada, con su hermoso cuerpo ligeramente inclinado hacia delante mientras cerraba y abría inconscientemente la mano derecha.

Cosas curiosas los hábitos. Aquel gesto con la mano debía de serlo. Sin embargo, se lo había visto hacer a otra persona últimamente, hacía poco. ¿Quién era? Contuvo el aliento al recordarlo de pronto. La mujer de Shaw's Rents.

Permaneció inmóvil mientras la cabeza le daba vueltas. Era imposible. Sin embargo, Romaine Heilger había sido actriz.

Sir Charles se le acercó por detrás y le puso la mano en el hombro.

—¿Todavía no ha felicitado a nuestro hombre? Se ha librado por los pelos. Vamos a verle.

Pero el abogado se quitó del hombro la mano del otro.

Sólo deseaba una cosa: ver a Romaine Heilger.

No coincidió con ella hasta algún tiempo después, y el lugar de su encuentro no hace al caso.

—De modo que lo adivinó —le dijo Romaine cuando él le hubo contado todo—. ¿El rostro? ¡Oh, eso fue bastante fácil! Y la escasa luz de la lámpara de gas le impidió descubrir el maquillaje.

—Pero ¿por qué..., por qué?

—¿Por qué quise jugar mis cartas? —Sonrió al recordar la última vez que había empleado esas palabras.

—¡Una farsa tan complicada!

—Amigo mío, tenía que salvarlo. Y el testimonio de una mujer enamorada de él no habría sido suficiente, usted mismo me lo dejó entrever. Sin embargo, conozco un poco la psicología de la masa. Al dejar que mi testimonio quedara desvirtuado, desacreditado a los ojos de la ley, lograría inmediatamente una reacción favorable hacia el acusado.

—¿Y el montón de cartas?

—Contar con una sola, la importante, habría despertado sospechas.

—¿Y el hombre llamado Max?

—Nunca existió, amigo mío.

—Todavía sigo pensando —dijo el señor Mayherne con pesar— que podríamos haberle salvado por el... por el procedimiento corriente.

—No quise arriesgarme. Comprenda, usted pensaba que era inocente...

—¿Y usted lo sabía? Ya entiendo —dijo el abogado.

—Mi querido señor Mayherne —replicó Romaine—, usted no entiende nada. ¡Yo sabía que era culpable!

La señal roja

—No, pero qué emocionante —dijo la hermosa señora Eversleigh, abriendo mucho los ojos, que eran bonitos, aunque de mirada un tanto ausente—. Siempre se ha dicho que las mujeres poseemos un sexto sentido. ¿Usted cree que es cierto, sir Alington?

El famoso psiquiatra mostró una sonrisa sardónica. Sentía un desprecio inmenso hacia las mujeres bonitas y algo bobas, como era el caso de su compañera a la mesa. Alington West era la autoridad suprema en enfermedades mentales, y estaba plenamente convencido de su posición e importancia. Era un hombre muy corpulento y algo pomposo.

—Lo que sé es que se dicen muchas tonterías, señora Eversleigh. ¿Qué significa eso del sexto sentido?

—Ustedes, los científicos, son siempre tan serios. Y es realmente extraordinario cómo a veces una sabe algunas cosas. Simplemente las sabe, las siente; quiero decir que... es algo misterioso de veras. Claire sabe a qué me refiero, ¿no es así, Claire?

Se dirigió a su anfitriona con un leve mohín.

Claire Trent no respondió enseguida. Celebraban una cena para una pequeña concurrencia: su marido y ella, Violet Eversleigh, sir Alington West y su sobrino Dermot West, que era un viejo amigo de Jack Trent. El propio Jack Trent, un hombre más bien grueso y de aspecto rubicundo, sonrisa alegre y risa afable, fue quien continuó la conversación:

—¡Tonterías, Violet! Tu mejor amigo muere en un accidente ferroviario y enseguida recuerdas que el martes soñaste con un gato negro... ¡Por supuesto, está claro que sabías que algo iba a ocurrir!

—¡Oh, no, Jack, confundes las premoniciones con la intuición! Vamos, sir Alington, tiene usted que admitir que las premoniciones existen.

—Quizá, hasta cierto punto —admitió el médico con reserva—. Pero la mayoría son coincidencias, a las que se suma la tendencia inevitable a inventar la mayor parte de la historia. Eso es algo que siempre hay que tener en cuenta.

—Yo no creo en las premoniciones —espetó Claire Trent con brusquedad—, ni en la intuición, ni en el sexto sentido, ni en ninguna de esas cosas. Vamos por la vida como un tren que avanza a toda velocidad a través de la oscuridad hacia un destino desconocido.

—No es un símil muy apropiado, señora Trent —objetó Dermot West, que alzó la cabeza por primera vez para tomar parte en la discusión. Había un extraño brillo en sus ojos gris claro que contrastaba con el intenso bronceado de su piel—. Verá, se ha olvidado usted de las señales.

—¿Las señales?

—Sí, verde cuando hay vía libre y roja para indicar ¡peligro!

—Roja para el peligro, ¡qué emocionante! —suspiró Violet Eversleigh.

Dermot no le hizo caso y continuó con cierta impaciencia.

—Claro que es sólo una manera de describirlo.

Trent lo contempló con curiosidad.

—Hablas como si hubieras tenido alguna experiencia, Dermot.

—Y la he tenido... La tuve, quiero decir.

—Cuéntanosla.

—Puedo poner un ejemplo. En Mesopotamia, después del armisticio, una noche al entrar en mi tienda experimenté una extraña sensación. ¡Peligro! ¡Vigila! No tenía la menor idea de qué se trataba. Di una vuelta por el campamento, pero nada, y tomé todas las precauciones posibles contra un ataque del enemigo. Luego regresé a mi tienda y, al entrar, aquella sensación volvió a surgir más intensa que nunca. ¡Peligro! Al final me llevé una manta al exterior y dormí al raso.

—¿Y bien?

—A la mañana siguiente, cuando entré en la tienda, lo primero que vi fue un gran cuchillo, de medio metro de largo, clavado en mi litera, precisamente en el lugar donde yo tendría que haber estado durmiendo. Pronto descubrí quién había sido: uno de los criados árabes. Su hijo había sido fusilado acusado de ser un espía. ¿Qué tienes que decir a esto, tío Alington? ¿No es un ejemplo de lo que yo llamo «señal roja»?

El especialista sonrió sin comprometerse.

—Una historia muy interesante, mi querido Dermot.

—Pero que no crees.

—Sí, sí, no me cabe duda de que presentiste el peligro tal como dices. Pero es el origen del presentimiento lo que discuto. Según tú, vino desde fuera, impreso en tu mente por algún factor externo. Pero hoy en día sabemos que casi todo proviene de dentro, de nuestro propio subconsciente.

—Nuestro viejo amigo el subconsciente —señaló Jack Trent—. Sirve tanto para un fregado como para un barrido.

Sir Alington continuó sin hacer caso de la interrupción.

—Yo sugiero que ese árabe se traicionó con alguna mirada o gesto. Tu consciente no lo notó o recordó, pero en tu subconsciente ocurrió lo contrario. El subconsciente nunca olvida. Creemos también que puede razonar y deducir independientemente de la voluntad del consciente. Por lo tanto, tu subconsciente creyó que intentarían asesinarte, y logró transmitir el aviso de alerta a tu consciente.

—Admito que resulta muy convincente —dijo Dermot con una sonrisa.

—Pero no tan excitante —intervino la señora Eversleigh.

—También es posible que, en tu subconsciente, te hubieras dado cuenta del odio que ese hombre sentía hacia ti. Lo que antiguamente solía llamarse telepatía existe, desde luego, aunque su funcionamiento es poco conocido.

—¿Puedes contarnos otros ejemplos? —le preguntó Claire a Dermot.

—¡Oh, sí, pero nada interesante! Y supongo que podría explicarse como una coincidencia. Hace tiempo rechacé una invitación para ir al campo por la única razón de la «señal roja», y aquella semana la casa se quemó. En ese caso, tío Alington, ¿cómo interviene el subconsciente?

—Temo que no interviene en absoluto —replicó sir Alington sonriente.

—Pero tendrás otra explicación igualmente buena. Vamos, no es necesario ser tan cauto con los parientes cercanos.

—Está bien, sobrino. En este caso diría que rechazaste esa invitación sólo porque no te apetecía ir, y que después del incendio te dijiste que habías presentido el peligro, explicación que ahora crees a pies juntillas.

—Es inútil —se rio Dermot—. Tú siempre ganas.

—No importa, señor West —exclamó Violet Eversleigh—. Yo creo en su señal roja. ¿Y fue en Mesopotamia la última vez que la sintió?

—Sí, hasta...

—¿Cómo dice?

—Nada.

Dermot guardó silencio. Las palabras que había estado a punto de pronunciar eran: «Sí, hasta esta noche». Habían acudido a sus labios para expresar un pensamiento que aún no había registrado su consciente, pero en el acto comprendió que eran ciertas. La señal roja brillaba en la oscuridad. ¡Peligro! ¡Peligro inminente!

Pero ¿por qué? ¿Qué peligro podía haber ahí, en la casa de sus amigos? A menos... Bueno, sí, estaba ese otro peligro. Miró a Claire Trent, blanca, esbelta, con aquella exquisita cabellera dorada. Pero ese otro peligro existía desde hacía tiempo y nunca se manifestaría porque Jack Trent era su mejor amigo, y más todavía: Jack le había salvado la vida en Flandes y lo habían condecorado por ello con la Cruz Victoria. Un buen tipo, Jack, de los mejores. Era mala suerte haberse enamorado de su esposa. Ya se le pasaría, suponía. Nada duraba eternamente. Dejaría que ese sentimiento se consumiera... Eso, que se consumiera o no quedara ni rastro de él. Ella no lo sabría nunca, y si llegaba a adivinarlo, no habría peligro. Era una estatua, una bella estatua de oro y marfil y coral rosado. Un juguete para un rey, no una mujer real.

Claire..., el mero sonido de su nombre, pronunciado en silencio, le dolía. Debía sobreponerse. Había amado antes a otras mujeres. «¡Pero no así! —le dijo una voz interior—. Así no.» Bueno, era inevitable. Aun así, no había peligro; mal de amores, sí, pero no peligro. No aquel peligro de la señal roja. Aquello era por otra cosa.

Miró alrededor de la mesa, y por primera vez se percató de que aquella reunión era poco corriente. Su tío, por ejemplo, raramente asistía a cenas informales como ésa. Habría sido distinto si los Trent hubieran sido antiguos amigos suyos, pero hasta esta noche Dermot no había sabido que los conocía a todos. Por supuesto había una excusa. Después de la cena, iba a visitarlos una médium bastante famosa para celebrar una sesión de espiritismo; sir Alington decía sentir un ligero interés por ello. Sí, desde luego, aquello era una excusa.

La palabra cobró un nuevo relieve. Una excusa. ¿Acaso la sesión era sólo una excusa para hacer que la presencia del especialista pareciera natural? De ser así, ¿cuál era el verdadero motivo? Una serie de detalles acudieron a la mente de Dermot, insignificancias que le habían pasado inadvertidas en su momento o, como su tío habría dicho, inadvertidas para su mente consciente.

El gran especialista había mirado de forma extraña, muy extraña, a Claire en más de una ocasión. Parecía estar observándola. Ella se mostraba intranquila por el escrutinio. Movía constantemente las manos. Estaba nerviosa, muy nerviosa y, además, ¿asustada? ¿Por qué asustada?

Sobresaltado, retomó el hilo la conversación. La señora Eversleigh había conseguido que el gran hombre hablara de su profesión.

—Mi querida señora —le estaba diciendo—, ¿qué es la locura?

—Le aseguro que, cuanto más estudiamos el tema, más difícil se nos hace precisarlo. Todos practicamos el autoengaño y, cuando lo llevamos al extremo de creernos Napoleón, nos encierran o nos aíslan. Pero hay un largo trecho antes de llegar a este extremo. ¿En qué punto preciso debemos instalar un poste que diga: «Aquí termina la cordura y empieza la locura»? Saben, no se puede hacer. Y les diré una cosa: si el individuo que sufre esa alucinación no dijera nada, es probable que nunca lo consideráramos diferente de una persona normal. La extraordinaria cordura de los locos es un tema muy interesante.

Sir Alington bebió un trago de vino, lo paladeó con fruición y miró complacido a los presentes.

—Siempre he oído decir que son muy astutos —observó la señora Eversleigh—. Me refiero a los chiflados.

—Muchísimo. Y muy a menudo la represión de ese autoengaño tiene efectos desastrosos. Todas las represiones son peligrosas, como nos ha enseñado el psicoanálisis. El hombre que tiene una manía inofensiva y puede gozar de ella rara vez cruza la frontera. Pero el hombre... —hizo una pausa— o la mujer que parece normal, puede en realidad ser una fuente seria de peligro para la sociedad.

Su mirada se fijó un momento en Claire. Tomó otro trago de vino.

Un profundo temor estremeció a Dermot. ¿Qué es lo

que había querido decir? ¿Adónde quería ir a parar? Imposible, pero...

—Y todo por reprimirse —suspiró la señora Eversleigh—. Comprendo que se deba tener siempre mucho cuidado al expresar la propia personalidad. Los peligros de la otra son terribles.

—Mi querida señora Eversleigh —protestó el médico—, no me ha comprendido usted. La causa del mal está en el estado físico del cerebro, algunas veces producido por un agente externo como un golpe, y otras, por causas congénitas.

—Las enfermedades hereditarias son tan tristes —comentó la dama—. La tuberculosis y otras por el estilo.

—La tuberculosis no es hereditaria —respondió sir Alington con acritud.

—¿No? Siempre he pensado que lo era. Pero ¡la locura lo es! ¡Qué horror! ¿Y qué otras enfermedades lo son?

—La gota —dijo sir Alington con una sonrisa— y el daltonismo, este último es muy interesante. Se transmite directamente a los varones, pero queda latente en las mujeres. De manera que, mientras hay muchos hombres que lo padecen, para que una mujer sufra daltonismo la enfermedad tiene que haber estado latente en su madre y presente en su padre, cosa bastante difícil. Eso es lo que se llama herencia ligada al sexo.

—Qué interesante. Pero no ocurre lo mismo con la demencia, ¿verdad?

—La demencia se transmite indistintamente —replicó el médico con gravedad.

Claire se puso de pie con un movimiento tan brusco que derribó la silla. Estaba muy pálida y seguía moviendo las manos con gestos nerviosos.

—No... no tardarán ustedes mucho, ¿verdad? —suplicó—. La señora Thompson llegará dentro de pocos minutos.

—Otra copita de oporto y estaré con ustedes —dijo sir Alington—. He venido para ver la sesión de esa maravillosa señora Thompson, ¿no? ¡Ja, ja! Aunque habría venido de todas maneras. —Se levantó.

Claire agradeció el cumplido con una sonrisa y salió de la habitación con la señora Eversleigh.

—Me da la impresión de que me he puesto un poco pesado hablando de mi profesión —comentó al volver a sentarse—. Perdóneme, amigo mío.

—No tengo nada que perdonar —replicó Trent con cortesía.

Parecía tenso y preocupado, y por primera vez Dermot se sintió extraño en compañía de su amigo. Entre ambos había un secreto inconfesable. No obstante, todo aquello le parecía fantástico e increíble. ¿En qué se basaba? En nada más que en un par de miradas y el nerviosismo de una mujer.

Se entretuvieron poco bebiendo el oporto, y entraron en el salón en el momento en que anunciaban a la señora Thompson.

La médium era una mujer regordeta, de mediana edad, e iba pésimamente vestida de terciopelo color magenta. Tenía una voz potente y vulgar.

—Espero no haber llegado tarde, señora Trent —dijo en tono jovial—. Me citó usted a las nueve, ¿verdad?

—Es usted muy puntual, señora Thompson —respondió Claire con su voz ligeramente ronca—. Éste es nuestro pequeño círculo.

No hubo presentaciones, porque ésa era la costumbre. La médium los contempló a todos con su mirada astuta y penetrante.

—Espero que obtengamos buenos resultados —observó con vivacidad—. No saben ustedes lo que aborrezco ponerme en trance y no poder satisfacer al grupo, por así decirlo. Es algo que me saca de mis casillas. Pero creo que Shiromako, mi contacto japonés, lo hará bien esta noche. Me sentía muy bien y he renunciado a tomar un *welsh rarebit* con lo aficionada que soy al queso.

Dermot escuchaba, mitad divertido, mitad disgustado. ¡Qué prosaico era todo aquello! Y, no obstante, ¿no se estaba equivocando? Al fin y al cabo, era lógico. Los poderes proclamados por los médiums eran poderes naturales, aunque todavía poco comprendidos. Y si un gran cirujano debía procurar evitar una indigestión si tenía que realizar una operación delicada, ¿por qué no la señora Thompson?

Las sillas se colocaron en círculo y las luces de manera que pudieran subirse o bajarse a voluntad. Dermot observó que no se hicieron preguntas de prueba y que sir Alington se abstuvo de cualquier comentario sobre las condiciones de la sesión. No, aquello era sólo un pretexto. Sir Alington había ido allí por otro motivo. Dermot recordó que la madre de Claire había muerto en el extranjero. De una forma un tanto misteriosa... Se habló de enfermedades hereditarias...

Se esforzó por volver a concentrarse en lo que ocurría a su alrededor en aquellos momentos.

Todos ocuparon sus puestos y se apagaron las luces, excepto una pequeña lámpara roja que había sobre una mesa apartada.

Durante un buen rato no se oyó otra cosa que la respiración lenta y regular de la médium, que se fue haciendo cada vez más ronca. Luego, con una brusquedad que sobresaltó a Dermot, sonó un golpe en un extremo de la habitación, que se repitió al otro lado. Luego los golpes fueron *in crescendo,* de repente cesaron y se oyó una risa histérica. Después un silencio que rompió una voz muy distinta a la de la señora Thompson, una voz aguda y con un extraño acento.

—Aquí estoy, caballeros. Ssssí, estoy aquí. ¿Desean preguntarme algo?

—¿Quién eres? ¿Shiromako?

—Sssssí. Yo, Shiromako. Salí de este mundo hace muchísimo tiempo. Trabajo. Soy muy feliz.

Siguieron más detalles de la vida de Shiromako, todos muy comunes y sin interés, como Dermot había oído en otras ocasiones. Todos eran felices, muy felices, y los mensajes provenían de parientes descritos con tal vaguedad que podían encajar con cualquiera. Una dama anciana, la madre de uno de los presentes, estuvo repartiendo máximas de libro con un aire de novedad que resultaba ridículo.

—Alguien más quiere comunicarse ahora —anunció Shiromako—. Tiene un mensaje muy importante para uno de los caballeros.

Hubo una pausa y luego una voz nueva inició su discurso con una risa endemoniada.

—¡Ja, ja! ¡Ja, ja, ja! Mejor que no vuelva a su casa. Mejor que no vuelva a su casa. Siga mi consejo.

—¿A quién le está hablando? —preguntó Trent.

—A uno de ustedes tres. Yo de él no volvería a su casa. ¡Peligro! ¡Sangre! No mucha sangre... demasiada.

No, no vuelva a su casa. —La voz se fue apagando—. ¡No vuelva a su casa!

Se desvaneció por completo. Dermot sintió que le hervía la sangre convencido de que aquel mensaje iba dirigido a él. Sea como fuere, sentía el peligro aquella noche.

La médium suspiró profundamente y luego gimió. Volvía en sí. Se encendieron las luces y al fin se enderezó parpadeando.

—¿Ha ido bien, querida? Espero que sí.

—Muy bien, gracias, señora Thompson.

—¿Shiromako, supongo?

—Sí, y otros.

La señora Thompson bostezó.

—Estoy rendida. Hecha polvo. Bueno, me alegro de que haya sido un éxito. Tenía miedo de que ocurriera algo desagradable. Hay una atmósfera extraña en esta habitación.

Miró por encima de los hombros, primero a un lado y luego al otro, y al fin los alzó intranquila.

—No me gusta —dijo—. ¿Ha habido alguna muerte repentina entre ustedes últimamente?

—¿Qué quiere decir... entre nosotros?

—¿Algún pariente cercano, un amigo querido? Bueno, si quisiera ponerme melodramática diría que esta noche parece que la muerte flota en el aire. Vaya, son tonterías mías. Adiós, señora Trent. Me alegro de que haya quedado satisfecha.

La señora Thompson, con su vestido de terciopelo color magenta, salió de la habitación.

—Espero que le haya interesado, sir Alington —murmuró Claire.

—Una velada muy interesante, mi querida señora. Muchísimas gracias por haberme dado la oportunidad de ser testigo. Permítame desearle muy buenas noches. Van a ir a bailar, ¿no es cierto?

—¿Es que no va a acompañarnos?

—No, no. Tengo la costumbre de acostarme a las once y media. Buenas noches, señora Eversleigh. Ah, Dermot, quisiera hablar contigo. ¿Puedes venir ahora? Puedes reunirte con ellos luego en las Galerías Grafton.

—Claro que sí, tío. Nos veremos allí, Trent.

Tío y sobrino intercambiaron apenas unas palabras durante el corto trayecto hasta Harley Street. Sir Alington se disculpó a medias por haberle arrastrado, y le aseguró que sólo le entretendría unos pocos minutos.

—¿Quieres que te deje el coche, muchacho? —le preguntó cuando se apeaban.

—No, no te preocupes, tío. Tomaré un taxi.

—Muy bien. No me gusta hacer que Charlson trabaje hasta tarde. ¿Dónde diablos habré puesto la llave?

El coche se alejó mientras sir Alington rebuscaba en los bolsillos.

—Debo haberla dejado en la otra americana —dijo al fin—. Llama al timbre, ¿quieres? Supongo que Johnson todavía estará levantado.

El imperturbable Johnson abrió la puerta al momento.

—Me he dejado la llave, Johnson —exclamó sir Alington—. Sírvanos un par de whiskies con soda en la biblioteca.

—Ahora mismo, sir Alington.

El médico entró en la biblioteca y encendió las luces. Luego le indicó a Dermot que cerrara la puerta.

—No te entretendré mucho, Dermot, pero hay algo

que deseo decirte. ¿Es imaginación mía o sientes cierta... *tendresse*, digámoslo así, por la esposa de Jack Trent?

El rostro de Dermot se enrojeció.

—Jack Trent es mi mejor amigo.

—Perdona, pero eso no responde a mi pregunta. Puede que consideres mis opiniones sobre el divorcio extremadamente puritanas, pero debo recordarte que eres mi único pariente cercano y heredero.

—No es una cuestión de divorcio —replicó Dermot enojado.

—Desde luego que no, por una razón que quizá yo comprenda mejor que tú. Ahora no puedo dártela, pero deseo advertirte: Claire Trent no es para ti.

El joven sostuvo la mirada de su tío.

—Lo comprendo, y permíteme que te diga que mejor de lo que tú crees. Sé por qué has acudido a la cena de esta noche.

—¿Eh? —La sorpresa era evidente—. ¿Cómo lo sabes?

—Digamos que lo adiviné, tío. ¿Tengo razón o no, si digo que estabas allí por razones profesionales?

Sir Alington empezó a pasear de un lado a otro.

—Tienes mucha razón, Dermot. Claro que yo no podía decírtelo, aunque me temo que pronto será de dominio público.

Dermot tenía el corazón en un puño.

—¿Quieres decir que ya tienes una opinión al respecto?

—Sí, hay demencia en la familia por parte materna. Un caso lamentable, muy lamentable.

—No puedo creerlo, tío.

—No me extraña. Para un profano hay muy pocos signos aparentes.

—¿Y para un experto?

—La evidencia es concluyente. En este caso, el paciente debe ser recluido lo más pronto posible.

—¡Cielos! —suspiró Dermot—. Pero no se puede encerrar a alguien por nada.

—¡Mi querido Dermot! Estos pacientes sólo son recluidos cuando su libertad resulta un peligro para la comunidad.

—¿Un peligro?

—Un grave peligro. Probablemente en una forma peculiar de manía homicida. Ése fue el caso de su madre.

Dermot se volvió con un gemido y escondió el rostro entre las manos. ¡Claire, la dorada y blanca Claire!

—Dadas las circunstancias —continuó el médico—, he creído que era mi deber advertirte.

—Claire —murmuró Dermot—. Mi pobre Claire.

—Sí, desde luego debemos compadecerla.

De pronto Dermot alzó la cabeza.

—No te creo.

—¿Qué?

—Te digo que no te creo. Los médicos cometen errores. Todo el mundo lo sabe, aunque sean eminencias en su especialidad.

—¡Mi querido Dermot...! —exclamó sir Alington furioso.

—Te digo que no te creo. Y, de todas maneras, aunque fuese así, no me importa. Amo a Claire. Y si quiere venir conmigo, yo la llevaré lejos, muy lejos, a salvo de las garras de médicos entrometidos. La protegeré y cuidaré de ella, le daré refugio en mi amor.

—No harás nada de eso. ¿Estás loco?

Dermot rio con desprecio.

—Tal vez tú lo llames así.

—Compréndeme, Dermot. —El rostro de sir Alington estaba rojo por la emoción contenida—. Si haces
eso..., esa vergüenza, te retiraré la asignación que ahora
te paso y haré nuevo testamento para dejar todo lo que
poseo a varios hospitales.

—Haz lo que quieras con tu condenado dinero —dijo
Dermot en voz baja—. Pero yo conseguiré a la mujer
que amo.

—Una mujer que...

—¡Di una palabra contra ella, y ten por seguro que te
mato! —gritó el muchacho.

El tintineo de los vasos hizo que ambos se volvieran.
Con el acaloramiento de la discusión no habían oído a
Johnson entrar con la bandeja de las bebidas. Su rostro
permanecía imperturbable, como el de todo buen mayordomo, pero Dermot se preguntó cuánto había oído.

—Está bien, Johnson —le dijo sir Alington en tono
seco—. Puede acostarse.

—Gracias, señor. Buenas noches, señor.

Johnson se retiró.

Los dos hombres se miraron. La interrupción momentánea había apaciguado los ánimos.

—Tío —dijo Dermot—, no debería haberte hablado
así. Comprendo que, desde tu punto de vista, tienes
muchísima razón. Pero hace mucho tiempo que quiero
a Claire Trent. El hecho de que Jack sea mi mejor amigo
me ha impedido confesárselo a ella, pero dadas las circunstancias eso ya no importa. Es absurdo que pienses
que el dinero va a detenerme. Creo que los dos hemos
dicho ya todo lo que teníamos que decirnos. Buenas
noches.

—Dermot...

—Es inútil seguir discutiendo. Buenas noches, tío Alington. Lo siento, pero así son las cosas.

Salió rápidamente y cerró la puerta tras de sí. Cruzó el vestíbulo a oscuras, abrió la puerta principal y se encontró de nuevo en el exterior. Cerró de un portazo.

Un taxi acababa de dejar a su pasajero y Dermot lo tomó para dirigirse a las Galerías Grafton.

En la puerta de la sala de baile se detuvo un instante, desconcertado; la cabeza le daba vueltas. La estridente música de jazz, las mujeres sonrientes... Era como si hubiera entrado en otro mundo.

¿Lo habría soñado? Era imposible que hubiera mantenido realmente aquella desagradable conversación con su tío. Allí estaba Claire; parecía un lirio, con el vestido blanco y plateado que se le ajustaba como un guante en torno al cuerpo esbelto. Ella le sonrió; tenía el rostro tranquilo y sereno. Sin duda alguna, todo había sido un sueño.

El baile terminó y ella se acercó a Dermot, sonriente. Como en un sueño le pidió que bailara con él y ahora la tenía entre sus brazos mientras volvía a sonar la música estridente.

La sintió vacilar.

—¿Estás cansada? ¿Quieres que lo dejemos?

—Si no te importa... ¿Por qué no vamos a algún sitio donde podamos hablar? Tengo algo que decirte.

No era un sueño, y volvió a la realidad de golpe. ¿Cómo era posible que su rostro le hubiera parecido tranquilo y sereno? Si estaba lleno de angustia y de miedo. ¿Cuánto sabía?

Encontraron un rincón discreto y se sentaron.

—Bien —le dijo Dermot con una ligereza que no sentía—, ¿querías decirme algo?

—Sí. —Ella miraba al suelo. Jugaba nerviosa con una borla que adornaba su vestido—. Es algo difícil.

—Dime lo que sea, Claire.

—Es sólo esto: quiero que te marches por algún tiempo.

El joven se quedó atónito. Fuera lo que fuese lo que hubiera esperado, desde luego no era aquello.

—¿Que quieres que me marche? ¿Por qué?

—Es mejor que seamos sinceros, ¿no crees? Sé que eres un... un caballero y mi amigo, y quiero que te marches porque yo... yo me... me he encariñado demasiado contigo.

—Claire.

Sus palabras lo dejaron mudo de asombro.

—Por favor, no creas que soy tan presuntuosa como para pensar que tú podrías llegar a enamorarte de mí. Es sólo que no soy muy feliz y... ¡Oh! Preferiría que te marcharas.

—Claire, ¿es que no sabes que te quiero con toda mi alma desde que te conocí?

Ella lo miró sorprendida.

—¿Que me quieres? ¿Desde hace tiempo?

—Desde que te conocí.

—¡Oh! —exclamó—. ¿Por qué no me lo dijiste? Entonces, quiero decir: cuando podría haber sido tuya. ¿Por qué me lo dices ahora que es demasiado tarde? Es una locura, no sé lo que digo. Nunca habría podido ser tuya.

—Claire, ¿qué quieres decir con eso de que «ahora es demasiado tarde»? ¿Es... es a causa de mi tío? ¿Qué sabe él? ¿Qué cree?

Ella asintió aturdida. Le rodaban las lágrimas por las mejillas.

—Escucha, Claire, no tienes que creerlo. Ni pensar en ello. En vez de eso, vente conmigo. Iremos a los mares del sur, a islas verde esmeralda. Yo cuidaré de ti, y a mi lado siempre estarás segura.

La rodeó con sus brazos y al estrecharla notó que temblaba. De pronto, Claire se liberó.

—Oh, no, por favor. ¿Es que no comprendes? Ahora no es posible. Sería horrible..., horrible..., horrible. Siempre he querido ser buena y ahora... Sería más horrible aún.

Dermot vaciló confundido por sus palabras. Claire lo miraba suplicante.

—Por favor —le dijo—. Quiero ser buena.

Sin una palabra, Dermot se puso de pie y se marchó. Sus palabras lo habían emocionado y conmovido; estaba sobrepasado. Fue a recoger el abrigo y el sombrero, y se encontró con Trent.

—Hola, Dermot, te marchas muy pronto.

—Sí, esta noche no estoy de humor para bailar.

—Es una noche de perros —dijo Trent un tanto apesadumbrado—. Pero tú no soportas mis preocupaciones.

Dermot sintió un pánico repentino ante la idea de que Trent fuera a confiársele. ¡No, cualquier cosa menos eso!

—Bueno, hasta la vista —se apresuró a decir—. Me voy a casa.

—A casa, ¿eh? ¿Y qué me dices de la advertencia de los espíritus?

—Correré el riesgo. Buenas noches, Jack.

El piso de Dermot no estaba lejos. Anduvo hasta allí porque sentía necesidad del aire fresco de la noche para calmar su mente agitada. Entró en su casa y encendió la luz del dormitorio.

En el acto, por segunda vez aquella noche, notó esa

sensación que llamaba «señal roja». Era tan intensa que por un instante borró a Claire de su pensamiento.

¡Peligro! Estaba en peligro. ¡En ese mismo momento, en esa misma habitación, estaba en peligro!

Trató en vano de librarse de aquel miedo ridículo, pero quizá sólo lo intentara a medias. Hasta entonces, la señal roja le había avisado siempre con tiempo para evitar el desastre. Sonriendo ante su propia superstición, inspeccionó todo el piso. Era posible que hubiese entrado un ladrón y estuviera escondido en alguna parte, pero su registro no reveló nada. Su criado, Milson, había salido, y el piso estaba completamente vacío.

Al regresar al dormitorio se desnudó lentamente, preocupado. La sensación de peligro era más intensa que nunca. Abrió un cajón de la cómoda para sacar un pañuelo y, de pronto, se quedó rígido. Había un bulto desconocido en el centro del cajón, algo duro.

Con dedos nerviosos apartó los pañuelos y sacó el objeto que se escondía debajo. Era un revólver.

Asombrado, Dermot lo examinó con atención. Era un modelo poco corriente y hacía poco que había sido disparado. Aparte de esto, no supo ver nada más. Alguien lo había colocado allí aquella misma noche, puesto que no estaba en el cajón cuando se había vestido para la cena, de eso estaba seguro.

Fue a dejarlo de nuevo en el cajón cuando lo sobresaltó el timbre de la puerta. Sonó una vez, y luego otra y otra, con un estruendo inusitado en la quietud del piso vacío.

¿Quién llamaba a la puerta a aquellas horas? Y la única respuesta que se le ocurrió fue una instintiva y persistente: «Peligro..., peligro..., peligro...».

Guiado por un impulso que no podía explicar, Dermot apagó la luz, se puso el abrigo que había dejado encima de una silla y abrió la puerta del recibidor.

Dos hombres aguardaban fuera y, detrás de ellos, Dermot vio un uniforme azul. ¡Un policía!

—¿Señor West? —preguntó uno de los hombres.

A Dermot le pareció que habían transcurrido años, pero en realidad pasaron sólo unos segundos antes de que contestara con una buena imitación de la voz inexpresiva de su criado.

—El señor West no ha regresado todavía. ¿Qué quieren ustedes a estas horas de la noche?

—No ha vuelto aún, ¿eh? Muy bien, entonces será mejor que entremos a esperarlo.

—No, no pueden.

—Escuche, amigo, soy el inspector Verall de Scotland Yard y traigo una orden de arresto para su señor. Puede usted verla si lo desea.

Dermot echó una ojeada al papel que le entregó el otro, o simuló hacerlo, y preguntó con voz alterada:

—¿Por qué? ¿Qué es lo que ha hecho?

—Por el asesinato de sir Alington West, de Harley Street.

Con un torbellino de pensamientos sucediéndose en su cabeza, Dermot retrocedió para dejar pasar a sus temibles visitantes. Fue al salón y encendió las luces. El inspector lo siguió.

—Eche un vistazo —dijo a su acompañante. Luego se volvió hacia Dermot—. Usted quédese aquí, amigo. No se escape para avisar a su señor. A propósito, ¿cómo se llama?

—Milson, señor.

—¿A qué hora espera que llegue el señor West, Milson?

—No lo sé, señor. Ha ido a bailar. Creo que a las Galerías Grafton.

—Se ha marchado de allí hará cosa de una hora. ¿Seguro que no ha venido por aquí?

—No lo creo, señor. Supongo que, de haber venido, lo habría oído entrar.

En aquel momento, el otro hombre entró procedente de la habitación contigua; sostenía en la mano el revólver, que presentó al inspector. Una expresión satisfecha se vislumbró por un momento en el rostro de este último.

—Aquí tenemos una prueba —observó—. Debe de haber entrado y salido sin que usted le oyera. Ahora ya debe haberse escapado. Será mejor que me marche. Cawley, quédese aquí por si regresa, y vigile a este individuo. Es posible que sepa más sobre su señor de lo que confiesa.

El inspector se marchó y Dermot trató de obtener detalles de lo sucedido sonsacando a Cawley, que no se hizo de rogar.

—Un caso claro —explicó—. El crimen se ha descubierto casi inmediatamente. Johnson, el mayordomo, acababa de subir a acostarse cuando le ha parecido oír un disparo y ha vuelto a bajar. Ha encontrado a sir Alington muerto. Una bala en el corazón. Nos ha telefoneado enseguida y hemos ido a tomarle declaración en el acto.

—¿Y por qué es un caso claro? —quiso saber Dermot.

—Clarísimo. El joven West ha llegado con su tío y estaban discutiendo acaloradamente cuando Johnson ha entrado con las bebidas. El viejo lo estaba amenazando con hacer un nuevo testamento y el joven hablaba de matarlo. No habían transcurrido ni cinco minutos cuando se ha oído el disparo. Oh, sí, un caso clarísimo. ¡Qué tipo más idiota!

Clarísimo, desde luego. A Dermot le dio un vuelco el corazón al comprender la evidencia abrumadora contra él. ¡Peligro, un tremendo peligro! Y no tenía otra salida, excepto la de huir. Pero ¿cómo? Se ofreció a preparar un poco de té, que Cawley aceptó encantado. Ya había registrado el piso y, como no había otra entrada, permitió que Dermot fuera a la cocina.

Una vez allí, puso a calentar el agua e hizo mucho ruido con las tazas y los platos. Luego, se fue rápidamente hasta la ventana y la abrió. El piso estaba en la segunda planta, y al otro lado de la ventana había un pequeño montacargas que utilizaban para subir los comestibles y que se deslizaba arriba y abajo por medio de un cable de acero.

Con la velocidad del rayo, Dermot salió por la ventana y se descolgó por el cable. Se hizo cortes en las manos, pero siguió bajando desesperadamente sin hacer caso de la sangre que manaba de ellas.

Pocos minutos después se asomaba no sin cierta precaución por la parte de atrás de la manzana. Al doblar la esquina, tropezó con una figura. Se quedó de una pieza al ver que se trataba de Jack Trent. Al parecer, su amigo estaba al corriente de los peligros de la situación.

—¡Cielo santo! ¡Dermot! Deprisa, no te quedes aquí.

Lo agarró del brazo y le condujo por una calle secundaria y luego por otra. Vieron un taxi solitario y lo detuvieron, y Trent le dio al taxista la dirección de su casa.

—Es el lugar más seguro por el momento —dijo—. Allí decidiremos qué es lo mejor para despistar a esos idiotas. He venido con la esperanza de poder avisarte antes de que acudiera aquí la policía, pero he llegado tarde.

—Ni siquiera sabía que te habías enterado, Jack. No creerás...

—Claro que no, hombre, ni por un instante. Te conozco demasiado. De todas maneras, es un mal asunto. Han estado haciendo preguntas sobre la hora en que has llegado a las Galerías Grafton, cuándo te has marchado, etcétera. Dermot, ¿quién ha podido matar al viejo?

—No tengo la menor idea. El que ha puesto el revólver en mi cajón, supongo. Debe de haber estado observándonos de cerca.

—Esa sesión ha sido muy extraña. «No vuelva a su casa.» Era un mensaje para el viejo West. Ha ido a casa y lo han matado.

—También se aplica a mí —replicó Dermot—. He vuelto a casa y me he encontrado un revólver y a un inspector de policía.

—Bueno, espero que no me salpique a mí también —dijo Trent—. Hemos llegado.

Le pagó al taxista, abrió la puerta y guio a Dermot por la escalera a oscuras hasta su guarida: un pequeño cuarto del primer piso.

Abrió la puerta y esperó a que Dermot entrara para encender la luz.

—Aquí estarás a salvo de momento —comentó Trent—. Ahora uniremos esfuerzos y decidiremos qué es lo más conveniente.

—He sido un idiota —exclamó Dermot de pronto—. Tendría que haberlo afrontado con valentía. Ahora lo veo con mayor claridad. Todo esto es un complot. ¿De qué diablos te ríes?

Trent estaba reclinado en su silla desternillándose de risa. Había algo horrible en aquel sonido, y algo horrible también en aquel hombre. Había un brillo extraño en sus ojos...

—Un complot muy inteligente —musitó—. Dermot, estás perdido.

Se acercó el teléfono.

—¿Qué vas a hacer? —preguntó Dermot.

—Llamar a Scotland Yard y decirles que su pájaro está aquí seguro, bajo siete llaves. Sí, he cerrado la puerta al entrar y la llave está en mi bolsillo. Es inútil que mires a la puerta que está a mi espalda. Da a la habitación de Claire, y ella siempre la cierra por dentro. Me tiene miedo, ¿sabes? Desde hace mucho tiempo. Siempre se da cuenta cuando pienso en ese cuchillo, un cuchillo largo y afilado. No, no lo intentes.

Dermot había estado a punto de abalanzarse sobre él, pero el otro había sacado un revólver.

—Éste es otro —rio Trent—. El primero lo he puesto en tu cajón, después de matar con él al viejo West. ¿Qué es lo que miras? ¿Esa puerta? Es inútil. Aunque Claire la abriera, y a ti sin duda te la abriría, yo te dispararía antes de que la alcanzaras. No al corazón, ni a matar, sólo te heriría para que no pudieras escapar. Soy un buen tirador, ya sabes. En cierta ocasión te salvé la vida, tonto de mí. No, no. Ahora quiero verte ahorcado... Sí, ahorcado. No es para ti para quien quiero el cuchillo. Es para Claire..., la hermosa Claire, tan angelical y tan dulce. El viejo West lo sabía. Por eso ha venido aquí esta noche, para ver si yo estaba loco. Quería encerrarme para que no pudiera matar a Claire con el cuchillo. He sido muy listo. Le he quitado su llave y a ti la tuya. Me he escabullido del baile en cuanto he llegado y, al verte salir de su casa, he entrado. Lo he matado y luego he ido a tu piso a dejar el revólver; después he regresado a las Galerías Grafton antes de que te marcharas. Mientras te daba las buenas noches, te he metido la llave en el bolsillo del abrigo. No me importa decirte todo esto, nadie puede oírnos. Y, cuando te ahorquen, quiero que sepas que he sido yo quien lo ha hecho. ¡Es divertidísimo! ¡Cielos, qué gracioso! ¿En qué piensas? ¿Qué diablos estás rumiando?

—Pienso en las palabras que acabas de decir. Habría sido mejor que no regresaras a casa, Trent.

—¿Qué quieres decir?

—Mira detrás de ti.

Trent se volvió. En la puerta que comunicaba con la habitación inmediata estaban Claire y el inspector Verall.

Trent fue rápido. El revólver sólo habló una vez y acertó en la diana. Cayó sobre la mesa. El inspector corrió a su lado, mientras Dermot contemplaba a Claire como en un sueño. Varios pensamientos confusos acudieron atropelladamente a su mente. Su tío, la discusión, aquel terrible malentendido, las leyes del divorcio de Inglaterra que nunca habrían permitido a Claire separarse de un marido demente, «debemos compadecerla», la trama urdida entre ella y sir Alington que el astuto Trent había adivinado, el grito de Claire: «¡Sería horrible..., horrible..., horrible!». Sí, pero ahora...

El inspector se hizo a un lado.

—Está muerto —dijo irritado.

—Sí —afirmó Dermot—, siempre fue un buen tirador.

El cuarto hombre

El canónigo Parfitt jadeaba. Correr para alcanzar el tren no convenía a un hombre de sus años. Su figura ya no era lo que había sido y, con la pérdida de su esbelta silueta, había desarrollado cierta tendencia a quedarse sin aliento, que el mismo canónigo solía explicar con dignidad diciendo: «¡Es el corazón!».

Con un suspiro de alivio, se dejó caer en un asiento en el rincón del compartimiento de primera. El calorcillo de la calefacción le resultaba muy agradable. Fuera nevaba. Era una suerte haber conseguido el asiento del rincón para el largo viaje nocturno; de otro modo, le habría resultado penoso. Ese tren tendría que llevar coche cama.

Las otras tres esquinas estaban ya ocupadas y, al observarlo, el canónigo Parfitt se dio cuenta de que el hombre sentado en la más alejada le sonreía cordialmente como si lo conociera. Era un caballero afeitado con pulcritud, de rostro burlón y pelo oscuro que comenzaba a blanquear en las sienes. Su profesión estaba vinculada sin duda a la ley, nadie le habría tomado por otra cosa ni por un momento. Sir George Durand era, ciertamente, un abogado muy famoso.

—Vaya, Parfitt —comentó con aire jovial—. Se ha echado usted una buena carrerita, ¿no?

—Y con lo malo que es eso para mi corazón —respondió el canónigo—. Qué casualidad encontrarle, sir George. ¿Va usted al norte?

—A Newcastle —respondió sir George lacónicamente—. A propósito —añadió—, ¿conoce usted al doctor Campbell Clark?

El caballero sentado en el mismo lado que el canónigo inclinó la cabeza con cortesía.

—Nos encontramos en el andén —continuó el abogado—. Otra coincidencia.

El canónigo Parfitt contempló al doctor Campbell Clark con gran interés. Había oído aquel nombre muy a menudo. El doctor Clark era uno de los especialistas en enfermedades mentales más reconocidos, y su último libro, *El problema del subconsciente,* había sido la obra más controvertida del año.

El canónigo Parfitt vio una mandíbula cuadrada, unos ojos azules de mirada firme y una cabellera rojiza sin una cana, pero que iba clareando rápidamente. Asimismo, tuvo la impresión de hallarse ante una personalidad vigorosa.

Por una asociación de ideas perfectamente natural, el canónigo miró el asiento situado frente al suyo esperando encontrar allí a otra persona conocida, pero el cuarto ocupante resultó ser un completo extraño, probablemente un extranjero. Era un hombre menudo y moreno, de aspecto insignificante. Acurrucado en un grueso abrigo, parecía dormir profundamente.

—¿Es usted el canónigo Parfitt de Bradchester? —preguntó el doctor Clark con voz agradable.

El canónigo pareció halagado. Aquellos «sermones científicos» habían sido un gran acierto, especialmente desde que la prensa se había ocupado de ellos. Bueno, aquello era lo que necesitaba la Iglesia, tratar temas actuales.

—He leído su libro con gran interés, doctor Campbell Clark —respondió—, aunque algunas partes me resultaron demasiado técnicas.

—¿Prefiere hablar o dormir, canónigo? —los interrumpió Durand—. Confieso que sufro de insomnio y, por lo tanto, me inclino en favor de lo primero.

—¡Oh, desde luego! De todas maneras —explicó el canónigo—, casi nunca duermo en estos viajes nocturnos y el libro que he traído es muy aburrido.

—Realmente formamos un grupo muy representativo —observó el médico con una sonrisa—. La Iglesia, la ley y la medicina.

—Sería difícil hallar un tema sobre el que no pudiéramos dar una opinión entre los tres, ¿verdad? —comentó Durand riendo—. El punto de vista espiritual de la Iglesia, el mío puramente legal y mundano, y el suyo, doctor, que abarca el mayor campo, desde lo patológico a lo superpsicológico. Entre los tres podríamos abarcar mucho terreno.

—No tanto como imagina —le contradijo el doctor Clark—. Hay otro punto de vista que ha pasado usted por alto y que es muy importante.

—¿A cuál se refiere? —quiso saber el abogado.

—Al del hombre de la calle.

—¿Es tan importante? ¿Acaso el hombre de la calle no se equivoca siempre?

—¡Oh, casi siempre! Pero posee lo que le falta a toda opinión experta: el punto de vista personal. Verá, al final nunca se puede prescindir de las relaciones personales. Lo he descubierto a lo largo de mi carrera. Por cada paciente que acude realmente enfermo, hay por lo menos otros cinco que no tienen nada más que incapacidad para vivir felices con los otros ocupantes de su casa. Lo llaman de mil maneras: desde «rodilla de criada» a «calambre del escribiente», pero todo es lo mismo: la llaga abierta por el roce diario de una mentalidad con otra.

—Tendrá usted muchísimos pacientes con problemas de nervios, supongo —comentó el canónigo con un tono despectivo. Sus nervios eran excelentes.

—Ah, ¿qué ha querido decir con eso? —El médico se volvió hacia él, rápido como el rayo—. ¡Nervios! La gente dice esa palabra y después se ríe como ha hecho usted. «Esto no tiene importancia», dicen. «¡Sólo son nervios!» ¡Cielo santo!, ahí tiene usted el quid de la cuestión. Se puede contraer una enfermedad física y curarla, pero hasta la fecha no sabemos mucho más sobre las oscuras causas de las ciento y una formas de esas enfermedades relacionadas con los nervios de lo que se sabía…, bueno, durante el reinado de Isabel I.

—¡Vaya! —exclamó el canónigo Parfitt un tanto asombrado ante tal afirmación—. ¿Es eso cierto?

—Y creo que es una buena señal —continuó el doctor Campbell—. Antiguamente considerábamos al hombre como un simple animal, un alma y un cuerpo, con el acento puesto en este último.

—Cuerpo, alma y espíritu —corrigió el clérigo con dulzura.

—¿Espíritu? —El médico sonrió de un modo extraño—. ¿Qué quieren decir exactamente ustedes, los párrocos, ¿con espíritu? Nunca ha estado muy claro. A lo largo de siglos no se han atrevido a dar una definición exacta.

El canónigo carraspeó dispuesto a pronunciar una perorata, pero para su disgusto no tuvo oportunidad, ya que el médico continuó:

—¿Estamos seguros de que la palabra es espíritu, que no es espíritus?

—¿Espíritus? —preguntó sir George Durand, que arqueó las cejas con expresión divertida.

—Sí. —Campbell Clark dirigió su atención hacia él, inclinándose hacia delante para tocarle en el pecho—. ¿Está usted seguro —dijo en tono grave— de que hay un solo ocupante en esta estructura? Porque eso es lo que es: una envidiable residencia que se alquila amueblada por siete, veintiuno, cuarenta y uno, setenta y un años, o los que sean. Y, al final, el inquilino traslada sus cosas, poco a poco, y un buen día se va de la casa, y ésta se viene abajo convertida en una masa de ruinas y decadencia. Usted es el dueño de la casa, admitamos eso, pero nunca se percata de la presencia de los demás: criados sigilosos en los que apenas repara, a no ser por el trabajo que realizan, un trabajo que usted no tiene conciencia de haber hecho. O amigos, estados de ánimo que se apoderan de uno y le hacen ser un «hombre distinto», como se dice vulgarmente. Usted es el rey del castillo, ciertamente, pero puede estar seguro de que en él habita también el «granuja redomado».

—Mi querido Clark —replicó el abogado—, hace usted que me sienta realmente incómodo. ¿Acaso mi mente es, en realidad, un campo de batalla en el que luchan distintas personalidades? ¿Es la última palabra de la ciencia?

Ahora fue el médico quien se encogió de hombros.

—Su cuerpo lo es —dijo con acritud—. ¿Por qué no puede serlo también la mente?

—Muy interesante —exclamó el canónigo Parfitt—. ¡Ah! La ciencia es maravillosa... ¡Maravillosa!

Y para sus adentros agregó: «Podría preparar un sermón muy atrayente basado en esta idea».

Pero el doctor Campbell Clark se había vuelto a reclinar en su asiento, agotado el entusiasmo momentáneo.

—A decir verdad —observó con aire profesional—, es un caso de doble personalidad el que me lleva esta noche a Newcastle. Un caso interesantísimo. Un paciente neurótico, desde luego, pero un caso auténtico.

—Doble personalidad —repitió sir George Durand pensativo—. No es tan raro, según tengo entendido. Acompañado por la pérdida de memoria, ¿no es cierto? El otro día surgió un caso así ante el Tribunal Testamentario.

El doctor Clark asintió.

—Desde luego, el caso más clásico fue el de Felicie Bault. ¿Recuerda haber oído hablar de él?

—Claro que sí —dijo el canónigo Parfitt—. Recuerdo haberlo leído en los periódicos. Pero de eso hace mucho tiempo, por lo menos siete años.

El doctor Campbell volvió a asentir.

—Esa muchacha se convirtió en una de las figuras más célebres de Francia, y acudieron a verla científicos de todo el mundo. Tenía por lo menos cuatro personalidades bien diferenciadas y se las conocía por Felicie 1, Felicie 2, Felicie 3, etcétera.

—¿Y no cabía la posibilidad de que fuera un engaño premeditado? —preguntó sir George suspicaz.

—Las personalidades de Felicie 3 y Felicie 4 ofrecían algunas dudas —admitió el médico—. Pero los hechos principales persisten. Felicie Bault era una campesina de la Bretaña. Era la tercera de cinco hermanos, hija de un padre borracho y de una madre con deficiencia mental. En una de sus borracheras, el padre estranguló a la madre y, si no recuerdo mal, lo condenaron a cadena perpetua. Felicie tenía entonces cinco años. Unas personas caritativas se interesaron por los niños, y Felicie fue criada y educada por una dama inglesa que tenía un hogar para niños desvalidos. Pero consiguió muy poco de Felicie. La describe como una niña anormalmente lenta y obtusa, que aprendió a leer y escribir con gran dificultad, y torpe con las manos. Esa dama, la señorita Slater, intentó prepararla para el servicio doméstico y le buscó varias casas donde trabajó cuando tuvo la edad conveniente, pero en ninguna estuvo mucho tiempo debido a su incapacidad y profunda pereza.

El médico hizo una pausa, y el canónigo, mientras cruzaba las piernas y se envolvía mejor en su manta de viaje, se dio cuenta de pronto de que el hombre sentado frente a él se había movido ligeramente y que sus ojos, que había mantenido cerrados hasta el momento, ahora estaban abiertos y en ellos brillaba una expresión burlona e indescifrable que sobresaltó al clérigo. Era como si hubiese estado regocijándose en secreto con la conversación de los demás.

—Hay una fotografía de Felicie Bault tomada cuando tenía diecisiete años —prosiguió el médico—. Y en ella aparece como una burda campesina de constitución recia, sin nada que indique que pronto iba a ser una de las personas más famosas de Francia.

»Cinco años más tarde, cuando contaba veintidós, Felicie Bault padeció una grave enfermedad nerviosa y, al reponerse, empezaron a manifestarse esos fenómenos extraños. Lo que sigue a continuación son hechos atestiguados por muchos científicos eminentes. La personalidad llamada Felicie 1 era completamente distinta a la Felicie Bault de los últimos años. Felicie 1 escribía mal en francés, no hablaba ningún otro idioma y no sabía tocar el piano. Felicie 2, por el contrario, hablaba italiano con fluidez y alemán de una forma pasable. Su caligrafía era distinta por completo de la de Felicie 1, y escribía y se expresaba a la perfección en francés. Podía discutir de política y arte, y era muy aficionada a tocar el piano. Felicie 3 tenía muchos puntos en común con Felicie 2. Era inteligente y, al parecer, bien educada, pero en la parte moral era completamente diferente. Se mostraba como una criatura depravada, pero en un sentido parisiense, no provinciano. Conocía todo el argot de París y las expresiones del elegante *demi monde*. Su lenguaje era obsceno, y hablaba de la religión y de las llamadas «personas decentes» en términos blasfemos. Por último, estaba Felicie 4: una criatura soñadora, piadosa y clarividente. Pero esta cuarta personalidad fue poco satisfactoria y duradera, y se la consideró un truco deliberado por parte de Felicie 3, una especie de broma que le gastaba al público más iluso. Debo decir que, con la posible excepción de Felicie 4, cada personalidad era distinta e independiente y no tenía conocimiento de las otras. Felicie 2 era sin duda la más predominante y algunas veces duraba hasta quince días. Luego Felicie 1 aparecía bruscamente por espacio de uno o dos días. Después, tal vez Felicie 3 o 4, pero estas dos últimas rara vez predominaban más de unas pocas horas. Cada cambio iba acompañado de un fuerte dolor de cabeza y un sueño profundo, y en cada caso sufría una pérdida completa de memoria de los otros estados, y la personalidad en cuestión retomaba la vida a partir del momento en que la había abandonado, inconsciente del paso del tiempo.

—Muy interesante —murmuró el canónigo—. Muy interesante. Sabemos poco o nada de las maravillas del universo.

—Sabemos que hay algunos impostores muy astutos —observó el abogado en tono seco.

—El caso de Felicie Bault fue investigado por abogados, aparte de médicos y científicos —replicó el doctor Campbell con presteza—. Recuerde que el *maître* Quimbellier llevó a cabo la investigación más profunda y confirmó la opinión de los científicos. Al fin y al cabo, ¿qué nos sorprende tanto? ¿No tenemos huevos de dos yemas? ¿Y plátanos gemelos? ¿Por qué no ha de poder darse el caso de dos almas o, en este caso, cuatro almas en un solo cuerpo?

—¿Dos almas? —protestó el canónigo.

El doctor Campbell Clark volvió sus penetrantes ojos azules hacia él.

—¿Cómo podríamos llamarlo si no? Es decir, si la personalidad es el alma.

—Menos mal que estas cosas son únicamente un capricho de la naturaleza —observó sir George—. Si el caso fuera corriente, se presentarían muchas complicaciones.

—Desde luego, este caso es bastante raro —convino el médico—. Fue una lástima que no pudiera realizarse un estudio más prolongado, pero la inesperada muerte de Felicie puso punto final al tema.

—Hubo algo raro, si no recuerdo mal —dijo el abogado despacio.

El doctor Campbell Clark asintió.

—Un hecho inexplicable. Una mañana, la muchacha apareció muerta en su cama. Había sido estrangulada, pero ante la estupefacción de todos, se demostró sin lugar a dudas que se había estrangulado ella misma. Las señales del cuello eran las de sus dedos. Una forma de suicidio que, aunque no es físicamente imposible, requiere una fuerza muscular extraordinaria y una voluntad casi sobrehumana. Nunca se supo lo que la había impulsado a suicidarse. Claro que su equilibrio mental siempre había sido precario. Sin embargo, ahí tiene. Se corrió para siempre un tupido velo sobre el misterio de Felicie Bault.

Fue entonces cuando el ocupante del rincón más alejado se echó a reír.

Los otros tres hombres se sobresaltaron como si les hubieran disparado. Habían olvidado por completo la presencia del cuarto pasajero y, cuando se volvieron hacia el hombre arrebujado en su abrigo, éste se rio de nuevo.

—Perdónenme, caballeros —dijo en perfecto inglés, aunque con un ligero acento extranjero. Se enderezó mostrando un rostro pálido con un bigotillo negro azabache—. Sí, perdónenme —dijo con un gesto burlón—. Pero, la verdad, ¿la ciencia dice alguna vez la última palabra?

—¿Sabe algo del caso que estábamos discutiendo? —le preguntó el médico cortésmente.

—¿Del caso? No. Pero la conocí.

—¿A Felicie Bault?

—Sí. Y a Annette Ravel, también. No han oído hablar de Annette Ravel, ¿verdad? Y, no obstante, la historia de una es la historia de la otra. Créanme, no saben nada de Felicie Bault si no conocen también la historia de Annette Ravel.

Sacó un reloj para consultar la hora.

—Falta media hora hasta la próxima parada. Tengo tiempo de contarles la historia, es decir, si a ustedes les interesa escucharla.

—Cuéntela, por favor —dijo el médico.

—¡Me encantaría oírla! —exclamó el pastor.

Sir George Durand se limitó a adoptar una actitud de atenta escucha.

—Mi nombre, caballeros —comentó el extraño compañero de viaje—, es Raoul Letardeau. Han mencionado a una dama inglesa, la señorita Slater, que se dedicaba a obras de caridad. Yo nací en la Bretaña, en el mismo pueblecito pesquero de Felicie, y cuando mis padres fallecieron víctimas de un accidente ferroviario fue la señorita Slater quien acudió a rescatarme y me salvó de algo equivalente a los reformatorios ingleses. Tenía unos veinte chiquillos a su cuidado, entre niños y niñas. Entre ellas, se encontraban Felicie Bault y Annette Ravel. Si no consigo hacerles comprender la personalidad de Annette, caballeros, no entenderán nada. Era hija de lo que ustedes llaman una chica de la calle, que había muerto de tuberculosis después de que la abandonara su amante. La madre había sido bailarina y Annette albergaba el deseo de bailar. Cuando la vi por primera vez tenía once años, y era una niña vivaracha de ojos brillantes y soñadores, una criatura toda fuego y vida. Y enseguida, sí, enseguida me convirtió en su esclavo. «Raoul, haz esto; Raoul, haz lo otro», y yo obedecía. Yo la idolatraba y ella lo sabía.

»Solíamos ir a la playa los tres juntos: Annette, Felicie y yo. Y una vez allí Annette se quitaba los zapatos y las medias, y bailaba en la arena. Después, cuando le faltaba el aliento, nos contaba lo que quería llegar a ser.

»—Veréis, yo seré famosa. Sí, muy famosa. Tendré cientos de miles de medias de seda, de la seda más exquisita, y viviré en un piso maravilloso. Todos mis amantes serán jóvenes, guapos y ricos, y cuando yo baile todo París irá a verme. Me aclamarán y se volverán locos con mis movimientos. Y durante los inviernos no bailaré. Iré al sur a disfrutar del sol. Allí hay casas con naranjos. Me tenderé al sol sobre cojines de seda y comeré naranjas. Y en cuanto a ti, Raoul, nunca te olvidaré por muy rica y famosa que sea. Te protegeré y te ayudaré a prosperar. Felicie será mi doncella..., no, sus manos son demasiado torpes. Míralas, qué grandes y toscas son.

»Felicie se ponía furiosa, y entonces Annette continuaba pinchándola.

»—Es tan fina, Felicie, tan elegante y distinguida. Es una princesa disfrazada, ja, ja.

»—Mi padre y mi madre estaban casados, y los tuyos no —replicaba Felicie con rencor.

»—Sí, y tu padre mató a tu madre. Bonita cosa ser la hija de un asesino.

»—Y el tuyo dejó morir a tu madre —era la contestación de Felicie.

»—Ah, ¿sí? —Annette se quedaba pensativa—. *Pauvre*

maman. Hay que mantenerse fuerte y conservarse bien. Estar sana y fuerte es lo principal.

»—Yo soy fuerte como un caballo —presumía Felicie.

»Y desde luego lo era. Tenía el doble de fuerza de cualquier niña del hogar y nunca estaba enferma.

»Pero no era lista, ¿comprenden?, era tonta como una bestia bruta. A menudo me he preguntado por qué seguía a Annette a todas partes. Estaba fascinada por ella. Algunas veces creo que la odiaba, y no es de extrañar, puesto que Annette no era amable con ella. Se burlaba de su lentitud y estupidez, y la provocaba delante de los demás. Yo había visto a Felicie ponerse lívida de rabia. Algunas veces pensé que iba a rodear la garganta de Annette con sus dedos y a acabar con su vida. No era lo bastante inteligente para contestar a los improperios de Annette, pero con el tiempo aprendió una respuesta que nunca fallaba. Era referirse a su propia salud y fuerza. Había entendido lo que yo siempre supe: que Annette envidiaba su fortaleza física, y ella atacaba instintivamente el punto débil de la armadura de su enemiga.

»Un día Annette vino hacia mí muy contenta.

»—Raoul —dijo—, hoy vamos a divertirnos con esa tonta de Felicie.

»—¿Qué vas a hacer?

»—Ven detrás del cobertizo y te lo diré.

»Parecía que Annette había encontrado cierto libro, parte del cual no entendía, ya que, desde luego, estaba muy por encima de su capacidad. Era una de las primeras obras sobre la hipnosis.

»—Conseguí un objeto brillante. El pomo de latón de mi cama se gira. Hice que Felicie lo mirase anoche. "Míralo fijamente", le dije. "No apartes los ojos." Y entonces lo hice girar, Raoul. Estaba asustada. Sus ojos tenían una expresión extraña, muy extraña. "Felicie, tú harás siempre lo que yo diga", le dije. "Haré siempre lo que tú digas, Annette", me contestó. Y luego le dije: "Mañana llevarás un cabo de vela al patio y te lo comerás a las doce. Y si alguien te pregunta, dirás que es la mejor galleta que has probado en tu vida". ¡Oh, Raoul, imagínate!

»—Pero ella no hará una cosa así —protesté.

»—El libro dice que sí. No es que yo lo crea del todo. ¡Pero, oh, Raoul, si lo que dice el libro es cierto, lo que vamos a divertirnos!

»A mí también me pareció divertido. Hicimos correr la voz entre los compañeros y a las doce estábamos todos en el patio. A la hora exacta apareció Felicie con el cabo de la vela en la mano. ¿Y creerán ustedes, caballeros, que empezó a mordisquearlo sin vacilar? ¡Todos nos desternillábamos de risa! De vez en cuando alguno de los niños se le acercaba y le decía muy serio: "¿Está bueno lo que comes, Felicie?". Y ella respondía: "Sí, es la mejor galleta que he probado en mi vida".

»Y entonces nos mondábamos de risa. Nos reíamos tan fuerte que el ruido despertó a Felicie y se dio cuenta de lo que estaba haciendo. Parpadeó, extrañada, miró la vela y luego a todos los que nos encontrábamos a su alrededor. Se pasó la mano por la frente.

»—Pero ¿qué estoy haciendo aquí? —murmuró.

»—Te estás comiendo una vela de sebo —le gritamos.

»—¡Yo te obligué a hacerlo! ¡Yo te obligué a hacerlo! —exclamó Annette bailando en torno a ella.

»Felicie la miró fijamente unos instantes y luego se le acercó.

»—¿De modo que has sido tú..., has sido tú quien me

ha puesto en ridículo? No lo olvidaré y te mataré por esto.

»Lo dijo en voz muy baja, pero Annette echó a correr y se refugió detrás de mí.

»—¡Sálvame, Raoul! Me da miedo Felicie. Sólo ha sido una broma, Felicie. Sólo una broma.

»—No me gustan estas bromas —replicó—. ¿Comprendes? Te odio. Os odio a todos.

»De pronto se echó a llorar y se marchó corriendo.

»Creo que Annette estaba asustada por el resultado de su experimento, y no intentó repetirlo. Pero a partir de aquel día su dominio sobre Felicie se intensificó.

»Ahora creo que Felicie siempre la odió, pero no podía apartarse de su lado y solía seguirla como un perrito faldero.

»Poco después de eso, me encontraron un empleo y sólo volvía al hogar en vacaciones. No tomaron en serio el deseo de Annette de ser bailarina, pero tenía una voz muy bonita, y la señorita Slater consintió gustosamente en dejarla aprender canto.

»Annette no era perezosa, trabajaba arduamente y sin descanso. La señorita Slater se vio obligada a impedir que se excediera, y en cierta ocasión me habló de ella.

»—Tú siempre has apreciado mucho a Annette —me dijo—. Convéncela para que no se esfuerce demasiado. Últimamente tose de una manera que no me gusta.

»Poco después de esa conversación, tuve que marcharme por cuestiones de trabajo. Recibí una o dos cartas de Annette al principio, pero luego, durante los cinco años que permanecí en el extranjero, no supe nada más de ella.

»Por pura casualidad, cuando regresé a París me llamó la atención un cartel con el nombre de Annette Ravelli y su fotografía. La reconocí en el acto. Aquella noche fui al teatro en cuestión. Annette cantaba en francés e italiano, y sobre el escenario estaba espléndida. Después fui a verla a su camerino y me recibió enseguida.

»—Vaya, Raoul —exclamó tendiéndome las pálidas manos—. ¡Es maravilloso! ¿Dónde has estado todos estos años?

»Se lo habría dicho, pero en realidad no deseaba escucharme.

»—¡Ves, ya casi he llegado!

»Con un gesto triunfal, me señaló el camerino lleno de flores.

»—La buena de la señorita Slater estará orgullosa de tu éxito.

»—¿Esa vieja? ¡Qué va! Quería que fuera al conservatorio y cantara en conciertos aburridos. Pero yo soy una artista. Es aquí, en el teatro de variedades, donde puedo expresar mi personalidad.

»En aquel momento entró un hombre apuesto de mediana edad. Era muy distinguido. Por su comportamiento, comprendí enseguida que se trataba del protector de Annette. Me miró de soslayo y Annette le explicó:

»—Es un amigo de la infancia. Está de paso en París, ha visto mi retrato en un cartel, *et voilà!*

»El hombre se volvió entonces muy amable y cortés, y delante de mí sacó una pulsera de brillantes y rubíes que colocó en la muñeca de Annette. Cuando me levanté para marcharme, ella me dirigió una mirada de triunfo mientras susurraba:

»—He llegado, ¿verdad? ¿Lo ves? Tengo el mundo a mis pies.

»Pero al salir del camerino la oí toser con una tos seca y ronca. Sabía muy bien lo que significaba. Era la herencia de su madre tuberculosa.

»Volví a verla dos años más tarde. Había ido a buscar refugio junto a la señorita Slater. Su carrera se había acabado. La enfermedad estaba tan avanzada que los médicos dijeron que no podía hacerse nada.

»¡Ah! ¡Nunca olvidaré cómo la vi entonces! Estaba echada a la sombra de un chamizo montado en el jardín. La dejaban día y noche al aire libre. Tenía las mejillas hundidas y arreboladas, los ojos brillantes y febriles, y no paraba de toser.

»Me saludó con tal desesperación que me quedé estupefacto.

»—Cuánto me alegro de verte, Raoul. ¿Ya sabes lo que dicen, que no me pondré bien? Lo dicen a mis espaldas, ¿comprendes? Conmigo son todo amabilidad y tratan de consolarme. Pero ¡no es verdad, Raoul, no es verdad! No me dejaré morir. ¿Morir? ¿Con la vida tan hermosa que se extiende ante mí? Es la voluntad de vivir lo que importa. Todos los médicos respetables lo dicen. Yo no soy de esas personas débiles que se abandonan. Ya empiezo a sentirme mejor..., muchísimo mejor, ¿me oyes?

»Se incorporó apoyándose sobre un codo para dar más énfasis a sus palabras, pero luego cayó hacia atrás, presa de un ataque de tos que provocó que su delgado cuerpo se estremeciera.

»—La tos no es nada —jadeó—. Y las hemorragias no me asustan. Sorprenderé a los médicos. Es la voluntad lo que importa. Recuerda, Raoul, yo viviré.

»Daba mucha pena, ¿comprenden? Mucha pena.

»En aquel momento llegó Felicie Bault con una bandeja. Le dio a Annette un vaso de leche caliente, y se quedó mirando cómo se la bebía con una expresión que no pude descifrar, como con cierta satisfacción.

»Annette también captó aquella mirada. Lanzó el vaso contra el suelo con tanta furia que se hizo añicos.

»—¿La has visto? Así es como me mira siempre. ¡Se alegra de que vaya a morir! Sí, disfruta. Ella está fuerte y sana. Mírala... ¡Nunca ha estado enferma! ¡Ni un solo día! Y todo para nada. ¿De qué le sirve ese corpachón? ¿Qué va a sacar de él?

»Felicie se agachó para recoger los fragmentos de cristal.

»—No me importa en absoluto lo que diga —comenzó con voz cantarina—. ¿A mí qué? Soy una chica respetable. Y en cuanto a ella, sabrá lo que son los fuegos del purgatorio dentro de poco. Yo soy cristiana y no necesito decir más.

»—¡Me odias! —exclamó Annette—. Siempre me has odiado. ¡Ah!, pero puedo hechizarte. Puedo hacer que actúes según mi voluntad. Si te lo ordenara ahora mismo, te pondrías de rodillas ante mí en la hierba.

»—No digas tonterías —replicó Felicie intranquila.

»—Sí que lo harás. Lo harás. Para complacerme. Arrodíllate. Yo, Annette, te lo pido. Arrodíllate, Felicie.

»No sé si sería por el maravilloso tono de súplica o por un motivo más profundo, pero el caso es que Felicie obedeció. Se puso de rodillas lentamente, con los brazos abiertos y una expresión estúpida en el rostro.

»Annette echó la cabeza hacia atrás y se rio con todas sus fuerzas.

»—¡Mira qué cara de boba que pone! ¡Qué ridícula está! ¡Ya puedes levantarte, Felicie, gracias! Es inútil que frunzas el ceño. Soy tu dueña y tienes que hacer lo que yo diga.

»Se desplomó exhausta sobre las almohadas. Felicie recogió la bandeja y se alejó lentamente. De camino, se volvió una vez para echar un vistazo por encima del hombro, y el ardiente resentimiento de su mirada me asustó.

»Yo no estaba allí cuando murió Annette. Pero, al parecer, fue terrible. Se aferraba a la vida con desesperación, luchando contra la muerte como una posesa. Una y otra vez gritaba: "No moriré. Tengo que vivir... vivir".

»Me lo contó la señorita Slater cuando fui a verla unos seis meses más tarde.

»—Mi pobre Raoul —me dijo con tono amable—. Tú la querías, ¿verdad?

»—Siempre la quise, siempre. Pero ¿de qué le habría servido? No hablemos de eso. Ahora está muerta..., ella..., tan alegre y tan llena de vida.

»La señorita Slater era una mujer comprensiva y se puso a hablar de otras cosas. Estaba preocupada por Felicie. La joven había sufrido una extraña crisis nerviosa y, desde entonces, su comportamiento era muy extraño.

»—¿Sabes que está aprendiendo a tocar el piano? —me dijo la señorita Slater tras una ligera vacilación.

»Yo lo ignoraba y me sorprendió mucho. ¡Felicie aprendiendo a tocar el piano! Habría jurado que era totalmente incapaz de distinguir una nota de otra.

»—Dicen que tiene talento —continuó la señorita Slater—. No lo comprendo. Siempre la había considerado... Bueno, Raoul, tú mismo sabes que siempre fue una niña algo obtusa.

»Asentí.

»—Su comportamiento es tan extraño que no sé qué pensar.

»Pocos minutos después entré en la sala de lectura. Felicie estaba tocando el piano, la misma tonadilla que le había escuchado cantar a Annette en París. Comprendan, caballeros, que me quedé de una pieza. Y luego, al oírme, se interrumpió y se volvió para mirarme con los ojos rebosantes de malicia e inteligencia. Por un momento pensé... Bueno, no voy a decirles lo que pensé entonces.

»*Tiens!* —exclamó—. De manera que es usted, monsieur Raoul.

»No soy capaz de describir cómo lo dijo. Para Annette nunca había dejado de ser Raoul, pero Felicie, desde que volvimos a encontrarnos como adultos, siempre me llamaba monsieur Raoul. Pero entonces lo dijo de un modo distinto, como si aquel monsieur ligeramente enfatizado fuera algo divertido.

»—Va-vaya, Felicie —tartamudeé—, te veo muy cambiada.

»—¿Sí? —replicó pensativa—. Qué curioso. Pero no te pongas tan serio, Raoul, decididamente te llamaré Raoul. ¿Acaso no jugábamos juntos cuando éramos niños? La vida se ha hecho para reír. Hablemos de la pobre Annette, que está muerta y enterrada. Me pregunto si estará en el purgatorio o dónde.

»Y tarareó un trocito de una canción desafinando, pero la letra llamó mi atención.

»—¡Felicie! —exclamé—. ¿Hablas italiano?

»—¿Por qué no, Raoul? ¿Quizá no soy tan boba como parecía? —Y se rio de mi confusión.

»—No comprendo... —comencé a decir.

»—Pues yo te lo explicaré. Soy una magnífica actriz, aunque nadie lo sospecha. Puedo representar muchos papeles, y muy bien, por cierto.

»Volvió a reír y salió corriendo de la habitación antes de que pudiera detenerla.

»La volví a ver antes de marcharme. Estaba dormida en un sillón y roncaba. La estuve mirando fascinado, aunque me repelía. De pronto se despertó sobresaltada, y su mirada apagada se encontró con la mía.

»—Monsieur Raoul —murmuró como un autómata.

»—Sí, Felicie. Me marcho ya. ¿Tocarías algo para mí antes de que me vaya?

»—¿Yo, tocar? ¿Se está riendo de mí, monsieur Raoul?

»—¿No recuerdas que esta mañana has tocado para mí?

»Felicie negó con la cabeza.

»—¿Tocar yo? ¿Cómo es posible que sepa tocar una pobre chica como yo?

»Hizo una pausa, como si reflexionara, y luego me indicó con un gesto que me acercara.

»—¡Monsieur Raoul, ocurren cosas extrañas en esta casa! Le gastan a uno bromas. Cambian las agujas del reloj. Sí, sí, sé lo que digo. Y todo eso es obra de ella.

»—¿De quién? —pregunté sobresaltado.

»—De Annette, esa mujer malvada. Cuando vivía siempre estaba atormentándome y, ahora que ha muerto, vuelve del otro mundo para seguir mortificándome.

»La miré fijamente. Ahora comprendo que la dominaba el terror. Parecía que los ojos se le fueran a salir de las órbitas.

»—Es mala. Le aseguro que es mala. Sería capaz de quitar a cualquiera el pan de la boca, la ropa e incluso el alma del cuerpo.

»De pronto se agarró a mí.

»—Tengo miedo, se lo aseguro, miedo. Oigo su voz, no en mis oídos, sino aquí, en mi cabeza. —Se tocó la frente—. Me arrastrará lejos de aquí, y entonces ¿qué haré, qué será de mí?

»Su voz se fue elevando hasta convertirse en un alarido y vi en sus ojos el terror de los animales salvajes acorralados.

»Entonces sonrió. Fue una sonrisa agradable, llena de astucia, que hizo que me estremeciera.

»—Si ocurriera eso, monsieur Raoul, tengo mucha fuerza en las manos, tengo mucha fuerza en las manos.

»Nunca me había fijado en sus manos. Entonces las miré y me recorrió un escalofrío. Tenía unos dedos gruesos, brutales, y como ella misma había dicho, extraordinariamente fuertes. No sabría explicarles la sensación de náuseas que me invadió. Con unas manos como aquéllas, su padre debió estrangular a su madre.

»Aquélla fue la última vez que vi a Felicie Bault. Inmediatamente después me marché al extranjero, a Sudamérica. Regresé dos años después de su muerte. Leí algo en los periódicos sobre su vida y su muerte repentina. Y esta noche me he enterado de bastantes detalles por ustedes. Felicie 3 y Felicie 4. Me pregunto si... ¡Era una buena actriz!

De pronto el tren aminoró la velocidad, y el hombre sentado en el rincón se irguió para abrocharse el abrigo.

—¿Cuál es su teoría? —preguntó el abogado, que echó el cuerpo hacia delante.

—Apenas puedo creerlo —comenzó el canónigo Parfitt, y se interrumpió.

El médico no decía nada, pero miraba fijamente a Raoul Letardeau.

—Es capaz de quitarle a uno el pan de la boca, la ropa e incluso el alma del cuerpo —repitió el francés poniéndose de pie—. Les aseguro, messieurs, que la historia de Felicie Bault es la historia de Annette Ravel. Ustedes no la conocieron, caballeros. Yo sí. Y amaba mucho la vida.

Con la mano en el pomo de la puerta, dispuesto ya a apearse, se volvió y dio un golpecito en el pecho del canónigo.

—*Monsieur le docteur* acaba de decir que esto —apoyó un dedo en el estómago del pastor, que pegó un respingo— es sólo una residencia. Dígame, si encontrara un ladrón en su casa, ¿qué haría? Pegarle un tiro, ¿no?

—¡No! —exclamó el canónigo—. No, por supuesto que no. Quiero decir que en este país, no.

Pero sus últimas palabras se quedaron flotando en el aire mientras la puerta del compartimiento se cerraba de golpe.

El clérigo, el abogado y el médico se habían quedado solos. El cuarto asiento estaba vacío.

SOS

1

—¡Ah! —dijo el señor Dinsmead con admiración.

Dio un paso atrás y miró la mesa redonda con aprobación. La luz del hogar se reflejaba en el áspero mantel blanco, los tenedores, los cuchillos y demás objetos de la mesa.

—¿Está todo a punto? —preguntó la señora Dinsmead con voz insegura.

Era una mujer insignificante, de rostro descolorido, el pelo ralo peinado hacia atrás y un nerviosismo constante.

—Todo está a punto —replicó su marido con una satisfacción malsana.

Era un hombre corpulento, de hombros caídos y rostro ancho y rubicundo. Tenía unos ojillos de cerdo brillantes, las cejas muy pobladas y las mejillas desprovistas de barba.

—¿Limonada? —sugirió la señora Dinsmead, casi en un susurro.

Su marido negó con la cabeza.

—Té. Es mucho mejor en todos los aspectos. Mira el tiempo que hace, llueve a cántaros y sopla un fuerte viento. Una buena taza de té caliente es lo que hace falta para acompañar la cena en una noche como ésta.

Parpadeó con vivacidad y una vez más inspeccionó la mesa.

—Un buen plato de huevos, ternera en lata, pan y queso. Eso es lo que quiero para la cena. De manera que ve a prepararlo, mamá. Charlotte está en la cocina esperando para ayudarte.

La señora Dinsmead se levantó y recogió cuidadosamente la lana de su labor de punto.

—Se ha convertido en una muchacha muy guapa —murmuró—. Es un verdadero encanto.

—¡Ah! —exclamó el señor Dinsmead—. ¡Es el vivo retrato de su madre! ¡Vamos, ve a la cocina de una vez y no perdamos más tiempo!

Se paseó por la habitación durante unos minutos tarareando una cancioncilla. En un momento dado se acercó a la ventana para contemplar el exterior.

—Vaya tiempo —murmuró para sí—. No es probable que tengamos visita esta noche.

Entonces él también salió de la habitación.

Unos diez minutos más tarde, la señora Dinsmead entró con una bandeja de huevos fritos, seguida de sus dos hijas, que llevaban el resto de las viandas. El señor Dinsmead y su hijo Johnnie cerraban la marcha. El primero se sentó a la cabecera de la mesa.

—Y por todos los bienes que vamos a recibir, etcétera —manifestó humorísticamente—. ¡Y bendito sea el que inventó la comida enlatada! Me gustaría saber qué haríamos nosotros a tantos kilómetros de distancia de cualquier pueblo si no pudiéramos echar mano de las conservas cada vez que el carnicero se olvida de venir.

Cortó la ternera con mano experta.

—Y yo me pregunto a quién se le ocurriría construir una casa como ésta tan apartada de la civilización —se quejó su hija Magdalen—. Nunca vemos ni un alma.

—No —dijo su padre—. Ni un alma.

—No sé por qué la alquilaste, papá —intervino Charlotte.

—¿No, hija mía? Pues tenía mis razones... Sí, tenía mis razones.

Su mirada buscó a hurtadillas los ojos de su esposa, pero ella frunció el ceño.

—Y además está encantada —continuó Charlotte—. No dormiría aquí sola por nada.

—Tonterías —replicó el padre—. Nunca has visto nada, ¿no es cierto?

—Quizá no haya visto nada, pero...

—Pero ¿qué?

Charlotte no contestó, pero se estremeció. Una fuerte ráfaga de lluvia azotó el postigo de la ventana y la señora Dinsmead dejó caer la cuchara, que tintineó contra la bandeja.

—¿Estás nerviosa, mamá? —dijo el señor Dinsmead—. Hace una noche de perros, eso es todo. No te preocupes, aquí junto al fuego estamos seguros, y no es probable que venga nadie a molestarnos. Vaya, sería un milagro que viniera alguien, y los milagros no ocurren.

«No —agregó para sus adentros con extraña satisfacción—, los milagros no ocurren.»

Apenas acababa de pronunciar estas palabras cuando llamaron a la puerta, y el señor Dinsmead se quedó petrificado.

—¿Qué es eso? —murmuró, y se quedó boquiabierto.

La señora Dinsmead dejó escapar un gemido y se estrechó el chal alrededor del cuerpo. El color acudió a las mejillas de Magdalen cuando se inclinó hacia delante para decirle a su padre:

—El milagro ha ocurrido. Será mejor ir a ver quién es.

2

Veinte minutos antes, envuelto por la niebla y azotado por la lluvia, Mortimer Cleveland había estado contemplando su coche. Aquello sí que era mala suerte. Dos pinchazos en menos de diez minutos, y ahí estaba él, atrapado a muchos kilómetros de cualquier parte, en los páramos desnudos de Wilstshire, con la noche echándosele encima y sin la menor esperanza de encontrar un lugar donde guarecerse. Le estaba bien empleado por querer tomar un atajo. ¡Si hubiera continuado por la carretera principal...! Pero estaba perdido en lo que parecía un camino de carros en la ladera de una colina, sin posibilidades de hacer avanzar el coche y sin saber siquiera si había algún pueblo cercano.

Miró perplejo a su alrededor y sus ojos percibieron el resplandor de una luz un poco más arriba, en la ladera. Un segundo más tarde la niebla la ocultó de nuevo, pero aguardó con paciencia y logró verla otra vez. Tras un momento de vacilación, abandonó el coche y subió la ladera.

Pronto dejó atrás la niebla y vio que la luz salía de una ventana de una casita de campo. Allí, por lo menos, encontraría refugio. Mortimer Cleveland apresuró el paso, con la cabeza gacha para hacer frente al tremendo embate de la lluvia y el viento que intentaban hacerlo retroceder.

Cleveland era, a su manera, una celebridad, aunque la mayoría de la gente desconociera su nombre y actividades. Era una autoridad en psiquiatría y había escrito dos manuales magníficos sobre el subconsciente. También era miembro de la Sociedad de Investigaciones Psíquicas y estudiante de las ciencias ocultas en la medida en que afectaban a sus propias conclusiones y a su línea de investigación.

Por naturaleza era muy susceptible al ambiente y, gracias al aprendizaje, había afinado ese don natural. Cuando por fin llegó a la casa y llamó a la puerta, fue consciente de que afloraba en él una emoción, de un interés especial, como si todas sus facultades se hubieran agudizado de pronto.

El murmullo de voces del interior llegaba perfectamente hasta sus oídos. Después de su llamada se hizo un silencio, y luego oyó el ruido de una silla al arrastrarse. Al cabo de un instante le abrió la puerta un muchacho de unos quince años. Cleveland contempló la escena del interior por encima de su hombro.

Le recordó los cuadros de algún pintor flamenco. Una mesa redonda preparada para la cena y una familia reunida a su alrededor; un par de velas encendidas y el resplandor del hogar que lo iluminaba todo. El padre, un hombre corpulento, sentado a la cabecera de la mesa, y frente a él, una mujercita de cabellos grises y aspecto atemorizado. Frente a la puerta, mirando a Cleveland, había una muchacha. La mirada sorprendida de ella se clavó en la suya, con la taza en el aire, a medio camino de los labios.

Cleveland vio enseguida que su hermosura era poco corriente. El pelo, del color del oro rojo, le enmarcaba el rostro como una aureola; los ojos, muy separados, eran de un gris purísimo. Tenía una boca y una barbilla dignas de una primitiva *madonna* italiana.

Hubo un instante de silencio absoluto. Luego Cleveland entró en la casa y refirió lo que acababa de ocurrirle. Cuando terminó su trivial historia, se hizo otro silencio difícil de explicar. Al fin, como si le costara un gran esfuerzo, el padre se levantó.

—Pase, señor. ¿Señor Cleveland, ha dicho usted?

—Ése es mi nombre —respondió Mortimer sonriendo.

—Ah, sí. Pase, señor Cleveland. Hace una noche de perros, ¿no es cierto? Acérquese al fuego. Cierra la puerta, ¿quieres, Johnnie? No te quedes ahí toda la noche.

Cleveland se acercó al fuego y tomó asiento en un taburete mientras Johnnie cerraba la puerta.

— Me llamo Dinsmead —le dijo el otro hombre con cordialidad—. Ella es mi esposa, y éstas mis dos hijas, Charlotte y Magdalen.

Por primera vez, Cleveland vio el rostro de la otra joven sentada de espaldas a la puerta y observó que, aunque de un tipo totalmente distinto, también era una belleza. Muy morena, con el rostro pálido, como de mármol, una delicada nariz aguileña y la boca seria. Era una belleza fría, austera y casi ominosa. Al oír la presentación de su padre, inclinó la cabeza mirándolo como si quisiera adivinar su carácter, como si lo estuviera pesando en la balanza de su joven juicio.

—¿Quiere beber algo, señor Cleveland?

—Gracias —replicó Mortimer—. Una taza de té me sentaría de maravilla.

El señor Dinsmead vaciló un momento, y luego vació las cinco tazas, una tras otra, en un bol.

—Este té ya está frío —dijo con brusquedad—. ¿Quieres preparar un poco más, mamá?

La señora Dinsmead se levantó rápidamente y recogió la tetera. Mortimer tuvo la impresión de que se alegraba de poder abandonar la habitación.

El té no tardó en llegar y se agasajó al inesperado huésped también con una cena.

El señor Dinsmead charlaba y charlaba. Se mostraba comunicativo, afable y locuaz, y le contó al forastero toda su vida. Se había retirado hacía poco del negocio de la construcción; sí, había ganado su buen dinero. Él y su esposa habían creído que no estaría mal vivir en el campo. Hasta entonces nunca lo habían hecho. Claro que octubre y noviembre eran una mala época, pero no quisieron esperar. «La vida es tan insegura, ya sabe usted, señor.» De modo que alquilaron aquella casita situada a doce kilómetros del pueblo más cercano, y a treinta de lo que podría llamarse una ciudad. No, no se quejaban. Las hijas lo encontraban un poco aburrido, pero él y su esposa disfrutaban con aquella tranquilidad.

Y así continuó largo rato, dejando a Mortimer casi hipnotizado con su facilidad de palabra. Este último estaba seguro de que allí no había otra cosa que rutina doméstica; sin embargo, con un primer vistazo al interior había detectado algo más: cierta tensión que emanaba de una de aquellas personas, no sabía de cuál. ¡Bah, tonterías! Lo único que ocurría era que tenían los nervios crispados; su repentina aparición los había sorprendido, nada más.

Abordó el tema del alojamiento por una noche y recibió una respuesta inmediata.

—Usted se queda con nosotros, señor Cleveland. No hay otra casa en varios kilómetros. Podemos dejarle una habitación y, aunque mis pijamas son algo grandes, siempre serán mejor que nada, y sus ropas estarán secas por la mañana.

—Es usted muy amable.

—Nada de eso —replicó el otro alegremente—. Como acabo de decirle, hace una nochecita de perros para andar por ahí. Magdalen, Charlotte, id a preparar la habitación.

Las dos jóvenes salieron de la sala y, al poco rato, Mortimer las oyó andar por arriba.

—Comprendo perfectamente que dos jovencitas tan atractivas como sus hijas se aburran aquí —dijo Cleveland.

Bonitas, ¿verdad? —respondió el señor Dinsmead con orgullo paternal—. Pero muy distintas de nosotros. Mi esposa y yo no somos muy agraciados, pero estamos muy unidos, se lo aseguro, señor Cleveland. ¿No es cierto, Maggie?

La señora Dinsmead sonrió con modestia, atareada con el tejido. Las agujas sonaban sin cesar. Tejía muy deprisa.

Al fin la habitación estuvo preparada y Mortimer, tras dar las gracias una vez más, anunció su deseo de retirarse a descansar.

—¿Habéis puesto una bolsa de agua caliente en su cama? —preguntó la señora Dinsmead de pronto, atenta a sus deberes de ama de casa.

—Sí, mamá, dos.

—Muy bien —replicó Dinsmead—. Subid con él, hijas mías, y comprobad que no le falte nada.

Magdalen lo precedió con una palmatoria en alto para iluminar la escalera, y Charlotte subió tras él.

La habitación era pequeña pero agradable, con el techo inclinado. La cama parecía cómoda y los pocos muebles, un tanto polvorientos, eran de caoba antigua. Sobre el lavabo había una gran jarra de agua caliente y, sobre una silla, un par de pijamas rosados de enormes proporciones. La cama estaba lista para dormir.

Magdalen fue hasta la ventana para asegurarse de que los postigos estaban cerrados. Charlotte dirigió una ojeada final a los utensilios del lavabo y después se demoraron junto a la puerta.

—Buenas noches, señor Cleveland. ¿Está seguro de que no necesita nada?

—No, gracias, señorita Magdalen. Siento ocasionarles tantas molestias. Buenas noches.

Salieron y Mortimer Cleveland se quedó a solas. Empezó a desnudarse con aire pensativo. Cuando acabó de ponerse el enorme pijama del señor Dinsmead, recogió las ropas húmedas y las dejó en el rellano, como le aconsejó su anfitrión, cuya voz se oía desde arriba.

¡Qué charlatán era aquel hombre! Era un tipo raro, y, desde luego, había algo extraño en aquella familia. ¿O eran imaginaciones suyas?

Volvió a entrar en el dormitorio y cerró la puerta. Permaneció junto a la cama sumido en sus pensamientos. Y entonces se sobresaltó.

La mesita de caoba que había al lado de la cama estaba cubierta de polvo. En el polvo había tres letras escritas con toda claridad: SOS.

Mortimer las miró sin poder dar crédito a sus ojos. Aquello confirmaba sus vagas sospechas y presentimientos. Entonces estaba en lo cierto. En aquella casa ocurría algo raro.

SOS. Una llamada de auxilio. Pero ¿el dedo de quién la había escrito en el polvo? ¿Magdalen o Charlotte? Ambas habían estado junto a la cama unos momentos antes de abandonar la habitación. ¿Qué mano habría trazado en secreto aquellas tres letras?

Ante él aparecieron los rostros de las dos jóvenes. Magdalen, morena y distante, y Charlotte, tal como la viera en el primer momento, con los ojos muy abiertos, sobresaltada, con algo indefinible en su mirada.

Se acercó de nuevo a la puerta y la abrió. Ya no se oía la voz del señor Dinsmead. La casa estaba en silencio.

«No puedo hacer nada esta noche. Mañana ya veremos», pensó para sus adentros.

3

Cleveland se despertó temprano. Cruzó la sala y salió al jardín. La mañana era hermosa y fresca después de la lluvia. Alguien más había madrugado. En el otro extremo del jardín, Charlotte estaba apoyada en la cerca contemplando las colinas, y a Mortimer el pulso se le aceleró un poco al ir a su encuentro. Estaba convencido de que había sido Charlotte quien había escrito el mensaje. Al llegar junto a ella, la joven se volvió para darle los buenos días. Sus ojos eran francos e infantiles, sin la menor sombra de un secreto compartido.

—Hace una mañana espléndida —dijo Cleveland sonriendo—. Qué contraste con el tiempo que hacía anoche.

—Desde luego.

Mortimer arrancó una ramita de un árbol cercano, y con ella empezó a dibujar en la arena que había a sus pies. Trazó una ese, luego una o y por último otra ese, observando atentamente la reacción de la joven. Pero tampoco en ese momento percibió la menor señal de comprensión.

—¿Sabe lo que representan estas letras? —preguntó de pronto.

Charlotte frunció el ceño.

—¿No son las que envían los barcos cuando están en peligro? —replicó.

Mortimer hizo un gesto de asentimiento.

—Alguien las escribió anoche en la mesita junto a la cama —dijo en voz baja—. Creí que tal vez habría sido usted.

Ella lo miró con asombro.

—¿Yo? ¡Oh, no!

Entonces se había equivocado. Sintió una punzada de desaliento. Estaba seguro, muy seguro. Su intuición no solía engañarle.

—¿Está segura? —insistió.

—¡Claro!

Echaron a andar hacia la casa. Charlotte parecía preocupada por algo y apenas contestaba a los escasos comentarios de Mortimer. De pronto dijo en voz baja y con precipitación:

—Es... es tan extraño que me haya usted preguntado por esas letras: SOS. Claro que yo no las escribí, pero podría haberlo hecho.

Se detuvo para mirarla y ella continuó rápidamente:

—Parece una tontería, lo sé, pero he estado tan asustada, tanto, que cuando usted llegó anoche me pareció la respuesta a mis plegarias.

—¿De qué tiene miedo? —preguntó Mortimer.

—No lo sé.

—¿No lo sabe?

—Creo que es la casa. Desde que vinimos aquí ha ido creciendo mi temor. Todos parecen distintos. Papá, mamá y Magdalen, todos parecen haber cambiado.

Mortimer no contestó enseguida, y antes de que pudiera hacerlo Charlotte se apresuró a continuar:

—Dicen que la casa está encantada.

—¿Qué? —Su interés se avivó en el acto.

—Sí, un hombre asesinó a su esposa aquí, hace algunos años. Nosotros lo supimos después de mudarnos. Papá dice que eso de los fantasmas son tonterías, pero yo no sé...

Mortimer pensaba a toda velocidad.

—Dígame —le preguntó en tono profesional—. ¿El crimen se cometió en la habitación donde he dormido yo?

—La verdad es que no sé más —respondió Charlotte.

—Me pregunto... —dijo Mortimer como para sus adentros—. Si eso es posible.

Charlotte lo miraba sin comprender.

—Señorita Dinsmead —preguntó Cleveland amablemente—, ¿ha tenido alguna vez motivos para creer que tiene dotes de médium?

Ella lo miró sorprendida.

—Creo que usted escribió anoche el SOS —añadió él—. Oh, inconscientemente, desde luego. Un crimen flota en la atmósfera, por así decirlo. Una mente sensible como la suya pudo actuar de esa manera. Usted ha estado reproduciendo las sensaciones e impresiones de la víctima. Muchos años atrás puede que ella escribiera SOS en la mesita, y usted, inconscientemente, reprodujo anoche su última acción.

El rostro de Charlotte se iluminó.

—Ya entiendo —dijo—. ¿Cree usted que ésa es la explicación?

Una voz la llamó desde la casa y la joven se marchó; Mortimer continuó pensando en el asunto mientras paseaba por los senderos del jardín. ¿Estaba satisfecho con su propia explicación? ¿Esclarecía los hechos que conocía? ¿Justificaba la tensión que había percibido al entrar en la casa la noche anterior?

Quizá, pero aún tenía la extraña sensación de que su repentina presencia había producido algo muy semejante a la consternación, y pensó para sí: «No debo dejarme llevar por la explicación psíquica. Puede que dé respuesta al comportamiento de Charlotte, pero no al de los demás. Mi llegada los contrarió en gran medida, a todos excepto a Johnnie. Sea lo que fuere lo que ocurre, Johnnie no tiene nada que ver».

Estaba seguro de eso: era extraño que se sintiera tan seguro sobre algo, pero era así.

En aquel momento, el propio Johnnie salió de la casa y se acercó al huésped.

—El desayuno está listo —le anunció—. ¿Nos acompaña?

Mortimer observó que el muchacho tenía los dedos muy manchados, y Johnnie, al ver su mirada, se rio avergonzado.

—Siempre ando trajinando con productos químicos, ¿sabe? —le dijo—. Papá a veces se pone furioso. Él quiere que me dedique a la construcción, pero a mí me encanta la química y la investigación.

El señor Dinsmead apareció en una de las ventanas, enorme, jovial, sonriente, y, al verlo, todo el recelo y la desconfianza de Mortimer despertaron de nuevo. La señora Dinsmead estaba ya sentada a la mesa. Le dio los buenos días con su voz inexpresiva y otra vez tuvo la sensación de que por alguna razón le temía.

Magdalen entró la última y, tras saludarlo con una leve inclinación de cabeza, se sentó frente a él.

—¿Ha dormido usted bien? —le preguntó de repente—. ¿No ha extrañado la cama?

Lo miraba con ansiedad y, cuando él le contestó que sí amablemente, le pareció ver en sus ojos una sombra de desilusión. ¿Qué era lo que esperaba que dijera?

Mortimer se volvió hacia su anfitrión.

—Creo que su hijo se interesa por la química —comentó con cortesía.

Se oyó un estrépito. La señora Dinsmead había dejado caer su taza.

—Vamos, vamos, Maggie —le dijo su marido.

A Mortimer le pareció que en su voz había una amonestación, una advertencia. El señor Dinsmead se volvió hacia su huésped y le habló largo y tendido de las ventajas del ramo de la construcción y de no dejar que los jóvenes siguieran sus impulsos.

Después del desayuno, Cleveland salió solo al jardín para fumar un cigarrillo. Era evidente que había llegado la hora de abandonar aquella casa. Pasar la noche era una cosa, pero prolongar su estancia allí resultaba difícil sin una excusa. ¿Y qué excusa podía dar? Se sentía reacio a partir.

Sin dejar de darle vueltas al asunto, tomó un camino que rodeaba la casa hasta el otro lado. Sus zapatos tenían las suelas de goma y apenas hacían ruido. Al pasar ante la ventana de la cocina oyó la voz de Dinsmead y sus palabras atrajeron su atención de inmediato.

—Es una buena suma de dinero, vaya si lo es.

La voz de la señora Dinsmead respondió. Era demasiado débil para que Mortimer distinguiera las palabras, pero el señor Dinsmead replicó:

—Cerca de sesenta mil libras, dijo el abogado.

Mortimer no tenía intención de escuchar a hurtadillas, pero volvió sobre sus pasos muy pensativo. La mención del dinero hacía que la situación empezara a tomar forma. Sea como fuere se trataba de sesenta mil libras, y aquello aclaraba el asunto, aunque a la vez lo tornaba más turbio.

Magdalen salió de la casa, pero la voz de su padre la llamó casi en el acto y volvió a entrar. Al poco rato, Dinsmead se reunió con su huésped.

—¡Qué hermosa mañana! —dijo animadamente—. Espero que su coche no tenga nada importante.

«Quiere saber cuándo me marcho», pensó Mortimer, y agradeció una vez más su hospitalidad al señor Dinsmead.

—No faltaba más, no faltaba más —replicó el otro.

Magdalen y Charlotte salieron juntas de la casa y, cogidas del brazo, se dirigieron a un banco rústico que había a poca distancia. Las dos cabezas, una morena y la otra rubia, ofrecían un agradable contraste y Mortimer exclamó sin poder contenerse:

—Qué distintas son sus hijas, señor Dinsmead.

El aludido, que estaba encendiendo su pipa, apagó la cerilla con una brusca sacudida de muñeca.

—¿Usted cree? —preguntó—. Sí, claro, supongo que lo son.

Mortimer tuvo una idea repentina.

—Claro que las dos no son hijas suyas —dijo con calma.

Vio que el señor Dinsmead lo miraba con vacilación, y que al fin se decidía a contestar.

—Es usted muy avispado —manifestó—. No, a una de ellas la acogimos cuando era un bebé y la hemos criado como si fuera nuestra. Ella no tiene la menor idea de la verdad, pero tendrá que saberlo pronto. —Suspiró.

—¿A causa de una herencia? —insinuó Mortimer.

El otro le dirigió una mirada de recelo y, al fin, decidió que la sinceridad era lo mejor. Adoptó una actitud tan franca que casi resultaba agresiva.

—Es extraño que usted diga eso, señor Cleveland.

—Un caso de telepatía, ¿eh? —dijo Mortimer con una sonrisa.

—Así es, señor. La acogimos para complacer a su madre, por pura consideración, porque entonces yo empezaba a dedicarme a la construcción. Hace pocos meses vi un anuncio en los periódicos y me pareció que la niña en cuestión debía de ser nuestra Magdalen. Fui a ver a los abogados y mantuvimos varias conversaciones. Ellos recelaban, como es natural, pero ahora está todo aclarado. Yo mismo la llevaré a Londres la semana que viene. Ella todavía no sabe nada. Parece ser que su padre fue un caballero judío muy rico, y sólo se enteró de la existencia de la niña pocos meses antes de su muerte. Contrató a varios detectives para que la encontraran y le dejó todo su dinero para cuando dieran con ella.

Mortimer le escuchaba con suma atención. No tenía motivos para dudar de la historia del señor Dinsmead, que explicaba la belleza morena de Magdalen y quizá también su frialdad. Sin embargo, aunque la historia fuese cierta, algo se ocultaba tras ella.

Pero Cleveland no quiso despertar las sospechas del otro. Al contrario, debía procurar disiparlas.

—Una historia muy interesante, señor Dinsmead

—le dijo—. Y felicito a la señorita Magdalen. Siendo tan hermosa y además rica, tendrá un magnífico porvenir.

—Sí, lo tiene —convino el padre afectuosamente—, y además es una chica muy buena, señor Cleveland.

Era evidente que le tenía un gran cariño.

—Bien —añadió Mortimer—. Creo que debo marcharme. Tengo que darle las gracias una vez más, señor Dinsmead, por su estupenda y oportuna hospitalidad.

Acompañado de su anfitrión entró en la casa para despedirse de la señora Dinsmead. La mujer estaba en la ventana de espaldas a ellos y no se percató de que entraban. Al oír decir a su marido en tono jovial: «Aquí está el señor Cleveland, que quiere despedirse de ti», se sobresaltó de tal manera que se le cayó algo que tenía en la mano. Mortimer lo recogió. Era una miniatura de Charlotte hecha con un estilo antiguo, de veinticinco años atrás. Cleveland le repitió las palabras de agradecimiento que había dedicado antes a su marido. Una vez más notó la expresión de miedo y las miradas furtivas que le dirigía.

Desde donde estaba no veía a las dos jóvenes, pero Mortimer no quería demostrar interés por ellas; en su mente se había forjado una idea que no tardaría en confirmar.

Cuando se encontraba a medio kilómetro de distancia de la casa, de camino al lugar donde había dejado el coche la noche anterior, vio que se movían unos arbustos al lado del sendero y Magdalen apareció ante él.

—Tenía que verle —le dijo.

—La esperaba —señaló Mortimer—. Fue usted quien escribió SOS en mi mesilla de noche, ¿no es cierto?

Magdalen asintió.

—¿Por qué? —le preguntó Mortimer en tono amable.

La joven desvió la mirada y comenzó a arrancar hojas de un arbusto.

—No lo sé. Sinceramente, no lo sé.

—Cuénteme —la animó Cleveland.

Magdalen hizo una inspiración profunda.

—Soy una persona práctica —dijo—, no de esas que imaginan o inventan cosas. Sé que usted cree en los fantasmas y los espíritus. Yo no, y si le aseguro que en aquella casa ocurre algo muy extraño —señaló la colina—, me refiero a que hay algo tangible, y no sólo un eco del pasado. Lo noté desde que llegamos aquí. Cada día que pasa es peor. Papá está distinto, mamá es otra, y Charlotte lo mismo.

Mortimer intervino.

—Y Johnnie, ¿ha cambiado?

Magdalen lo miró. En sus ojos brilló la comprensión.

—No —dijo—, ahora que lo pienso, Johnnie no ha cambiado. Es el único que sigue igual que siempre. Es el único que no se ha visto afectado por esto, ni siquiera anoche a la hora del té.

—¿Y usted?

—Yo estaba asustada, terriblemente asustada, como una niña, sin saber por qué. Y papá estuvo muy extraño, no hay otra palabra. Habló de milagros y entonces yo recé, de verdad que recé para que se produjera un milagro, y usted llamó a la puerta.

Se detuvo bruscamente y lo miró.

—Supongo que debo de parecerle una loca —le dijo con aire desafiante.

—No —replicó Mortimer—, al contrario, me parece usted una persona muy cuerda. Todas las personas sanas intuyen el peligro cuando éste las ronda.

—No lo comprende —dijo ella—. Yo no temía por mí.

—¿Por quién entonces?

Pero Magdalen volvió a negar con la cabeza desconcertada.

—No lo sé. Escribí SOS impulsivamente. Tuve la impresión, sin duda absurda, de que no iban a dejarme hablar con usted... Me refiero a mi familia. No sé lo que pensaba pedirle que hiciera, ni tampoco lo sé ahora.

—No importa —replicó Mortimer—. Lo haré.

—¿Qué puede hacer ahora?

—Puedo pensar.

Ella lo miró incrédula.

—Sí —dijo Mortimer—, así puede hacerse muchísimo más de lo que usted se imagina. Dígame, ¿hubo por casualidad alguna palabra o frase que le llamara la atención poco antes de la cena de anoche?

Magdalen frunció el ceño.

—Creo que no —dijo al fin—. Oí que papá le decía a mamá que Charlotte era su vivo retrato, y se rio de un modo bastante extraño. Pero no hay nada raro en eso, ¿verdad?

—No —replicó Mortimer despacio—, excepto que Charlotte no se parece en nada a su madre.

Permaneció sumido en sus pensamientos unos instantes y, al volver a la realidad, vio que Magdalen lo contemplaba indecisa.

—Vuelva a su casa, pequeña, y no se preocupe. Déjelo en mis manos.

Ella, obediente, emprendió el camino de regreso.

Mortimer avanzó un poco más, y luego se tumbó sobre la hierba verde. Cerró los ojos, se desprendió de cualquier pensamiento o esfuerzo consciente y dejó que una serie de imágenes se pasearan a voluntad por la superficie de su mente.

¡Johnnie! Johnnie siempre volvía a su pensamiento; Johnnie completamente inocente y ajeno a la trama de sospechas e intrigas, pero, sin embargo, el eje en torno al cual giraba todo. Recordó que la señora Dinsmead había dejado caer la taza en el platillo aquella mañana durante el desayuno. ¿Cuál era la causa de su agitación? ¿Un comentario casual que hizo él acerca de la afición del muchacho por la química? En aquel momento no había reparado en el señor Dinsmead, pero ahora lo recordaba inmóvil con la taza en el aire.

Aquello lo llevó de nuevo a Charlotte, cuando la vio por primera vez mirándolo por encima de su taza de té. Y rápidamente a esta imagen le sucedió otra: el señor Dinsmead vaciando todas las tazas, una tras otra, y diciendo: «El té está frío». Recordaba las tazas humeantes. Sin duda, el té no estaba tan frío como él aseguraba.

Una idea empezó a bullir en su cerebro. El recuerdo de algo leído no hacía mucho, a lo sumo un mes. El relato sobre una familia entera envenenada por el descuido de un muchacho. Un paquete de arsénico olvidado en la despensa, cuyo contenido había ido cayendo sobre el pan que estaba debajo. Lo había leído en el periódico. Probablemente el señor Dinsmead también lo había leído.

Las cosas se aclaraban.

Y media hora más tarde, Mortimer Cleveland se puso de pie de un salto.

4

Una vez más era de noche en la casa. Esta vez los huevos eran escalfados y había carne en gelatina. La señora Dinsmead salió de la cocina con la enorme tetera mientras cada miembro de la familia ocupaba su sitio alrededor de la mesa.

—Qué contraste con el tiempo de ayer —comentó la señora Dinsmead mientras miraba a través de la ventana.

—Sí —dijo el señor Dinsmead—, la noche es tan silenciosa que podría oírse caer un alfiler. Y ahora, mamá, sirve, ¿quieres?

La señora Dinsmead llenó las tazas y las repartió. Luego, al dejar la tetera sobre la mesa, lanzó un grito ahogado y se llevó la mano al corazón. El señor Dinsmead giró en redondo siguiendo la dirección de su mirada aterrorizada. Mortimer Cleveland estaba de pie en la entrada. Se adelantó con expresión amable.

—Ya veo que los he asustado, lo siento —dijo—. He tenido que volver por algo.

—¿Por algo? —exclamó el señor Dinsmead con el rostro amoratado y las venas hinchadas—. Me gustaría saber por qué.

—Por un poco de té —exclamó Mortimer.

Con un gesto rápido sacó algo del bolsillo. Luego cogió una de las tazas de té que había sobre la mesa y vació el contenido en el tubito de ensayo que sostenía en la mano izquierda.

—¿Qué... qué hace usted? —tartamudeó el señor Dinsmead, con el rostro muy pálido, del que había desaparecido todo el acaloramiento anterior como por arte de magia.

La señora Dinsmead soltó un chillido agudo.

—¿Lee usted los periódicos, señor Dinsmead? —continuó Mortimer—. Estoy seguro de que sí. Algunas veces se leen noticias como que toda una familia ha sido envenenada. Algunos se salvan y otros no. En este caso, uno no se recuperaría. Las sospechas recaerían primero en la carne enlatada que estaban comiendo, pero a poco que el médico fuese un hombre receloso, no sería tan fácil convencerlo con esa teoría. En su despensa hay un paquete de arsénico, y en el estante de debajo un paquete de té. Hay un agujero muy conveniente en el estante. Nada más natural que suponer que el arsénico cayó en el té por accidente. Su hijo Johnnie sería inculpado de descuido y nada más.

—Yo... yo no sé a qué se refiere —exclamó Dinsmead.

—Creo que sí lo sabe.

Mortimer cogió otra taza de té y llenó otro tubo. Al primero le puso una etiqueta roja y al otro una azul.

—El de la etiqueta roja —dijo— contiene té de la taza de su hija Charlotte, y el otro, de la de Magdalen; estoy dispuesto a jurar que en el primero se encontrará cuatro o cinco veces mayor cantidad de arsénico que en el segundo.

—¡Está loco! —exclamó Dinsmead.

—¡Oh, pobre de mí! Nada de eso. Usted me dijo hoy mismo, señor Dinsmead, que Magdalen no era hija suya. Y me mintió. Magdalen es su hija. Charlotte es la niña que ustedes adoptaron y que es tan parecida a su madre; de hecho, cuando hoy tuve en mis manos una miniatura suya, la tomé por la propia Charlotte. Ustedes deseaban que su propia hija heredara la fortuna y, puesto que era imposible ocultar a Charlotte, y alguien que hubiera conocido a su madre habría comprendido la verdad por su extraordinario parecido, decidieron, bueno, poner arsénico en el fondo de una taza de té.

La señora Dinsmead lanzó de pronto una risa aguda y comenzó a mecerse dominada por la histeria.

—Té —gritó—; eso es lo que dijo, té, y no limonada.

—¿Es que no puedes callarte? —rugió su marido furioso.

Mortimer vio que Charlotte lo miraba con los ojos muy abiertos, intrigada. Luego sintió que lo agarraban del brazo y Magdalen lo llevó donde no pudieran oírlos.

—Eso... —señaló los tubos de ensayo—. Papá. Usted no...

Mortimer le puso una mano sobre el hombro.

—Pequeña —le dijo—, tú no crees en el pasado. Yo sí. Y creo en el ambiente que hay en esta casa. Si su padre no hubiera venido aquí, quizá, y digo quizá, no habría concebido este plan. Guardaré estos dos tubos de ensayo para salvaguardar a Charlotte ahora y en el futuro. Aparte de esto, no haré nada... en agradecimiento, si usted quiere, a la mano que escribió SOS.

La radio

—Y, sobre todo, evite las preocupaciones y la excitación —dijo el doctor Meynell con el tono tranquilizador que emplean los médicos.

La señora Harter, como ocurre a menudo con las personas que escuchan esas inútiles palabras de consuelo, pareció más indecisa que aliviada.

—Padece cierta insuficiencia cardíaca —continuó el médico—, pero nada por lo que alarmarse. Se lo aseguro. De todas maneras —agregó—, sería conveniente que instalaran un ascensor. ¿Eh? ¿Qué le parece?

A la señora Harter se la veía preocupada.

El doctor Meynell, por el contrario, parecía muy satisfecho consigo mismo. Le gustaba atender a los pacientes ricos más que a los pobres, porque así podía ejercitar su activa imaginación al recetar remedios a sus dolencias.

—Sí, un ascensor —repitió el doctor Meynell, tratando de pensar en algo incluso más ostentoso si cabía, aunque no se le ocurrió nada—. Hemos de evitar esfuerzos innecesarios. Hay que hacer ejercicio todos los días siempre que haga buen tiempo y por terreno llano, pero nada de subir colinas. Y, sobre todo —añadió alegremente—, distraerse y no darle vueltas continuamente a su salud.

Con el sobrino de la anciana, Charles Ridgeway, el médico fue algo más explícito.

—Quisiera que lo entendiese usted bien —le dijo—. Su tía puede vivir aún muchos años y, probablemente, así será. Pero un sobresalto o un esfuerzo excesivo pueden acabar con ella, ¡zas! —Chasqueó los dedos—. Debe llevar una vida muy tranquila. Nada de esfuerzos. Nada de fatigarse. Pero, desde luego, tampoco hay que dejar que se aburra. Hay que hacer que esté siempre alegre y con la mente bien distraída.

—Distraída —repitió Charles Ridgeway, pensativo.

Charles era un joven reflexivo. También era un joven que creía en seguir sus propios instintos siempre que fuera posible.

Aquella noche sugirió la conveniencia de comprar un aparato de radio.

La señora Harter, que ya estaba seriamente preocupada por lo del ascensor, se mostró reacia y contrariada. Charles fue locuaz y persuasivo.

—No sé si acaban de gustarme todos esos aparatos —se lamentó la anciana—. Las ondas, ya sabes, las ondas eléctricas podrían afectarme.

Charles, con aire de superioridad, le hizo ver la futilidad de su idea.

Y la señora Harter, cuyo conocimiento sobre el tema era muy ambiguo, pero que sabía defender perfectamente sus opiniones, se mantuvo en sus trece.

—Toda esa electricidad —murmuró con temor—. Tú puedes decir lo que quieras, Charles, pero a algunas personas les afecta la electricidad. Siempre que va a haber tormenta me duele muchísimo la cabeza. Sé que es así —asintió con aire triunfante.

Charles era un joven paciente y también tenaz.

—Mi querida tía Mary —le dijo—, déjame que te lo explique.

Era una autoridad en la materia y le dio toda una conferencia. Cada vez más entusiasmado, le habló de las válvulas de emisión termoiónica, de la alta y baja frecuencia, de amplificadores y condensadores.

La señora Harter, sumergida en aquel mar de palabras que no comprendía, claudicó.

—Claro que si tú, Charles, crees realmente... —murmuró.

—Mi querida tía Mary —replicó Charles entusiasmado—, es lo que tú necesitas para dejar de pensar en todo esto.

El ascensor recetado por el doctor Meynell se instaló poco después, y casi supuso la muerte para la señora Harter, ya que, como otras ancianas, sentía una profunda aversión a tener hombres extraños en la casa. Sospechaba que todos y cada uno de ellos intentaría apoderarse de la plata.

Después del ascensor, llegó el aparato de radio, y la señora Harter contempló lo que para ella era un objeto repelente: una caja grande de feo aspecto con varios botones.

Charles necesitó de todo su entusiasmo para reconciliarla con el artilugio, pero él estaba en su elemento y hacía girar los botones mientras le soltaba un discurso elocuente.

La señora Harter, sentada en su butaca, le escuchaba paciente y cortés, con la firme convicción de que aquellos nuevos inventos no eran más que solemnes tonterías.

—Fíjate, tía Mary, ahora escuchamos Berlín. ¿No es estupendo? ¿Oyes al locutor?

—No oigo más que zumbidos y ruidos —replicó la señora Harter.

—Bruselas —anunció con entusiasmo al sintonizar una nueva emisora.

—¿De veras? —dijo la señora Harter con muy poco interés.

Charles continuó girando el dial y un aullido de ultratumba resonó en la habitación.

—Ahora parece que estemos en la perrera —dijo la señora Harter, que era una anciana a la que no le faltaba el sentido del humor.

—¡Ja, ja, ja! —rio Charles—. Siempre estás de broma, tía Mary. ¡Ésa ha sido muy buena!

La señora Harter no pudo evitar sonreír. Quería mucho a Charles. Durante algunos años había tenido en casa a una sobrina, Miriam Harter. Había pensado convertirla en su heredera, pero Miriam no fue precisamente un éxito. Era impaciente y le aburría muchísimo la compañía de su tía. Siempre estaba fuera, «callejeando», como decía la señora Harter. Al final, se había liado con un joven que su tía desaprobaba del todo, y Miriam fue devuelta a su madre con una nota desabrida, como si hubiera sido una mercancía a prueba. Miriam se había casado con el joven en cuestión y la señora Harter le enviaba una caja de pañuelos o un centro de mesa por Navidad.

Después de la decepción con la sobrina, la señora Harter dedicó su atención a su sobrino, y Charles fue un éxito rotundo desde el principio. Siempre se mostraba amable y deferente con su tía, y escuchaba aparentemente con gran interés los relatos de su pasada juventud. En eso era muy distinto de Miriam, que siempre se aburría y lo demostraba. Charles nunca se aburría, siempre estaba de buen humor y alegre, y le decía a su tía varias veces al día que era una anciana encantadora.

Muy satisfecha con su nueva adquisición, la señora Harter había escrito a su abogado dándole instrucciones para que redactara un nuevo testamento. Cuando recibió el documento, dio su aprobación y lo firmó satisfecha.

Y ahora, incluso en el asunto de la radio, Charles no tardó en demostrar que había ganado nuevos laureles.

La señora Harter, al principio tan contraria a la radio, adoptó una actitud tolerante y luego se convirtió en una aficionada entusiasta. Disfrutaba mucho más cuando Charles estaba fuera. Lo malo de Charles era que no podía dejar tranquilo el aparato y, cuando él no estaba, ella podía sentarse cómodamente en su butaca y escuchar un concierto sinfónico, o una conferencia sobre Lucrecia Borgia o la fauna de los estanques, una vida feliz y en paz con todo el mundo. Pero Charles, no. Destrozaba la armonía con pitidos y aullidos discordantes mientras, con gran entusiasmo, trataba de sintonizar emisoras extranjeras. Sin embargo, aquellas noches en que Charles cenaba con sus amigos, la señora Harter disfrutaba muchísimo con la radio. Encendía el aparato, sintonizaba su programa favorito y se sentaba tranquilamente en su butaca.

Fue unos tres meses después de que le instalaran el aparato cuando tuvo el primer susto. Charles había ido a jugar al bridge.

El programa de aquella noche era un concierto de baladas. Una soprano muy conocida estaba cantando *Annie Laurie*, en medio de la canción, ocurrió algo extraño. Hubo una súbita interrupción, la música cesó por un momento, después se oyó un zumbido y unos chasquidos que también cesaron al poco. Se hizo el silencio y al fin se oyó un zumbido muy débil.

La señora Harter tuvo la impresión, aunque no supo muy bien por qué, de haber sintonizado una estación muy lejana, y luego oyó claramente la voz de un hombre con ligero acento irlandés:

Entonces, casi inmediatamente, volvieron a oírse las notas de *Annie Laurie*.

La señora Harter permaneció rígida, con las manos aferradas a los brazos del sillón. ¿Había estado soñando? ¡Patrick! ¡La voz de Patrick! La voz de Patrick, en aquella misma habitación, hablándole. No, debía de haber sido un sueño, tal vez una alucinación. Seguramente se había quedado dormida unos minutos. Era curioso lo que había soñado, que la voz de su marido le hablaba a través del éter. Se asustó un poco. ¿Qué era lo que le había dicho?

¿Podía ser una premonición? Insuficiencia cardíaca. Su corazón. Al fin y al cabo, había vivido muchos años.

«Es un aviso..., eso es —se dijo la señora Harter, levantándose trabajosamente de su sillón, y agregó, como no podía ser menos—: ¡Y todo ese dinero desperdiciado en el ascensor!»

No comentó con nadie su experiencia, pero durante un par de días estuvo pensativa y un tanto preocupada.

Y luego se repitió. También se encontraba sola en la habitación. Escuchaba una selección de piezas orquestales cuando la música cesó con la misma brusquedad que la primera vez. Se repitió el silencio, la sensación de lejanía y, al fin, la voz de Patrick, no como la que tenía en vida sino una voz distorsionada, lejana, con un extraño timbre ultraterrenal.

Luego un zumbido y la música volvió a llenar la habitación.

La señora Harter miró el reloj. No, esta vez no se había dormido. Había escuchado la voz de Patrick despierta y en plena posesión de sus facultades. No era una alucinación, estaba segura. Confundida, trató de pensar en todo lo que Charles le había explicado sobre la teoría de las ondas del éter.

¿Era posible que Patrick le hubiera hablado realmente? ¿Y que su voz resultara distinta debido a la distancia? Había longitudes de onda perdidas, o algo por el estilo. Recordaba el discurso de Charles. ¿Quizá las ondas perdidas eran la explicación de los llamados fenómenos psíquicos? No, no era una idea del todo imposible. Patrick le había hablado. Se había valido de la ciencia moderna para prepararla a lo que no tardaría en llegar.

La señora Harter hizo sonar el timbre para llamar a su doncella, Elizabeth.

Elizabeth era una mujer alta y delgada, de unos sesenta años, que bajo una apariencia adusta ocultaba un gran afecto y ternura hacia su señora.

—Elizabeth —dijo la señora Harter cuando apareció su fiel servidora—, ¿recuerdas lo que te dije? El primer cajón de la izquierda de mi escritorio. Está cerrado con la llave grande que tiene la etiqueta blanca. Está todo preparado.

—¿Preparado, señora?

—Para mi entierro —gruñó la señora Harter—. Sabes perfectamente lo que quiero decir, Elizabeth. Tú misma me ayudaste a guardarlo todo allí.

Elizabeth empezó a hacer pucheros.

—¡Oh, señora! —sollozó—, no diga esas cosas. Yo creía que estaba mucho mejor.

—Todos tenemos que morirnos un día u otro —dijo la señora Harter con aire práctico—. Ya paso de los setenta, Elizabeth. Vamos, vamos, no te comportes como una tonta. Si has de llorar, ve a hacerlo a cualquier otro sitio.

Elizabeth se retiró todavía sollozando.

La señora Harter miró con afecto a la doncella mientras ésta se marchaba.

«Es una pobre tonta, pero leal —se dijo—, muy leal. Veamos, ¿son cien libras o sólo cincuenta las que le dejo en mi testamento? Tendrían que ser cien. Lleva conmigo mucho tiempo.»

Aquello preocupó tanto a la anciana que, a la mañana siguiente, escribió a su abogado rogándole que le enviara su testamento para revisarlo. Y aquel mismo día Charles la sobresaltó con algo que dijo durante la comida.

—A propósito, tía Mary, ¿quién es ese señor tan raro del cuarto de invitados? Me refiero a ese cuadro que hay sobre la chimenea. El tipo del sombrero de copa y las patillas.

La señora Harter lo miró con severidad.

—Ése es tu tío Patrick cuando era joven —contestó.

—Oh, perdona, tía Mary, lo siento. No era mi intención ser grosero.

La señora Harter aceptó su disculpa con una digna inclinación de cabeza.

—Sólo me preguntaba si... Verás... —continuó Charles indeciso, pero se detuvo vacilante.

—Bueno, ¿qué es lo que ibas a decir? —preguntó la señora Harter con aspereza.

—Nada —se apresuró a responder Charles—. Quiero decir, nada que tenga sentido.

De momento la anciana no dijo más, pero al atardecer, cuando volvieron a estar solos, retomó el tema.

—Charles, me gustaría que me dijeras qué es lo que te ha hecho preguntar por el retrato de tu tío.

Charles pareció avergonzado.

—Ya te lo he dicho, tía Mary. No fue más que esa estúpida imaginación mía, completamente absurda.

—Charles —dijo la señora Harter en su tono más autoritario—, cuéntamelo.

—Bueno, querida tía, si de verdad quieres saberlo, creí verlo, me refiero al hombre del cuadro, asomado a la ventana del extremo, anoche cuando caminaba hacia la casa. Supongo que debió de ser un efecto de la luz. Me pregunté quién diablos podía ser aquella cara tan victoriana, ya sabes a qué me refiero. Y luego Elizabeth me dijo que no había ningún extraño ni ninguna visita en casa, y más tarde, cuando entré en el cuarto de invitados, allí estaba el retrato, sobre la chimenea. ¡El hombre que yo había visto! Supongo que la explicación es bien sencilla. Algo sobre el subconsciente y todo eso. Debí de fijarme en el retrato sin darme cuenta y luego me imaginé su rostro en la ventana.

—¿En la del extremo? —preguntó la señora Harter en un tono muy enérgico.

—Sí, ¿por qué?

—Por nada —respondió la señora Harter.

Pero en realidad estaba sorprendida. Aquella habitación había sido el vestidor de su marido.

Aquella misma noche, en la que Charles también había salido, la señora Harter escuchaba la radio con una impaciencia febril. Si por tercera vez oía la voz misteriosa quedaría demostrado sin lugar a dudas que realmente había contactado con el otro mundo.

Aunque el corazón le latía muy deprisa, no se sorprendió cuando se repitió la misma interrupción y, después del intervalo de silencio acostumbrado, la lejana voz de acento irlandés le habló una vez más.

Entonces, cuando apenas había pronunciado la última palabra, volvió a sonar la música potente y discordante de la orquesta.

La señora Harter permaneció inmóvil unos minutos; se había puesto muy pálida y tenía los labios azulados.

Al fin se puso en pie para dirigirse a su escritorio y, con mano temblorosa, escribió las siguientes líneas:

Esta noche, a las nueve y cuarto, he oído claramente la voz de mi difunto marido. Me ha anunciado que vendrá a buscarme el viernes a las nueve y media de la noche. Si muriera ese día y a esa hora, me gustaría que esto se supiese para probar que sin lugar a dudas existe la posibilidad de comunicarse con el mundo de los espíritus.

La anciana repasó la nota, la puso en un sobre y escribió el nombre del destinatario. Luego hizo sonar el timbre y Elizabeth acudió rápidamente. La señora Harter se levantó del escritorio y le entregó a la doncella el mensaje que acababa de escribir.

—Elizabeth —le dijo—, si me muero el viernes por la

noche, entrega esta nota al doctor Meynell. No... —agregó al ver que Elizabeth iba a protestar—, no me discutas. Muchas veces me has dicho que crees en los presentimientos. Yo acabo de tener uno. Una cosa más. En mi testamento te he dejado cincuenta libras, pero quisiera que recibieras cien. Si no puedo ir yo misma al banco antes de morir, el señor Charles se encargará de arreglarlo.

Como en la otra ocasión, la señora Harter cortó en seco las lágrimas de Elizabeth. Firme en su determinación, la anciana señora abordó el tema con su sobrino a la mañana siguiente.

—Recuerda, Charles, que si me ocurre algo, Elizabeth tiene que recibir otras cincuenta libras.

—Estás muy pesimista estos días, tía Mary —le dijo Charles en tono jovial—. ¿Qué es lo que crees que va a ocurrirte? Según el doctor Meynell, celebraremos tus cien años dentro de veintitantos.

La señora Harter sonrió afectuosamente, pero no le contestó. Al cabo de unos instantes dijo:

—¿Qué piensas hacer el viernes por la noche, Charles?

Su sobrino pareció un tanto sorprendido.

—A decir verdad, los Edwing me han invitado a jugar al bridge, pero si prefieres que me quede en casa...

—No —replicó la anciana con firmeza—. Desde luego que no. De verdad, Charles. Esa noche precisamente prefiero estar sola.

Charles la miró con extrañeza, pero la señora Harter no quiso darle más información. Era una anciana valiente y resuelta, y creía su deber afrontar aquella rara experiencia sin ayuda de nadie.

El viernes por la noche la casa estaba muy silenciosa y la señora Harter se sentó como de costumbre en su sillón junto a la chimenea. Todo estaba preparado. Aquella mañana había ido al banco para retirar cincuenta libras que entregó a Elizabeth a pesar de las protestas y lágrimas de la pobre mujer. Ordenó y clasificó todas sus pertenencias personales y puso etiquetas con los nombres de amigos y familiares en algunas de sus joyas. Había escrito también una lista de instrucciones para Charles. El juego de té de Worcester sería para la prima Emma, la porcelana de Sèvres para el joven William, etcétera.

Miró el sobre alargado que tenía en la mano y extrajo de su interior un documento plegado. Era su testamento, que le había enviado el señor Hopkinson según sus instrucciones. Ya lo había leído con sumo cuidado, pero ahora lo repasó una vez más para refrescar su memoria. Era un documento breve y conciso. Un legado de cincuenta libras a Elizabeth Marshall en consideración a sus fieles servicios; dos de quinientas para su hermana y un primo hermano, y el resto para su querido sobrino Charles Ridgeway.

La señora Harter asintió varias veces. Charles sería un hombre muy rico cuando ella muriera. Bueno, había sido un encanto con ella. Siempre amable y afectuoso, y con una conversación animada con la que nunca había dejado de complacerla.

Miró el reloj. Faltaban tres minutos para la media. Bueno, estaba preparada. Y tranquila, muy tranquila. Aunque se repitió estas últimas palabras varias veces, el corazón le latía de una forma extraña y desacompasada. Apenas se daba cuenta, pero estaba a punto de sobrepasar el límite de sus nervios.

Las nueve y media. La radio estaba conectada. ¿Qué oiría? ¿Una voz conocida dando el parte meteorológico, o aquella voz lejana, perteneciente a un hombre que había muerto veinticinco años atrás?

Pero no oyó ninguna de las dos. En vez de eso llegó hasta ella un sonido familiar que conocía muy bien, pero que esa noche le provocó la misma sensación que si le hubieran puesto una mano de hielo sobre el corazón. Alguien había llamado a la puerta principal.

Volvieron a llamar, y a continuación una ráfaga helada pareció cruzar la habitación. La señora Harter se dio perfecta cuenta de cómo se sentía. Tenía miedo. Más que miedo, estaba aterrorizada.

Y de pronto se percató de otra cosa: «Veinticinco años son muchos. Ahora Patrick es un extraño para mí».

¡Terror! ¡El terror la fue invadiendo!

Se oyó un paso suave al otro lado de la puerta; una pisada suave y vacilante. Entonces la puerta se abrió sin hacer ruido.

La señora Harter se puso de pie tambaleándose ligeramente y sin apartar ni un momento los ojos de la puerta. Algo resbaló de sus manos y cayó en el fuego.

Lanzó un grito ahogado que murió en su garganta. En la escasa luz de la entrada había aparecido una figura familiar con la barba castaña, patillas y un abrigo anticuado.

¡Patrick había ido a buscarla!

El corazón le dio un vuelco y se paró. La señora Harter cayó al suelo hecha un ovillo.

Allí la encontró Elizabeth una hora más tarde.

Llamaron inmediatamente al doctor Meynell y Charles Ridgeway regresó a toda prisa de su partida de bridge, pero nada pudo hacerse. La señora Harter estaba lejos de toda ayuda humana.

Elizabeth no recordó hasta dos días más tarde que no había entregado la nota que le había dado su señora. El doctor Meynell la leyó con gran interés y luego se la enseñó a Charles Ridgeway.

—Una coincidencia curiosa —dijo—. Parece que su tía había tenido ciertas alucinaciones. Creyó oír la voz de su marido. Debió de sugestionarse hasta el punto de que la excitación le resultó fatal y, cuando llegó la hora, le sobrevino un colapso.

—¿Autosugestión? —preguntó Charles.

—Algo por el estilo. Le comunicaré el resultado de la autopsia en cuanto lo tenga, aunque no me cabe la menor duda. Dadas las circunstancias es necesario practicar la autopsia, pero sólo por pura formalidad.

Charles asintió comprensivamente.

La noche anterior, cuando todos dormían, había quitado un cable que iba desde la parte posterior del aparato de radio a su dormitorio en el piso superior. Además, como la noche había sido fresca, le había pedido a Elizabeth que encendiera la chimenea de su habitación, y allí quemó una barba castaña y unas patillas postizas. Y guardó de nuevo unas ropas que habían pertenecido a su difunto tío en el arcón con olor a alcanfor que había en el ático.

Hasta donde era posible, estaba completamente a cubierto. El plan, cuyo primer bosquejo se formó en su mente cuando el doctor Meynell le dijo que su tía aún podría vivir muchos años teniendo el debido cuidado, había sido un éxito rotundo. Un colapso repentino, había dicho el doctor Meynell. Y Charles, aquel joven afectuoso, adorado por las ancianas, sonrió para sus adentros.

Cuando el médico se hubo marchado, Charles realizó sus deberes como un autómata. Había que disponer el funeral, avisar a los parientes que vivían lejos, proporcionarles el horario de trenes. Algunos tendrían que pernoctar en la casa. Y Charles fue haciéndolo todo de forma eficaz y metódica, mientras se entregaba a sus propias meditaciones.

¡Por fin un golpe maestro después de una larga racha de mala suerte! Nadie, ni siquiera su difunta tía, había llegado a conocer la difícil situación de Charles. Sus actividades, celosamente ocultas al mundo, le habían conducido a las puertas de la prisión.

No le esperaba otra cosa que el descrédito y la ruina si en unos pocos meses no obtenía una elevada cantidad de dinero. Bueno, ahora todo iría bien. Charles sonrió satisfecho. Gracias a una..., sí, podía llamarla broma pesada, ya que no había nada criminal en ella, estaba salvado. Ahora era un hombre muy rico. No tenía la menor preocupación a este respecto, porque la señora Harter nunca había ocultado sus intenciones.

La entrada de Elizabeth no pudo ser más oportuna. Le anunció que el señor Hopkinson estaba allí y deseaba verlo.

«Ya era hora», pensó Charles. Contuvo el impulso de ponerse a silbar, adoptó una expresión grave y bajó a la biblioteca. Allí saludó al anciano caballero que, por espacio de un cuarto de siglo, había sido el consejero legal de la difunta señora Harter.

El abogado se sentó atendiendo la invitación de Charles y, con acritud, entró en materia.

—No entiendo del todo la carta que me ha enviado, señor Ridgeway. Parece dar por hecho que el testamento de la señora Harter, que en paz descanse, obra en nuestro poder.

Charles lo miró extrañado.

—Así es, se lo oí decir a mi tía.

—¡Oh! Claro, claro. Es que, efectivamente, lo teníamos nosotros.

—¿Lo tenían?

—Eso es lo que he dicho. La señora Harter nos escribió el martes pasado pidiéndonos que se lo enviáramos.

Charles sintió una vaga inquietud y al mismo tiempo el presentimiento de algo desagradable.

—Sin duda aparecerá entre sus papeles —continuó el abogado con tono tranquilizador.

Charles no dijo nada. No se atrevía a confiar en su lengua. Ya había revisado todos los papeles de su tía a conciencia y estaba seguro de que el testamento no se encontraba entre ellos. Y así lo dijo al cabo de unos instantes cuando recuperó el control. Su voz le sonaba extraña y tenía la sensación de que algo frío le bajaba por la espalda.

—¿Ha revisado alguien sus efectos personales? —preguntó el abogado.

Charles contestó que Elizabeth, la doncella, y el señor Hopkinson pidió que la mandaran llamar. Acudió enseguida, muy seria y erguida, dispuesta a contestar a todas las preguntas que le hicieran.

Había revisado todos los vestidos de su señora y los efectos personales. Estaba segura de que entre ellos no había visto ningún documento legal que fuera un testamento. Sabía bien lo que era un testamento, su pobre señora lo había tenido en la mano la misma mañana de su muerte.

—¿Está segura? —le preguntó el abogado.

—Sí, señor. Ella me lo dijo. Y me obligó a aceptar cincuenta libras. El testamento estaba dentro de un sobre azul alargado.

—Es cierto —replicó el señor Hopkinson.

—Ahora que lo pienso —continuó Elizabeth—, ese mismo sobre estaba en la mesa a la mañana siguiente, pero vacío. Lo dejé en el escritorio.

—Recuerdo haberlo visto allí —dijo Charles.

Se levantó y fue hasta el escritorio, para volver a los pocos segundos con un sobre en la mano que entregó al abogado, quien asintió después de examinarlo.

—Éste es el sobre en el que le envié el testamento el martes pasado.

Los dos hombres miraron fijamente a Elizabeth.

—¿Desean alguna cosa más? —preguntó ella respetuosamente.

—De momento no, gracias.

Elizabeth se dirigió a la puerta.

—Un momento —dijo el abogado—. ¿Estaba encendida la chimenea aquella noche?

—Sí, señor, siempre estaba encendida.

—Gracias, eso es todo.

Elizabeth salió de la habitación y Charles se inclinó hacia delante, apoyando una mano temblorosa en la mesa.

—¿En qué está pensando? ¿Adónde quiere ir a parar?

El señor Hopkinson negó con la cabeza.

—Debemos confiar en que todavía aparezca. De lo contrario...

—¿De lo contrario...?

—Me temo que sólo habrá una conclusión posible. Que su tía pidió que se lo enviásemos para destruirlo y, para evitar que Elizabeth perdiera por ello, le dio la parte que le dejaba en herencia en efectivo.

—Pero ¿por qué? —exclamó Charles—. ¿Por qué?

El señor Hopkinson carraspeó.

—¿No tendría usted alguna... alguna discusión con su tía, señor Ridgeway? —murmuró.

Charles contuvo el aliento.

—Desde luego que no —exclamó acaloradamente—. Siempre nos llevamos bien, hasta el final.

—¡Ah! —dijo el abogado sin mirarlo.

Charles comprendió asustado que no le creía. ¿Quién sabía los rumores que habían llegado hasta los oídos del señor Hopkinson? Quizá estaba enterado de las hazañas de Charles. Y nada más natural que suponer que esos mismos rumores habían llegado a oídos de la señora Harter, y que tía y sobrino habían tenido un altercado por ese motivo.

Pero ¡no era así! Charles vivió uno de los momentos más amargos de su carrera. Siempre habían aceptado sus mentiras y, ahora que decía la verdad, no querían creerle. ¡Qué ironía!

¡Claro que su tía no había quemado el testamento! Por supuesto que...

Sus pensamientos se detuvieron en seco. Una imagen se presentaba ante sus ojos. La anciana llevándose la mano al corazón mientras algo, un papel, caía a las brasas.

Charles se puso lívido y oyó una voz ronca, la suya, que preguntaba:

—¿Y si por alguna causa ese testamento no llegara a encontrarse nunca?

—Existe un testamento de la señora Harter anterior, fechado en septiembre de 1920, y en él deja todos sus bienes a su sobrina, Miriam Harter, ahora Miriam Robinson.

Pero ¿qué decía aquel loco? ¿Miriam? Miriam, con aquel marido indescriptible y sus cuatro mocosos malcriados. ¡Toda su astucia para Miriam!

Sonó el teléfono. Atendió la llamada. Escuchó la voz del médico, cálida y amable.

—¿Es usted, Ridgeway? Pensé que le gustaría saberlo. Hemos concluido la autopsia. La causa de la muerte fue la que yo supuse. Pero, a decir verdad, la afección cardíaca era mucho más seria de lo que yo sospechaba cuando su tía vivía. Con todos los cuidados del mundo no habría vivido más de dos meses a lo sumo. Creí que le gustaría saberlo. Quizá le sirva de consuelo.

—Perdone —dijo Charles—, ¿le importaría repetirlo?

—No habría vivido más de dos meses —dijo el médico en tono más alto—. Ya sabe, querido amigo, que las cosas suceden siempre para bien...

Pero Charles colgó con violencia. Oía la voz del abogado como si le llegara de muy lejos.

—Cielos, señor Ridgeway, ¿se encuentra bien?

¡Malditos todos! El abogado de cara relamida y aquel odioso idiota de Meynell. No veía ninguna esperanza, sólo la sombra del muro de una cárcel.

Comprendió que alguien había estado jugando con él, jugando como el gato con el ratón. Alguien que ahora se estaría riendo...

El misterio del jarrón azul

Jack Hartington contempló con pesar el resultado de su golpe de salida fallido. De pie junto a la bola, miró hacia el *tee* para calcular la distancia. Su rostro era una muestra elocuente del disgusto que sentía. Con un suspiro, cogió un palo y, después de ensayar un par de golpes que aniquilaron primero un diente de león y luego un trozo de hierba, se colocó en posición detrás de la bola.

Resulta duro, cuando se tienen veinticuatro años y la única ambición en la vida es reducir tu *handicap* de golf, verse obligado a dedicar tiempo y atención al problema de ganarse el pan. Durante cinco días y medio de los siete que tiene la semana, Jack vivía encerrado en algo parecido a una tumba de caoba en la ciudad. Los sábados por la tarde y los domingos los dedicaba religiosamente a lo único importante de verdad y, llevado por su entusiasmo, había reservado una habitación en un hotelito cerca del campo de golf de Stourton Heath y se levantaba cada día a las seis de la mañana para poder practicar una hora antes de tomar el tren de las ocho cuarenta y seis que le llevaba a la ciudad.

El único inconveniente era que a aquellas horas era incapaz de acertar un solo golpe. Un golpe torpe con el hierro era igual a uno fallido. Sus golpes con el palo número cinco, el *mashie*, eran topetazos que hacían rodar alegremente la bola por el campo, botando sobre la hierba, y cuatro *putts* parecía ser el mínimo en cada hoyo.

Jack suspiró, sujetó el hierro con firmeza y se repitió las palabras mágicas: «El brazo izquierdo bien estirado y no levantes la cabeza».

Inició el giro, y se detuvo petrificado al oír un grito que rompió el silencio de aquella mañana de verano.

—¡Asesino! ¡Socorro! ¡Asesino!

Era una voz de mujer que se apagó con una especie de suspiro ahogado.

Jack dejó caer el palo y echó a correr en dirección a los gritos. Habían sonado muy cerca. Aquella zona del campo era bastante salvaje y se veían muy pocas casas por allí. En realidad, sólo había una, muy pintoresca, en la que Jack se había fijado por su aspecto pulcro y anticuado. Se dirigió hacia la casita a todo correr. Quedaba oculta por una ladera cubierta de brezos que bajó en menos de un minuto, y se detuvo ante la cerca.

En el jardín había una muchacha y, por un momento, Jack llegó a la conclusión natural que había sido la que había gritado en demanda de auxilio. Pero no tardó en cambiar de opinión.

La joven llevaba una cestita en la mano, medio llena de malas hierbas, y saltaba a la vista que acababa de interrumpir su tarea de limpiar un amplio parterre de pensamientos. Jack observó que sus ojos eran también dos pensamientos, suaves, oscuros y aterciopelados, y más violetas que azules. Toda ella parecía una flor con su vestido de lino morado.

La joven miraba a Jack entre contrariada y sorprendida.

—Perdóneme —dijo Jack—, pero ¿no acaba de oír unos gritos?

—¿Yo? No.

Su sorpresa era tan sincera que Jack se sintió confundido. Tenía una voz muy suave y bonita, con un ligerísimo acento extranjero.

—Pero ¡tiene usted que haberlos oído! —exclamó—. Han sonado muy cerca de aquí.

—Yo no he oído nada —replicó la muchacha con los ojos muy abiertos.

Jack fue ahora el sorprendido. Era increíble que no hubiese oído aquella desesperada llamada de auxilio y, sin embargo, su calma era tan evidente que no le parecía posible que le estuviera mintiendo.

—Se han oído muy cerca de aquí —insistió.

Ahora ella lo miró con recelo.

—¿Y qué decían? —preguntó.

—¡Asesino! ¡Socorro! ¡Asesino!

—Asesino, socorro, asesino —repitió la joven—. Alguien debe de haberle gastado una broma, monsieur. ¿A quién iban a asesinar aquí?

Jack miró confundido a su alrededor esperando ver un cadáver en el jardín. Nada. Y, sin embargo, estaba completamente seguro de que los gritos habían sido reales y no un producto de su imaginación. Miró hacia las ventanas de la casita. Todo parecía tranquilo y en paz.

—¿Quiere usted registrar nuestra casa? —preguntó la joven en tono seco.

Se mostraba tan escéptica que la confusión de Jack fue en aumento y se dispuso a marcharse.

—Lo siento —dijo—, debe de haber sido en el bosque.

Acercó una mano a la gorra en señal de despedida y se alejó. Al volverse para mirar por encima del hombro, vio que la joven había reemprendido tranquilamente su tarea.

Durante unos minutos, vagó por el bosque sin encontrar el menor rastro de que hubiera ocurrido algo fuera de lo normal. No obstante, estaba más seguro que nunca de haber oído aquellos gritos. Al final, abandonó la búsqueda y regresó apresuradamente al hotel para engullir el desayuno y tomar el tren de las ocho cuarenta y seis con el margen acostumbrado de un par de segundos. Le remordía la conciencia cuando ocupó su asiento. ¿No debería haber dado parte de inmediato a la policía de lo que había oído? No lo había hecho sólo por la incredulidad de la joven-flor. Era evidente que ella había pensado que él se lo había inventado, y la policía habría reaccionado igual. ¿Estaba completamente seguro de haber oído los gritos?

Ya no estaba tan convencido; el resultado natural de intentar revivir una sensación perdida. ¿Podía haber sido el grito de un pájaro en la distancia lo que él había tomado por la voz de una mujer?

Pero rechazó esa insinuación con enojo. Era una voz de mujer, y la había oído. Recordaba haber mirado el reloj un momento antes de que profirieran los gritos: debían de ser las siete y veinticinco minutos. Podía ser un detalle importante para la policía si... si se descubría algo.

Al regresar al hotel aquella noche, revisó los periódicos con avidez para ver si hacían mención de algún crimen. Pero no encontró nada por el estilo y no supo si alegrarse o lamentarlo.

La mañana siguiente amaneció lluviosa, tanto que incluso el más ardiente entusiasta del golf habría visto empañado su afán. Jack se levantó en el último momento, engulló a toda prisa el desayuno y, una vez en el tren, volvió a examinar los periódicos. No mencionaban ningún suceso sangriento, y lo mismo ocurrió con los periódicos de la noche.

«Es extraño —pensó—, pero así es. Probablemente se trataba de chiquillos que jugaban en el bosque.»

A la mañana siguiente salió muy temprano y, al pasar ante la casita, observó por el rabillo del ojo que la joven estaba otra vez en el jardín arrancando malas hierbas. Por lo visto era una costumbre. Ejecutó un muy buen golpe de aproximación y confió en que ella se hubiera percatado. Al colocar la pelota en el siguiente *tee*, miró su reloj.

—Exactamente las siete y veinticinco —murmuró—. Me pregunto si...

Las palabras se le helaron en los labios. A su espalda se oyeron los mismos gritos que le habían sobresaltado unos días antes. La voz de una mujer desesperada.

—¡Asesino! ¡Socorro! ¡Asesino!

Jack echó a correr. La joven estaba junto a la cerca. Parecía asustada y Jack corrió triunfalmente hacia ella gritando:

—Esta vez sí que los ha oído.

Sus ojos, muy abiertos, mostraban una emoción que él no supo interpretar, pero observó que ella retrocedía ante su avance y que incluso miraba hacia la casa como si fuera a huir en busca de refugio.

Al fin negó con la cabeza sin dejar de mirarlo.

—No he oído nada —respondió sorprendida.

Fue como si le hubieran dado un mazazo en mitad de la frente. Su sinceridad era tan obvia que resultaba muy difícil no creerla. Sin embargo, no se lo había imaginado. Era imposible..., imposible. Oyó la voz de la joven, que le decía en tono amable, casi con compasión:

—¿Sufre usted neurosis de guerra?

En ese instante comprendió su mirada de temor y el impulso de echar a correr hacia la casa. Pensaba que él sufría alucinaciones.

Y luego, como una ducha de agua fría, acudió a su mente aquel terrible pensamiento: ¿estaría en lo cierto? ¿Estaba sufriendo alucinaciones? Obsesionado por aquella idea espantosa, se alejó tambaleándose y sin pronunciar palabra. La muchacha lo observó mientras se marchaba, suspiró, negó con la cabeza y se inclinó de nuevo para continuar arrancando malas hierbas.

Jack intentó razonar consigo mismo. «Si oigo otra vez esos condenados gritos a las siete y veinticinco es que sufro alucinaciones. Pero no volveré a oírlos.»

Estuvo todo el día nervioso y se acostó temprano, decidido a hacer la prueba a la mañana siguiente.

Y como es natural en estos casos, pasó media noche en vela y, por la mañana, se quedó dormido. Eran las siete y veinte cuando salió del hotel en dirección al campo de golf. Comprendió que no lograría llegar al lugar fatídico a las siete y veinticinco, aunque, sin duda, si la voz era una alucinación, la oiría en cualquier parte. Siguió corriendo con los ojos puestos en las manecillas del reloj.

Las siete y veinticinco. Desde lejos le llegó el eco de los gritos de una mujer. No pudo entender las palabras, pero estaba convencido de que era la misma llamada de socorro que había oído días antes, y que provenía del mismo lugar: de las cercanías de la casita.

Por extraño que parezca, aquello le tranquilizó. Al fin y al cabo, podía ser una broma. Por improbable que pareciera, quizá la propia muchacha lo estuviese engañando. Se enderezó y sacó un palo de la bolsa. Jugaría los hoyos que había hasta la casa.

La joven estaba en el jardín, como de costumbre. Él la saludó con la gorra en la mano y, cuando ella le dio tímidamente los buenos días, le pareció más bonita que nunca.

—Hermoso día, ¿verdad? —dijo Jack alegremente, lamentando lo vulgar de su comentario.

—Sí, hace un día espléndido.

—Y bueno para el jardín, supongo.

La joven sonrió, descubriendo un hoyuelo que lo fascinó.

—¡Qué va! Lo que necesitan mis flores es que llueva. Mire qué secas están.

Jack aceptó la invitación y se aproximó al seto bajo que separaba el jardín de la calle.

—A mí me parece que están perfectamente —comentó Jack con voz torpe, consciente de la mirada compasiva de la muchacha.

—El sol es bueno, ¿no es cierto? —dijo ella—. Se puede regar las flores siempre, pero el sol las fortalece y es muy bueno para la salud. Ya veo que monsieur está hoy muchísimo mejor.

Su tono alentador contrarió a Jack.

«Maldita sea —pensó—. Creo que trata de curarme por sugestión.»

—Estoy perfectamente —contestó.

—Eso es bueno —respondió ella en el acto con tono tranquilo.

Jack tuvo la irritante sensación de que no le creía.

Jugó unos cuantos hoyos más y luego corrió a desayunar. Mientras comía, se dio cuenta, y no por primera vez, de que un hombre que ocupaba la mesa contigua a la suya lo observaba con atención. Era un caballero de mediana edad y rostro enérgico. Lucía una escasa barba oscura, y sus ojos grises y penetrantes y sus ademanes seguros lo colocaban en las primeras filas de las clases profesionales. Jack sabía que su nombre era Lavington, y había oído rumores de que se trataba de un médico especialista muy conocido. Pero como Jack no frecuentaba Harley Street, el nombre no le decía nada.

Sin embargo, aquella mañana tuvo plena conciencia del discreto escrutinio al que era sometido y se asustó. ¿Es que llevaba su secreto escrito en el rostro y todos podían leerlo? ¿Acaso aquel hombre, gracias a su profesión, sabía que algo iba mal en su materia gris?

Jack se estremeció al pensarlo. ¿Sería cierto? ¿Se estaría volviendo realmente loco? ¿Era una alucinación o sólo una broma pesada gigantesca?

Y de pronto se le ocurrió un medio muy sencillo para comprobarlo. Hasta entonces había ido siempre solo al campo de golf. ¿Y si alguien lo acompañaba? Entonces podrían ocurrir tres cosas: que la voz no se oyera, que la escucharan los dos o... sólo él.

Aquella noche puso en práctica su plan. Lavington era el hombre que necesitaba. Trabaron conversación fácilmente; tal vez el médico esperaba aquella oportunidad. Era evidente que, por una u otra razón, Jack le interesaba. Lavington se avino con naturalidad a jugar unos cuantos hoyos antes del desayuno, y quedaron de acuerdo para la mañana siguiente.

Salieron un poco antes de las siete. El día era perfecto, sin una nube, pero no demasiado caluroso. El médico jugaba bien; Jack, de pena. Tenía la mente puesta en el trance que se avecinaba y no cesaba de mirar el reloj. Llegaron al *tee* de salida del séptimo hoyo, el más próximo a la casita. Eran las siete y veinte.

La joven se encontraba en el jardín, como de costumbre, cuando pasaron. Ella no los miró.

Las dos bolas estaban en el *green.* La de Jack cerca del hoyo, y la del médico, algo más alejada.

—Un golpe difícil —dijo Lavington—. Pero supongo que debo intentarlo.

Y se inclinó para calcular la trayectoria. Jack seguía tenso con los ojos fijos en su reloj. Eran exactamente las siete y veinticinco.

La bola rodó suavemente sobre la hierba y se detuvo en el borde del hoyo, vaciló y entró en el agujero.

—Buen *putt* —dijo Jack.

Su voz sonó ronca, tanto que no parecía la suya. Se subió el reloj por el antebrazo con un fuerte suspiro de alivio. No había ocurrido nada. El hechizo se había roto.

—Si no le importa esperar un poco —añadió—, me fumaré una pipa.

Descansaron un poco a la salida del hoyo ocho. Jack cargó y encendió la pipa con dedos temblorosos. Parecía haberse quitado un gran peso de encima.

—Vaya, qué día tan hermoso hace —observó, contemplando el paisaje con gran satisfacción—. Adelante, Lavington, a ver esa salida.

Y entonces ocurrió. En el preciso instante en que el

médico golpeaba la bola, se oyó la voz de una mujer desesperada.

—¡Asesino! ¡Socorro! ¡Asesino!

La temblorosa mano de Jack soltó la pipa, que cayó al suelo. El joven se volvió en dirección al sonido. Recordó su plan y miró a su compañero conteniendo la respiración.

Lavington recorrió el campo haciendo visera con la mano sobre los ojos.

—Un poco corto, pero creo que he pasado el *bunker*.

No había oído nada.

Todo empezó a dar vueltas alrededor de Jack, que avanzó un par de pasos tambaleándose pesadamente. Cuando se recobró, estaba tendido en el césped y Lavington inclinado sobre él.

—Vaya, calma, calma.

—¿Qué me ha pasado?

—Se ha desmayado usted, jovencito. O por lo menos ha estado muy cerca de ello.

—¡Cielos! —exclamó Jack con un gemido.

—¿Qué le ocurre? ¿Tiene alguna preocupación?

—Se lo explicaré todo enseguida, pero primero me gustaría preguntarle una cosa.

El médico encendió su pipa y se sentó en la hierba.

—Pregunte lo que quiera —dijo.

—Usted me ha estado observando estos últimos días. ¿Por qué?

Los ojos de Lavington brillaron.

—Ésa es una pregunta bastante delicada. Y que yo sepa, no está prohibido mirar a los demás...

—No eluda la pregunta. Hablo en serio. ¿Por qué me observaba? Tengo una razón de peso para preguntárselo.

La expresión de Lavington se tornó grave.

—Le contestaré con toda sinceridad. Reconocí en usted todos los síntomas de un hombre sometido a una fuerte tensión, y me intrigó.

—Puedo decirle lo que me preocupa sin tener que pensármelo mucho —dijo Jack con amargura—. Estoy volviéndome loco.

Se detuvo con gesto melodramático, pero su declaración no pareció despertar el interés y la consternación que esperaba y la repitió.

—Le digo que estoy volviéndome loco.

—Muy curioso —murmuró Lavington—. Sí, muy curioso.

Jack se indignó.

—Supongo que a usted debe de parecérselo. Ustedes, los médicos, están acostumbrados a estas cosas.

—Vamos, vamos, amigo mío, habla usted por hablar. Para empezar, aunque tengo el título de médico, yo no practico la medicina. Estrictamente hablando, no soy un médico de los que curan el cuerpo.

Jack lo miró con atención.

—¿Cura entonces la mente?

—Sí, en cierto sentido, pero yo diría que soy médico del alma.

—¡Vaya!

—Percibo cierto menosprecio en su tono y, no obstante, hemos de emplear alguna palabra para designar el principio activo que puede separarse y existe independientemente de su morada carnal: el cuerpo. Tiene usted que admitir la existencia del alma, jovencito; no es un término religioso inventado por el clero. Aun así, lo llamaremos el espíritu, o el yo inconsciente, o como mejor le parezca. Usted acaba de ofenderse por mi tono no hace mucho, pero puedo asegurarle que me pareció muy curioso que un joven tan normal y equilibrado como usted pensara erróneamente que estaba perdiendo la razón.

—Estoy loco como una chota.

—Usted me perdonará, pero no lo creo.

—Sufro alucinaciones.

—¿Después de las comidas?

—No, por las mañanas.

—No es posible —dijo el médico volviendo a encender su pipa, que se había apagado.

—Le aseguro que oigo cosas que no oye nadie.

—Sólo un hombre entre mil es capaz de ver los satélites de Júpiter. Aunque los otros novecientos noventa y nueve no los vean, no hay razón para dudar de su existencia, ni tampoco para llamar lunático al individuo en cuestión.

—Los satélites de Júpiter son un hecho científico probado.

—Es posible que sus alucinaciones de hoy puedan ser hechos científicos probados el día de mañana.

A su pesar, el tono práctico de Lavington iba surtiendo efecto en Jack, que se sintió consolado y animado. El médico lo observó atentamente unos instantes, y luego asintió.

—Así está mejor —le dijo—. Lo malo de ustedes, los jóvenes, es que están tan convencidos de que no existe nada aparte de su filosofía propia, que ponen el grito en el cielo cuando sucede algo contrario a su opinión. Oigamos qué motivos tiene para pensar que está loco y luego decidiremos si hemos de encerrarlo.

Con toda la fidelidad que le fue posible, Jack le refirió la serie completa de sucesos.

—Pero lo que no comprendo —terminó— es por qué esta mañana lo oí a las siete y media, cinco minutos más tarde.

Lavington reflexionó unos instantes y luego preguntó:

—¿Qué hora marca su reloj?

—Las ocho menos cuarto —replicó Jack tras consultarlo.

—Entonces, es bien sencillo. El mío marca las ocho menos veinte. El suyo va cinco minutos adelantado. Ése es un punto muy interesante e importante para mí. En realidad, es de un valor incalculable.

—¿En qué sentido?

Jack empezaba a interesarse.

—Pues bien, la explicación evidente es que la primera mañana que usted oyó esos gritos pudo tratarse de una broma, o quizá no. Y los días siguientes, usted se sugestionó de tal manera que los oía exactamente a la misma hora.

—Estoy seguro de que no.

—Conscientemente no, desde luego, pero a veces el subconsciente se burla de nosotros. De todas maneras, esa explicación no basta. Si se tratara de un caso de sugestión, usted habría oído los gritos a las siete y veinticinco de su reloj, y no cuando creía que ya había pasado esa hora.

—¿Y entonces?

—Bien, es evidente, ¿no? Esos gritos de socorro ocupan un lugar perfectamente definido y un tiempo preciso en el espacio. El lugar es la vecindad de la casita, y el tiempo las siete y veinticinco.

159

—Sí, pero ¿por qué tengo que ser yo quien los oiga? No creo en fantasmas ni en ninguna de esas tonterías, almas en pena y demás. ¿Por qué tengo que ser yo quien oiga los condenados gritos?

—¡Ah! De momento, no hay forma de saberlo. Es curioso que muchos de los mejores médiums sean escépticos redomados. No son precisamente las personas que se interesan por los fenómenos ocultos las que captan las manifestaciones. Algunas personas ven y oyen cosas que otros no perciben. Ignoramos por qué, y nueve de cada diez veces no desean verlas ni oírlas y están convencidos de que sufren alucinaciones, como usted. Es como la electricidad. Algunos materiales son buenos conductores, otros no, aunque durante mucho tiempo no supimos por qué y tuvimos que contentarnos con aceptar el hecho. Hoy en día ya lo sabemos. Y algún día sabremos por qué oyó usted los gritos y la joven no. Todo está gobernado por las leyes de la naturaleza, ya sabe. Realmente no existe lo sobrenatural. Descubrir las leyes que gobiernan los llamados fenómenos psíquicos va a ser una ardua tarea, aunque pequeñeces como ésta ayudan.

—Pero ¿qué voy a hacer ahora? —preguntó Jack.

Lavington se rio entre dientes.

—Ya veo que es usted práctico. Bien, amigo mío, ahora tomará un buen desayuno y luego se irá a la ciudad sin preocuparse más por cosas que no entiende. Yo, por mi parte, voy a echar un ojeada para ver lo que descubro con respecto a esa casita. Juraría que ahí se encuentra el origen del misterio.

Jack se puso de pie.

—De acuerdo, señor. Ya me voy, pero le aseguro...

—Siga.

Jack se ruborizó, muy embarazado.

—... que la muchacha no miente —musitó.

Lavington parecía divertido.

—¡No me dijo que era bonita! Bueno, anímese. Creo que el misterio empezó mucho antes de que ella naciera.

Jack llegó aquella noche al hotel muy intrigado. Había depositado una fe ciega en Lavington. El médico había aceptado el caso sin la menor extrañeza y con tal naturalidad que Jack quedó impresionado.

Cuando bajó a cenar encontró a su nuevo amigo aguardándole en el vestíbulo, y el doctor le sugirió que compartieran mesa.

—¿Alguna noticia? —le preguntó Jack con inquietud.

—He averiguado toda la historia de Heather Cottage. Primero la alquilaron un viejo jardinero y su esposa. Él murió y su esposa fue a vivir con su hija. Luego la ocupó un constructor que hizo algunas reformas que resultaron muy convenientes para después vendérsela a un caballero de la ciudad que solía ocuparla los fines de semana. Hará cosa de un año, el caballero se la vendió a un matrimonio llamado Turner. Por lo que parece, una pareja bastante extraña. Él era inglés y, según la rumorología del pueblo, la esposa era medio rusa, una mujer muy hermosa y exótica. Llevaban una vida muy tranquila, sin ver a nadie, y apenas traspasaban la cerca del jardín. Según esa misma rumorología, tenían miedo de algo, pero no creo que debamos darle crédito.

»Y, de pronto, un buen día se marcharon de madrugada y nunca más volvieron. La agencia inmobiliaria local recibió una carta del señor Turner enviada desde Londres en la que daba instrucciones para que vendieran la casita lo más rápido posible. Vendieron los muebles, y la casa pasó a ser propiedad de un tal señor Mauleverer, que sólo vivió en ella quince días y luego puso un anuncio en el que se decía que la alquilaba amueblada. Las personas que ahora la ocupan son un profesor de francés con tuberculosis y su hija. Llevan aquí sólo diez días.

Jack recibió la información en silencio.

—No creo que vayamos a sacar mucho de eso —dijo al fin—. ¿Qué opina usted?

—Me gustaría saber alguna cosa más de los Turner —continuó Lavington sin inmutarse—. Abandonaron la casa una mañana muy temprano, recuerde. Y, por lo que he podido averiguar, nadie fue testigo de su marcha. Al señor Turner lo han vuelto a ver, pero no he conseguido todavía encontrar a nadie que haya coincidido con la señora Turner tras su partida.

Jack palideció.

—No es posible. No estará usted insinuando...

—No se entusiasme, jovencito. La influencia de cualquier persona en peligro de muerte, y especialmente de muerte violenta, es muy fuerte en el ambiente que la rodea. El entorno pudo haber absorbido esa influencia transmitiéndola a su vez a un receptor conveniente, en este caso, usted.

—Pero ¿por qué yo? —murmuró Jack, que no estaba muy conforme—. ¿Por qué no a otro que pudiera hacer algo al respecto?

—Usted considera esa fuerza inteligente e intencionada, en vez de ciega y mecánica. Yo no creo en las almas que vagan buscando un lugar con un propósito especial. Pero lo que sí he visto, una y otra vez, tantas que apenas puedo considerarlo pura coincidencia, es una especie de tentativa ciega a que se haga justicia, un movimiento subterráneo de fuerzas ciegas trabajando constante y oscuramente hacia un fin.

Se sacudió como si quisiera apartar alguna obsesión que lo preocupara, y luego se volvió hacia Jack con una sonrisa.

—Dejemos el tema, al menos por esta noche —le sugirió.

Jack se avino a ello con prontitud, pero no le resultó fácil apartarlo de su mente.

Durante el fin de semana estuvo haciendo averiguaciones por su cuenta, sin descubrir más que lo que ya sabía por el médico. Renunció, definitivamente, a jugar al golf antes del desayuno.

El siguiente eslabón de la cadena apareció de la forma más inesperada. Un día, al regresar al hotel, en la recepción le avisaron de que lo esperaba una joven y, ante su enorme sorpresa, resultó ser la muchacha del jardín, la joven-flor, como la llamaba él para sus adentros. Estaba muy nerviosa y aturdida.

—Perdóneme, monsieur, por venir a verle de esta manera. Pero hay algo que debo decirle. Yo...

Miró indecisa a su alrededor.

—Entremos —dijo Jack con presteza, acompañándola al desierto salón para señoras del hotel; era una habitación lóbrega donde predominaban los tapizados rojos—. Ahora siéntese, señorita..., señorita...

—Marchaud, monsieur. Felise Marchaud.

—Siéntese, mademoiselle Marchaud, y cuéntemelo todo.

Felise tomó asiento. Vestía de verde oscuro y la belleza y el embrujo de su pequeño y orgulloso rostro eran más evidentes que nunca. El corazón de Jack se aceleró al sentarse junto a ella.

—Es lo siguiente —explicó Felise—. Llevamos aquí poco tiempo, y desde el principio nos dimos cuenta de que nuestra casa, nuestra encantadora casita, estaba embrujada. Ninguna criada quiere quedarse. Eso no me importa mucho, sé hacer el *ménage* y guiso bastante bien.

«Eres un ángel —pensó el enamorado joven—. Eres maravillosa.» Pero procuró conservar la apariencia atenta y grave.

—Esas historias de fantasmas me han parecido siempre tonterías... Mejor dicho, me lo han parecido hasta hace cuatro días. Monsieur, desde hace cuatro noches tengo el mismo sueño. Se me aparece una dama, hermosa, alta y muy rubia, con un jarrón azul de porcelana entre las manos. Está triste, muy triste, y me tiende el jarrón como implorándome que haga algo con él. Pero ¡cielos, no puede hablar! Y yo..., yo no sé lo que quiere. Ése fue mi sueño las dos primeras noches, pero a la tercera hubo algo más. La dama y el jarrón desaparecieron de pronto y la oí gritar. Sé que es su voz, ¿comprende? Y, ¡oh!, monsieur, sus palabras fueron las mismas que usted pronunció aquella mañana: «¡Asesino! ¡Socorro! ¡Asesino!». Me desperté aterrorizada, diciéndome a mí misma que era sólo una pesadilla, y esas palabras, pura casualidad. Pero anoche volví a oírlas. Monsieur, ¿qué quiere decir todo esto? Usted también las ha oído. ¿Qué vamos a hacer?

Felise estaba aterrorizada y se retorció las pequeñas manos mientras miraba a Jack con ojos suplicantes. El joven procuró aparentar una indiferencia que no sentía.

—Está bien, mademoiselle Marchaud. No debe preocuparse. Le diré lo que me gustaría que hiciese, si no le importa. Repetir toda esta historia a un amigo mío que se hospeda aquí, el doctor Lavington.

Felise se mostró dispuesta a complacerlo y Jack fue a buscar a Lavington; volvió con él a los pocos minutos.

Lavington dirigió una mirada escrutadora a la joven mientras Jack se apresuraba a efectuar las presentaciones. La tranquilizó con pocas palabras y, a su vez, escuchó con atención el relato.

—Muy curioso —opinó cuando hubo terminado—. ¿Se lo ha contado a su padre?

Felise negó con la cabeza.

—No he querido preocuparle. Todavía está muy enfermo. —Sus ojos se anegaron en lágrimas—. En lo posible, le evito todo aquello que puede excitarle e inquietarle.

—Comprendo —dijo Lavington con amabilidad—. Y me alegro de que haya acudido a nosotros. Hartington, aquí presente, tuvo una experiencia muy similar. Creo que ahora estamos sobre la pista. ¿No recuerda nada más?

La muchacha se apresuró a asentir.

—¡Claro! Qué tonta soy. Es la base de toda la historia. Mire, monsieur, lo que he encontrado en uno de los armarios, caído detrás de un estante.

Les tendió un pedazo emborronado de papel de dibujo, en el que aparecía un boceto a la acuarela de una figura de mujer. Era poco más que un esbozo, pero el parecido era notable. Representaba a una mujer alta y rubia con un semblante sutilmente extranjero, de pie junto a una mesa en la que había un jarrón de porcelana azul.

—Lo he encontrado esta mañana —explicó Felise—. Monsieur *le docteur*, ésta es la mujer que vi en sueños, y el jarrón azul era idéntico a éste.

—Magnífico —comentó Lavington—. La clave del misterio es evidentemente el jarrón azul. Parece un jarrón chino, probablemente uno muy antiguo. Tiene un dibujo en relieve muy curioso.

—Es chino —declaró Jack—. He visto uno exactamente igual en la colección de mi tío. Es un gran coleccionista de porcelana china, y recuerdo haber visto un jarrón igual a éste no hace mucho.

—El jarrón chino... —repitió Lavington, quedándose por unos instantes perdido en sus pensamientos. Al fin alzó la cabeza con un brillo extraño en la mirada—. Hartington, ¿cuánto tiempo hace que su tío tiene ese jarrón?

—¿Cuánto tiempo? Pues no lo sé.

—Piense. ¿Lo ha adquirido hace poco?

—No sé. Sí, ahora que lo pienso, creo que sí. A mí no me interesa la porcelana, pero recuerdo que cuando me enseñó sus adquisiciones recientes, el jarrón estaba entre ellas.

—¿Hará menos de dos meses? Los Turner abandonaron Heather Cottage hace sólo un par de meses.

—Sí, creo que sí.

—¿Su tío asiste a las subastas locales?

—Sí, acude a todas.

—Entonces, no es improbable suponer que adquiriera esa pieza en la subasta de los Turner. Una coincidencia curiosa, o tal vez lo que yo llamo la fuerza ciega de la justicia. Hartington, debe usted averiguar enseguida dónde adquirió su tío ese jarrón.

Jack hizo un mohín.

—Me temo que me va a ser imposible —replicó Jack—. Tío George se ha marchado al continente y ni siquiera tengo una dirección.

—¿Cuánto tiempo estará ausente?

—De tres semanas a un mes, por lo menos.

Se produjo un silencio durante el cual Felise miró a los hombres con inquietud, primero a uno y luego al otro.

—¿Es que no vamos a poder hacer nada? —preguntó tímidamente.

—Sí, hay una cosa —dijo Lavington, conteniendo su entusiasmo—. Quizá sea poco ortodoxa, pero creo que dará resultado. Hartington, tiene usted que conseguir ese jarrón. Tráigalo aquí y, si mademoiselle lo permite, pasaremos una noche en Heather Cottage con el jarrón azul.

Jack sintió que se le ponía la piel de gallina.

—¿Qué cree que ocurrirá? —preguntó intranquilo.

—No tengo la menor idea, pero creo sinceramente que resolveremos el misterio y el fantasma descansará. Es muy posible que ese jarrón tenga un doble fondo en el que se escondió algo. Si no se da ningún fenómeno, recurriremos a nuestro ingenio.

Felise entrelazó las manos.

—Es una idea estupenda —exclamó.

Sus ojos brillaban de entusiasmo. Jack no sentía lo mismo, en realidad estaba acobardado, aunque por nada del mundo lo habría admitido ante Felise. El médico actuaba como si su propuesta fuera la cosa más natural del mundo.

—¿Cuándo podrá conseguir el jarrón? —preguntó Felise volviéndose hacia Jack.

—Mañana —replicó el joven de mala gana.

Ahora no se podía volver atrás y, además, aquellos agonizantes gritos de socorro que le habían perseguido cada mañana era algo que había que desterrar para siempre y no volver a pensar en ello más de lo necesario.

Al día siguiente por la tarde fue a casa de su tío y se llevó el jarrón. Estaba más convencido que nunca, al verlo de nuevo, de que era exactamente igual al de la acuarela. Pero por mucho que lo inspeccionó no descubrió ninguna cavidad secreta.

Eran las once de la noche cuando él y Lavington llegaron a Heather Cottage. Felise les estaba esperando y abrió la puerta con cuidado antes de que llamaran.

—Pasen —les susurró—. Mi padre está durmiendo arriba y no debemos despertarlo. Les prepararé un poco de café.

Les condujo a una pequeña salita muy coqueta. En el hogar había un infiernillo de alcohol. La muchacha encendió la mecha y les preparó un café muy aromático.

Luego Jack desenvolvió el jarrón azul. A Felise se le escapó un grito ahogado al verlo.

—Sí, sí —exclamó entusiasmada—. Es éste, lo reconocería en cualquier parte.

Mientras tanto, Lavington estaba haciendo sus preparativos. Quitó todos los adornos de una mesa y la colocó en el centro de la habitación. A su alrededor puso tres sillas. Luego cogió el jarrón azul de manos de Jack y lo puso en el centro de la mesa.

—Ahora —dijo— estamos listos. Apague las luces y sentémonos alrededor de la mesa, en la oscuridad.

Los otros le obedecieron, y la voz de Lavington volvió a sonar en la sombra.

—No piensen en nada o piensen en todo. No fuercen la mente. Es posible que uno de nosotros tenga facultades de médium. De ser así, entrará en trance. Recuerden que no hay nada que temer. Alejen el miedo de sus corazones y déjense llevar, déjense llevar.

Su voz se apagó y se hizo el silencio. Minuto a minuto aquel silencio parecía estar más cargado de posibilidades. Era muy fácil decir: «Alejen el miedo». No era miedo lo que sentía Jack, sino pánico. Y estaba seguro de que a Felise le ocurría lo mismo.

De pronto la oyó decir aterrada:

—Va a ocurrir algo terrible. Lo presiento.

—Aleje su miedo —la amonestó Lavington—. No luche contra la influencia.

La oscuridad pareció hacerse más densa y el silencio más absoluto, mientras percibían cada vez más cerca una indefinible sensación de amenaza.

Jack sintió que se ahogaba, que le faltaba el aire. El ente malvado estaba muy cerca.

Y luego ese momento de angustia pasó. Flotaba, sintió que lo arrastraba una corriente y sus párpados se cerraron. Sólo había paz y oscuridad.

Jack se movió un poco. La cabeza le pesaba como si fuera de plomo. ¿Dónde estaba?

Luz solar…, pájaros… Estaba tendido boca arriba.

Y de pronto se acordó. La sesión. La salita. Felise y el médico. ¿Qué había ocurrido?

Se incorporó, sintiendo unas terribles palpitaciones en la cabeza y miró a su alrededor. Estaba tendido en un bosquecillo que no quedaba lejos de la casita. No vio a nadie cerca de él. Sacó su reloj y comprobó con sorpresa que eran las doce y media.

Jack se puso de pie y echó a correr como un loco hacia la casita. Seguramente alarmados por su tardanza en volver del trance, lo habían sacado al aire libre.

Al llegar a la casa, llamó a la puerta, pero nadie respondió ni vio señales de vida. Debían de haber ido en busca de ayuda. O si no... Jack sintió que lo invadía un nuevo temor. ¿Qué había ocurrido la noche anterior?

Se apresuró a regresar al hotel y se disponía a realizar algunas averiguaciones en recepción cuando le propinaron un puñetazo tremendo en las costillas que casi hizo que cayera al suelo. Al volverse, indignado, tropezó con un anciano de cabellos blancos que lo contemplaba con regocijo.

—¿No me esperabas, muchacho? No me esperabas, ¿eh? —dijo aquel individuo.

—Vaya, tío George. Te creía a muchos kilómetros de distancia, en cualquier lugar de Italia.

—¡Ah!, pero aquí estoy. Desembarqué en Dover anoche y pensé que podía venir en coche hasta la ciudad y de paso verte. ¿Y qué descubro? Toda la noche de juerga, ¿eh? Bonito comportamiento.

—Tío George —lo interrumpió Jack—, tengo que contarte una historia muy extraña. Y estoy seguro de que no vas a creerme.

—Apuesto a que no lo creeré —se rio el hombre—, pero trata de hacerlo lo mejor posible, muchacho.

—Necesito comer algo —continuó Jack—. Estoy hambriento.

Llevó a su tío al comedor y, mientras disfrutaba de una excelente comida, le relató todo lo sucedido.

—Y Dios sabe lo que ha sido de ellos —terminó.

Su tío parecía a punto de sufrir un ataque de apoplejía.

—El jarrón —consiguió decir al fin—. ¡El jarrón azul! ¿Qué ha sido de él?

Jack lo miró sin comprender, pero al oír el torrente de palabras que siguieron, empezó a atar cabos.

—Ming... único... la perla de mi colección... por lo menos vale diez mil libras... una oferta de Hoggenheimer, el millonario norteamericano... el único de su clase en todo el mundo. Maldita sea, muchacho, ¿qué has hecho con mi jarrón azul?

Jack salió corriendo del comedor. Tenía que encontrar a Lavington. La recepcionista lo miró con frialdad.

—El doctor Lavington se marchó a última hora de la noche en automóvil. Dejó una nota para usted.

Jack rasgó el sobre. Su contenido era breve y conciso:

Mi querido y joven amigo:

¿Ha pasado ya la era de lo sobrenatural? No del todo, especialmente cuando se presenta con un nuevo lenguaje científico. Muchos recuerdos de Felise, de su padre enfermo y míos. Le llevamos doce horas de ventaja, que son más que suficientes.

Suyo siempre,

Ambrose Lavington
Médico del alma

Un cantar por seis peniques

Sir Edward Palliser, abogado del reino, vivía en el número 9 de Queen Anne's Close, un callejón sin salida en el mismo corazón de Westminster que conservaba la tranquilidad de antaño donde no llegaba el tumulto del siglo xx. Sir Edward lo consideraba un lugar ideal.

Había sido uno de los abogados criminalistas más eminentes de su época y, ahora que ya no ejercía, su afición era una magnífica biblioteca dedicada a la criminología. Era, además, autor de un libro sobre asesinos célebres.

Aquella tarde, sir Edward se hallaba sentado delante de la chimenea de su biblioteca, saboreando un excelente café y entregado a la lectura de una obra de Lombroso. Unas teorías muy ingeniosas, pero pasadas de moda.

La puerta se abrió casi sin hacer ruido y su criado avanzó sobre la mullida alfombra murmurando discretamente:

—Una joven desea verlo, señor.

—¿Una joven?

Sir Edward estaba sorprendido. Aquello era algo que se salía del curso normal de los acontecimientos. Luego pensó que podía tratarse de su sobrina Ethel, pero no. En ese caso, Armour se lo habría dicho.

—¿No le ha dado su nombre?

—No, señor, pero ha dicho que estaba segura de que usted la recibiría.

—Hágala pasar —dijo Palliser intrigado.

Una joven alta, morena, de unos treinta años, que vestía un traje chaqueta negro y un sombrerito del mismo color, se acercó a sir Edward con la mano extendida y una ansiosa expresión de reconocimiento. Armour se retiró.

—Sir Edward... Me recuerda, ¿verdad? Soy Magdalen Vaughan.

—Por supuesto. —Estrechó calurosamente la mano que le tendía.

Ahora la recordaba perfectamente. ¡Aquel viaje en el que regresaba de Estados Unidos en el *Siluric!* Aquella encantadora criatura..., porque por aquel entonces ella era poco más que una niña. Recordaba haberle hecho la corte con la discreción de un hombre de mundo ya mayor. Ella era tan adorable, tan joven, tan vehemente, tan llena de admiración y adoración por el héroe..., justo lo necesario para cautivar el corazón de un hombre que rayaba los sesenta. El recuerdo agregó un calor especial a su apretón de manos.

—Ha sido muy amable viniendo a verme. Siéntese, por favor. —Le acercó un sillón sin dejar de hablar mientras se preguntaba para qué habría venido.

Cuando al fin terminó la charla intrascendente, se hizo un silencio. La joven abría y cerraba las manos, que tenía sobre el brazo del sillón, mientras se humedecía los labios. Al fin habló bruscamente:

—Sir Edward, necesito que me ayude.

—¿Sí?

—Usted dijo que, si alguna vez necesitaba ayuda, si había algo que pudiera hacer por mí, lo haría —explicó la joven con vehemencia.

Sí, eso había dicho más o menos. Son esas cosas que se dicen siempre, sobre todo en el momento de la despedida. Recordaba incluso el quiebro en su voz, su manera de besarle la mano...

«Si hay algo que pueda hacer por usted, recuerde que lo digo de corazón...»

Sí, esas cosas se dicen. ¡Pero qué pocas veces tiene uno que cumplirlas! Mucho menos después de..., ¿cuántos?..., nueve, diez años.

La miró con presteza. Seguía siendo una joven atractiva, pero había perdido lo que para él resultaba encantador: aquella juventud impecable. Quizá ahora su rostro resultaba más interesante. Un hombre más joven tal vez pensaría eso, pero sir Edward estaba muy lejos de sentir aquella emoción cálida que había sentido al término de su viaje por el Atlántico.

Su rostro adquirió la expresión cautelosa de los abogados.

—Muy cierto, mi querida joven —asintió con un tono enérgico—. Estaré encantado de hacer todo lo que esté en mi mano, aunque dudo que hoy en día pueda ya ayudar a nadie.

Si se preparaba la retirada, ella no hizo el menor caso. Era de esas personas que sólo pueden ver una cosa, y lo que veía en ese momento era su propia necesidad. Por consiguiente, dio por sentado que sir Edward estaba dispuesto a ayudarla.

—Estamos en un apuro terrible, sir Edward.

—¿«Estamos»? ¿Se ha casado?

—No. Me refiero a mi hermano y a mí. También a William y a Emily. Pero debo explicarme. Yo tenía... Yo tenía una tía, la señorita Crabtree. Quizá usted lo haya leído en los periódicos. Fue horrible. Murió... asesinada.

—¡Ah! —Un relámpago de interés iluminó el rostro de sir Edward—. Hará cosa de un mes, ¿verdad?

La muchacha asintió.

—Menos. Unas tres semanas.

—Sí, lo recuerdo. La golpearon en la cabeza en su propia casa. Todavía no han conseguido detener al culpable.

—No lo han cogido, ni creo que consigan cogerlo nunca. Verá, puede que no exista tal hombre.

—¿Qué?

—Sí, es horrible. En los periódicos no se ha publicado nada, pero eso es lo que cree la policía. Saben que nadie se acercó a la casa aquella noche.

—¿Quiere decir que...?

—Que fue uno de nosotros cuatro, tuvo que serlo. No saben quién, ni nosotros tampoco. No lo sabemos. Todos los días nos miramos llenos de sospecha y recelo. Si hubiera sido alguien de fuera..., pero no veo cómo.

Sir Edward la miró cada vez más interesado.

—¿Quiere decir que los miembros de la familia están bajo sospecha?

—Sí, eso es lo que quiero decir. Naturalmente, la policía no lo ha dicho. Son muy educados y amables, pero han registrado la casa, nos han interrogado a todos una y otra vez, y a Martha también, pero como no saben quién fue, esperan acontecimientos. Estoy tan asustada, tan asustada...

—Mi querida joven, vamos, sin duda exagera.

—No exagero. Ha sido uno de nosotros cuatro, tiene que haberlo sido.

—¿Quiénes son los cuatro a los que se refiere?

Magdalen se sentó muy erguida y habló con más calma.

—Pues Matthew y yo. Tía Lily era tía abuela nuestra. Era hermana de mi abuela. Vivíamos con ella desde que teníamos catorce años (ya sabe que somos mellizos). Después está William Crabtree, que es su sobrino, hijo de su hermana. Vivía allí con su esposa Emily.

—¿Los mantenía ella?

—Más o menos. Él tiene algo de dinero propio, pero no goza de buena salud y debe vivir en casa. Es un hombre tranquilo y soñador. Estoy segura de que es imposible que él hiciera... ¡Oh, es horrible que ni tan siquiera lo piense!

—Todavía estoy lejos de comprender la situación. Espero que no le importe hacerme un resumen de los hechos.

—No, claro que quiero contárselo, es algo que recuerdo con toda claridad. Habíamos tomado el té y cada uno se fue a sus ocupaciones: yo, a coser un poco; Matthew, a escribir un artículo (hace algo de periodismo); William, a dedicarse a sus sellos; Emily no quiso bajar a tomar el té, se había tomado una aspirina y estaba descansando. Así que todos estábamos ocupados y entretenidos. A las siete y media, cuando Martha fue a poner la mesa para la cena, tía Lily estaba muerta. ¡Tenía la cabeza..., oh, es horrible..., destrozada!

—Creo recordar que encontraron el arma.

—Sí, un pisapapeles muy pesado que estaba siempre

sobre el escritorio que hay junto a la puerta. La policía lo examinó para ver si hallaba huellas dactilares, pero no las había. Había sido limpiado cuidadosamente.

—¿Cuál fue la primera suposición?

—Naturalmente, pensamos que había sido un ladrón. El escritorio tenía dos o tres cajones abiertos, como si el ladrón hubiera estado buscando algo. ¡Claro que supusimos que había sido un ladrón! Luego llegó la policía y dijo que llevaba muerta por lo menos una hora. Le preguntaron a Martha quién había entrado en la casa y ella dijo que nadie. Todas las ventanas estaban cerradas por dentro y no parecían haber sido forzadas. Entonces empezaron a interrogarnos...

Se detuvo. Le costaba trabajo respirar. Su mirada implorante se clavó en sir Edward.

—Por ejemplo, ¿quién se beneficia con la muerte de su tía?

—Eso es sencillo. Todos nos beneficiamos. Dejó todo su dinero a repartir en partes iguales entre nosotros cuatro.

—¿A cuánto asciende su fortuna?

—El abogado nos dijo que quedarían ochenta mil libras después de pagar los derechos reales.

Sir Edward abrió los ojos con una ligera sorpresa.

—Es una suma considerable. Usted conocía, supongo, el total de la fortuna de su tía.

Magdalen negó con la cabeza.

—No, fue una sorpresa para todos. Tía Lily tenía mucho cuidado con el dinero. Sólo tenía una criada y hablaba siempre de ahorrar.

Sir Edward asintió con aire pensativo y Magdalen se inclinó un poco hacia delante.

—Me ayudará usted, ¿verdad?

Sus palabras fueron una sorpresa desagradable para el abogado, interesado por la historia en sí misma.

—Mi querida joven, ¿qué puedo hacer? Si desea consejo legal, puedo darle algún nombre...

Ella lo interrumpió.

—¡Oh! ¡No quiero nada de eso! Quiero que me ayude personalmente, como amigo.

—Es usted muy amable, pero...

—Quiero que venga a nuestra casa. Quiero que haga preguntas. Que vea y juzgue por sí mismo.

—Pero, mi querida señorita...

—Recuerde, usted me lo prometió. Donde fuera, cuando fuera, dijo..., lo dijo..., que si necesitaba ayuda...

Sus ojos suplicantes y confiados se clavaron en los suyos, haciendo que se avergonzara y se conmoviera. Aquella avasalladora sinceridad, su absoluta fe en una cortés promesa hecha diez años atrás, que ella consideraba como algo sagrado. ¡Cuántos hombres no habrían pronunciado las mismas palabras! Eran casi un tópico y dudaba que nadie las cumpliera.

—Estoy seguro de que habrá muchas personas que puedan aconsejarla mejor que yo —protestó sin mucha convicción.

—Tengo muchísimos amigos, por supuesto. —Al abogado lo divirtió ver la ingenuidad con que lo afirmaba—. Pero, comprenda, ninguno es tan inteligente como usted. Usted está acostumbrado a interrogar a la gente y, con toda su experiencia, podrá saberlo.

—¿Saber qué?

—Si son inocentes o culpables.

Sonrió con bastante pesar. ¡Se enorgullecía de haberlo sabido casi siempre, aunque en muchas ocasiones su opinión particular no fuese la misma que la del jurado!

Magdalen se echó el sombrero hacia atrás con gesto nervioso y miró en derredor.

—Qué tranquilo es este lugar. ¿No echa de menos a veces un poco de ruido?

A su pesar, aquellas palabras dichas al azar lo conmovieron. Un callejón sin salida. Sí, pero siempre hay un medio de salir: el mismo sitio por el que se ha entrado. Lo invadió una fuerza impetuosa y juvenil. Su sencilla confianza apeló a lo mejor de sí mismo, y la naturaleza de su problema despertó al criminalista innato que había en él. Deseaba ver a aquellas personas de quien le hablaba. Lo deseaba para formarse su propio juicio.

—Si está realmente convencida de que puedo serle útil... Pero no le garantizo nada.

Esperaba que lo abrumara con su gratitud, pero se lo tomó con mucha calma.

—Sabía que lo haría. Siempre lo he considerado un auténtico amigo. ¿Quiere venir conmigo ahora?

—No. Creo que lo mejor será que vaya mañana a hacerle una visita. ¿Quiere darme el nombre y la dirección del abogado de la señorita Crabtree? Quiero hacerle unas cuantas preguntas.

Ella se lo anotó en un papel. Luego se puso en pie y dijo con una cierta timidez:

—Yo... le estoy muy agradecida. Adiós.

—Falta la dirección.

—¡Qué tonta soy! El 18 de Palatine Walk, en Chelsea.

Eran las tres de la tarde siguiente cuando sir Edward Palliser se acercó al 18 de Palatine Walk con su paso sobrio
y mesurado. En el intervalo, había averiguado varias cosas. Por la mañana, había ido a Scotland Yard, donde el
ayudante del jefe era muy amigo suyo, y, después, se
había entrevistado con el abogado de la difunta señorita
Crabtree. Como resultado, tenía una visión más clara
del asunto. Los arreglos de la señorita Crabtree respecto
al dinero habían sido un tanto peculiares. Nunca había
utilizado un talonario de cheques. Había tenido la costumbre de escribir a su abogado y pedirle cierta cantidad en billetes de cinco libras. Casi siempre pedía la
misma suma: trescientas libras cuatro veces al año. Ella
misma iba a recogerlas en un coche de caballos, pues
consideraba que era el único medio de transporte seguro. Aparte de esto, nunca abandonaba su casa.

En Scotland Yard, sir Edward averiguó que la situación económica de la señorita Crabtree había sido inves-
tigada a fondo. La difunta había estado a punto de soli-
citar una nueva cantidad de dinero. Sin duda, había
gastado las anteriores trescientas libras o estaban a punto de acabarse, pero eso no se sabía con exactitud. Al repasar los gastos de la casa, se puso de manifiesto enseguida que los gastos trimestrales de la señorita Crabtree
no llegaban ni con mucho a las trescientas libras. Por
otra parte, tenía la costumbre de enviar billetes de cinco
libras a sus amigos o parientes necesitados. El punto dis-
cutible era si, en el momento de su muerte, había mucho
o poco dinero en la casa. No se encontró ni un penique.

Era este punto en particular el que ocupaba la mente
de sir Edward mientras avanzaba por Palatine Walk.

Una mujer de edad, menuda y de mirada despierta,

le abrió la puerta de la casa. Lo hizo pasar a una habitación doble situada a la izquierda del pequeño vestíbulo y allí acudió Magdalen. Con mayor claridad que el día anterior, vio en su rostro las huellas de la tensión nerviosa.

—Me dijo usted que hiciera preguntas y a eso he venido —declaró sir Edward sonriente mientras le estrechaba la mano—. Ante todo, deseo saber quién fue el último en ver viva a su tía y la hora exacta.

—Fue después del té, a las cinco. Martha fue la última que la vio. Aquella tarde había estado pagando las cuentas y le llevó a tía Lily el cambio y las facturas.

—¿Tiene confianza en Martha?

—¡Oh, absoluta! Llevaba con tía Lily unos..., creo que casi treinta años. Es honrada como la que más.

Sir Edward asintió.

—Otra pregunta. ¿Por qué tuvo que tomarse una aspirina su prima, señorita Vaughan?

—Porque le dolía la cabeza.

—Naturalmente, pero ¿había alguna razón especial para que le doliera?

—Pues sí. Durante la comida hubo una discusión. Emily es muy excitable y extraordinariamente sensible, y ella y tía Lily discutían a veces.

—¿Discutieron durante la comida?

—Sí. Tía Lily se ponía bastante pesada con pequeñeces. Todo empezó por una tontería y luego se pusieron como el perro y el gato, Emily diciendo toda clase de cosas que no era posible que pensara: que se marcharía de casa para no volver, que se le reprochaba cada bocado que comía... ¡Oh!, toda clase de tonterías. Tía Lily contestó que cuanto antes ella y su marido hicieran las maletas y se marcharan, mejor. Pero, en realidad, eso no significaba nada.

—¿Porque el señor y la señora Crabtree no podían permitirse el lujo de marcharse?

—Oh, no sólo por eso. William quería mucho a tía Lily. De verdad.

—¿No sería un día de peleas, por casualidad?

Magdalen se ruborizó.

—¿Se refiere a mí? ¿La discusión que tuve por querer ser modelo?

—¿Su tía no estaba de acuerdo?

—No.

—¿Por qué quería usted ser modelo, señorita Magdalen? ¿Acaso esa clase de vida le parece muy interesante?

—No, pero cualquier cosa sería mejor que continuar viviendo aquí.

—Pero ahora tendrá usted una buena renta, ¿verdad?

—¡Oh, sí, ahora será muy distinto! —Lo admitió con la mayor sencillez.

Él sonrió, pero no insistió sobre el mismo tema.

—¿Qué me dice de su hermano? ¿También discutió?

—¿Matthew? Oh, no.

—Entonces ¿nadie puede decir que tuviera motivos para desear deshacerse de su tía?

Pudo observar el momentáneo desaliento que se reflejó en el rostro de ella.

—Lo olvidaba —añadió sir Edward como por casualidad—. Su hermano debía mucho dinero, ¿verdad?

—Sí, ¡pobre Matthew!

—No obstante, ahora se pondrá al día.

—Sí. Es un alivio.

¡Seguía sin darse cuenta! Sir Edward se apresuró a cambiar de tema.

—¿Sus primos y su hermano están en casa?

—Sí, les dije que iba usted a venir. Todos están deseando ayudarlo. Oh, sir Edward, no sé por qué, pero tengo la impresión de que usted descubrirá que todo está perfectamente, que ninguno de nosotros ha tenido nada que ver con..., pues, al fin y al cabo, que fue un extraño el que la mató.

—No hago milagros. Tal vez descubra la verdad, pero no puedo hacer que la verdad sea la que usted desea.

—¿No puede? Yo creo que puede lograrlo, que puede lograrlo todo.

Salió de la habitación mientras él se preguntaba inquieto: «¿Qué habrá querido decir con eso? ¿Es que quiere sugerirme una línea de defensa? Pero ¿a quién he de defender?».

Sus meditaciones fueron interrumpidas por la entrada de un hombre de unos cincuenta años. Era de constitución robusta, aunque andaba algo encorvado. Vestía con cuidado y llevaba el pelo bien peinado. Parecía de buen carácter, aunque un tanto despistado.

—¿Sir Edward Palliser? ¿Cómo está usted? Magdalen me ha pedido que viniera. Es usted muy amable al querer ayudarnos, aunque no creo que en realidad llegue a descubrirse nada. Quiero decir que no pescarán a ese individuo.

—Entonces usted cree que fue un ladrón, ¿alguien de fuera de la casa?

—Tuvo que serlo. No es posible que fuese nadie de la familia. Esos individuos son muy listos, trepan como gatos y entran y salen como quieren.

—¿Dónde estaba usted cuando ocurrió la tragedia, señor Crabtree?

—Estaba entretenido con mis sellos, en el saloncito que tengo arriba.

—¿Oyó usted algo?

—No, pero no acostumbro a oír nada cuando estoy abstraído. Es una tontería por mi parte, pero es verdad.

—¿El saloncito al que se refiere está encima de esta habitación?

—No, está en la parte de atrás.

Volvió a abrirse la puerta y entró una mujer rubia retorciéndose las manos nerviosamente. Parecía temerosa y excitada.

—William, ¿por qué no me has esperado? Te dije que me esperaras.

—Lo siento, querida, lo olvidé. Sir Edward Palliser, mi esposa.

—¿Cómo está usted, señora Crabtree? Espero que no le moleste que haya venido aquí a hacer algunas preguntas. Sé lo ansiosos que están todos ustedes por aclarar las cosas.

—Naturalmente, pero no puedo decirle nada, ¿no es cierto, William? Estaba dormida, en mi cama, y sólo me desperté al oír gritar a Martha cuando encontró el cadáver.

Continuó retorciéndose las manos.

—¿Dónde está su habitación, señora Crabtree?

—Encima de ésta, pero no oí nada. ¿Cómo quiere que lo oyera si estaba dormida?

No pudo sacarla de ahí: no sabía nada, no había oído nada, estaba durmiendo. Lo repetía con la obstinación de una mujer asustada. No obstante, sir Edward sabía muy bien lo que aquello podía significar: que fuese la pura verdad.

Finalmente, se disculpó diciendo que deseaba hacerle algunas preguntas a Martha. William Crabtree se ofreció para acompañarlo a la cocina. En el recibidor, sir Edward casi tropezó con un hombre joven, alto y moreno que se dirigía a la puerta principal.

—¿Es usted el señor Matthew Vaughan?

—Sí, pero perdone, no puedo entretenerme. Tengo una cita.

—¡Matthew! —Era la voz de su hermana llamándolo desde lo alto de la escalera—. Matthew, me prometiste...

—Lo sé, hermanita, pero no puedo. Tengo que encontrarme con una persona. ¿De qué sirve hablar una y otra vez de lo mismo? Ya tuvimos bastante con la policía. Estoy harto de toda esta comedia.

Matthew Vaughan se marchó dando un portazo.

Sir Edward fue acompañado hasta la cocina. Martha estaba planchando y se interrumpió con la plancha en la mano. El abogado cerró la puerta.

—La señorita Vaughan me ha pedido que la ayude. Espero que no tenga inconveniente en que le haga algunas preguntas.

Ella lo miró y luego meneó la cabeza.

—No fue ninguno de ellos, señor. Sé lo que está pensando, pero se equivoca. Son las mejores personas del mundo.

—No me cabe la menor duda. Pero que lo sean no representa ninguna prueba para nosotros, ¿comprende?

—Tal vez no, señor. La ley es algo extraña, pero hay pruebas, como usted dice. Ninguno de ellos pudo haberlo hecho sin que yo me enterase.

—Pero...

—Sé lo que me digo, señor. Mire, escuche esto...

—«Esto» era un crujido que sonó encima de sus cabezas—. La escalera, señor. Cada vez que sube o baja alguien, cruje de manera lastimosa, no importa lo despacio que uno vaya. La señora Crabtree estaba en su cama y el señor Crabtree, entretenido con sus dichosos sellos. La señorita Magdalen estaba arriba, cosiendo a máquina, y, si alguno de ellos hubiera bajado la escalera, lo habría sabido. ¡No bajaron!

Habló con tal seguridad que impresionó al abogado. «Una buena testigo, de las que convencen», pensó.

—Podría no haberse dado cuenta usted.

—Lo habría notado aun sin fijarme, por así decirlo, como usted se da cuenta cuando se cierra una puerta y sale alguien.

Sir Edward buscó otra línea de ataque.

—Usted responde por tres de ellos, pero queda el cuarto. ¿Estaba también arriba el señor Vaughan?

—No, estaba en ese cuartito de la planta baja, esa puerta de ahí al lado. Escribía a máquina. Se oye perfectamente desde aquí. Su máquina no cesó de funcionar ni un momento. Ni un solo momento, señor. Puedo jurarlo. Es un ruido bastante molesto, vaya si lo es, y desde luego inconfundible.

—Fue usted quien la encontró, ¿verdad?

—Sí, señor. Estaba tendida en el suelo, con el pelo empapado de sangre. Nadie oyó el menor ruido a causa del tecleo de la máquina del señorito Matthew.

—Usted asegura que nadie entró en la casa.

—¿Cómo iban a entrar sin que yo lo supiera? El timbre suena aquí y sólo hay una puerta.

La miró de hito en hito.

—¿Quería usted mucho a la señorita Crabtree?

Una expresión de cálido afecto, auténtico e inconfundible, apareció en su rostro.

—Sí, señor, vaya si la quería, porque la señorita Crabtree... Bueno, ahora voy saliendo adelante y no me importa decirlo. Cuando yo era joven me vi en un apuro, señor, y la señorita Crabtree se puso de mi lado. Cuando todo aquello pasó, volvió a tomarme a su servicio. Habría dado la vida por ella... ¡Vaya si lo habría hecho!

Sir Edward sabía cuándo una persona era sincera, y Martha lo era.

—Entonces, que usted sepa, nadie entró por la puerta...

—Nadie podría haberlo hecho.

—He dicho «que usted sepa». Pero si la señorita Crabtree hubiera estado esperando a alguien y le hubiese abierto la puerta ella misma...

—¡Oh! —Martha pareció sorprendida.

—Supongo que eso sí sería posible —señaló sir Edward.

—Sería posible, sí, pero no muy probable. Quiero decir...

Evidentemente, estaba sorprendida. No podía negarlo y, no obstante, deseaba hacerlo. ¿Por qué? Porque sabía que la verdad era otra. ¿Sería eso? Cuatro personas en la casa..., ¿una de ellas culpable? ¿Quería Martha defender a aquella pandilla de culpables? ¿Había crujido la escalera? ¿Bajó alguien cautelosamente y Martha sabía quién era?

Ella era honrada, de eso sir Edward estaba convencido.

Insistió en ese punto, observándola.

—Supongo que la señorita Crabtree pudo haberlo hecho. La ventana de esta habitación da a la calle. Pudo haber visto quién esperaba desde la ventana y haber salido al recibidor para abrirle la puerta. Tal vez no quería que nadie viese a esa persona, fuese hombre o mujer.

Martha pareció algo turbada. Al fin, admitió de mala gana:

—Sí, puede que tenga razón, señor. No lo había pensado. Quizá esperase a un caballero. Sí, es posible.

Fue como si empezase a vislumbrar las ventajas de aquella idea.

—Usted fue la última que la vio, ¿verdad?

—Sí, señor. Después de retirar el servicio de té. Le llevé los libros de cuentas y la vuelta del dinero que me había dado.

—¿Se lo entregó en billetes de cinco libras?

—En un solo billete de cinco libras, señor —respondió Martha extrañada—. La cuenta no ascendía nunca a más de cinco libras. Soy muy cuidadosa.

—¿Dónde guardaba el dinero?

—No lo sé exactamente, señor. Diría que lo llevaba siempre encima, en su bolso de terciopelo negro. Pero está claro que podía guardarlo en alguno de los cajones de su dormitorio, que estaban cerrados con llave. Era muy aficionada a cerrarlo todo, aunque siempre perdía las llaves.

Sir Edward asintió.

—¿Usted no sabe cuánto dinero tenía, me refiero en billetes de cinco libras?

—No, señor, no puedo decir exactamente la cantidad.

—¿No le dijo nada que pudiera indicarle que esperaba a alguien?

—No, señor.

—¿Está completamente segura? ¿Qué le dijo exactamente?

—Pues... —Martha reflexionó— dijo que el carnicero no era más que un bribón y un tramposo, que yo había comprado medio kilo más de té y que la señora Crabtree era una tonta porque no le gustaba la margarina. No le gustó una de las monedas de seis peniques que le di de vuelta, una de esas nuevas con hojas de roble. Dijo que era falsa, y me costó mucho trabajo convencerla de lo contrario. También dijo que el pescadero le había enviado arenques en vez de pescadillas y que si yo ya se lo había dicho. Le dije que sí. Creo que eso es todo, señor.

El discurso de Martha proporcionó a sir Edward una descripción detallada de la difunta mejor que ninguna otra.

—Era una señora bastante difícil de complacer, ¿verdad?

—Un poco puntillosa, pero comprenda: la pobrecilla salía poco y, estando todo el día encerrada, en algo había de entretenerse. Era difícil de contentar, pero de buen corazón. Ningún mendigo se iba nunca de esta casa con las manos vacías. Es posible que fuese quisquillosa, pero era una dama muy caritativa.

—Martha, celebro que por lo menos haya dejado una persona que la llore.

La anciana criada contuvo el aliento.

—Quiere usted decir... Oh, pero en el fondo todos la querían, de veras. Discutían con ella de cuando en cuando, pero eso no significa nada.

Sir Edward levantó la cabeza. Había oído un crujido arriba.

—Es la señorita Magdalen, que baja.

—¿Cómo lo sabe?

La anciana enrojeció.

—Conozco su manera de andar.

Sir Edward abandonó rápidamente la cocina. Martha tenía razón. Magdalen llegaba en aquel momento al pie de la escalera y lo miró esperanzada.

—No he avanzado mucho todavía. ¿Sabe por casualidad si su tía recibió alguna carta el día de su muerte?

—Están todas juntas. La policía ya las ha examinado, por supuesto.

Lo llevó al gran salón. Abrió un cajón y sacó un bolso de terciopelo negro con un cierre de plata anticuado.

—Éste es el bolso de mi tía. Todo está igual que el día de su muerte. Lo he conservado tal cual.

Sir Edward le dio las gracias y vació el contenido sobre la mesa. Como había imaginado, era una muestra clásica del bolso de una vieja excéntrica.

Había algunas monedas de plata, dos nueces, tres recortes de periódicos que hablaban de la casa de Joanna Southcott, un poema mal impreso sobre los parados, un almanaque, un pedazo grande de alcanfor, varios pares de gafas y tres cartas: una escrita con una letra que parecían patas de mosca y que firmaba una tal «Prima Lucy», una factura por la compostura de un reloj y una petición de dinero de una institución benéfica.

Sir Edward lo revisó todo cuidadosamente. Luego volvió a meterlo en el bolso y se lo entregó a la joven.

—Gracias, señorita Magdalen. Me temo que aquí no hay gran cosa.

Se puso en pie, comentó que desde la ventaba se veían los escalones de la entrada y entonces tomó la mano de Magdalen entre las suyas.

—¿Se marcha?

—Sí.

—¿Todo acabará bien?

—Nadie relacionado con la ley se comprometería nunca con una declaración tan temeraria —manifestó sir Edward en tono solemne, y salió a toda prisa.

Avanzó por la calle, perdido en sus pensamientos. Tenía el rompecabezas ante los ojos, pero era incapaz de resolverlo. Necesitaba algo, sólo un pequeño indicio, algo que le indicara el camino.

Se sobresaltó cuando una mano se posó en su hombro. Era Matthew Vaughan, un tanto falto de aliento.

—Lo he estado siguiendo, sir Edward. Quiero disculparme por mis modales de hace una hora, tengo el peor genio del mundo. Es usted muy amable al preocuparse por este asunto. Por favor, pregúnteme lo que quiera. Si hay algo que yo pueda hacer por ayudarlo...

De pronto, sir Edward se irguió con la mirada fija, no en Matthew, sino en el otro lado de la calle. Algo extrañado, Matthew repitió:

—Si puedo ayudarlo en algo...

—Ya lo ha hecho usted, mi querido joven, al haberme detenido precisamente aquí y haciendo fijar mi atención en algo que, de otro modo, me habría pasado por alto.

Señaló al otro lado de la calle, donde había un pequeño restaurante.

—¿Los Veinticuatro Mirlos? —preguntó Matthew intrigado.

—Exacto.

—Es un nombre extraño, pero creo que dan bien de comer.

—No correré el riesgo de hacer el experimento. Al estar más alejado de mis días de infancia de lo que lo está usted, mi joven amigo, probablemente recordaré mejor las canciones de cuna. Hay una clásica que dice, si mal no recuerdo: «Canta la canción de seis peniques, del puñado de laurel, de los veinticuatro mirlos cocidos en un pastel..., etcétera». El resto no nos concierne.

Se volvió bruscamente.

—¿Adónde va? —le preguntó Matthew.

—De nuevo a su casa, amigo mío.

Caminaron en silencio mientras Matthew Vaughan no cesaba de lanzar miradas de extrañeza a su compañero. Sir Edward, una vez en la casa, se dirigió a un cajón, cogió el bolso de terciopelo y lo abrió.

Miró a Matthew y el joven abandonó la habitación de mala gana.

Sir Edward vació la calderilla sobre la mesa. Luego asintió. Su memoria no le había fallado. Tocó el timbre al tiempo que ocultaba algo en la palma de la mano.

Martha acudió a la llamada.

—Si no recuerdo mal, Martha, usted me dijo que tuvo una pequeña discusión con su ama por cuestión de una moneda de seis peniques nueva.

—Sí, señor.

—¡Ah! Pero lo más curioso, Martha, es que entre esta calderilla no hay ninguna moneda nueva de seis peniques. Hay dos de seis peniques, pero las dos son antiguas.

Ella lo miró con extrañeza.

—¿Comprende lo que eso significa? Alguien vino a la casa aquella noche, alguien a quien su señora entregó esos seis peniques. Creo que se los dio a cambio de esto.

Alargó la mano y, con un movimiento rápido, le mostró la hoja con el poema de los parados.

Tuvo suficiente con ver el rostro de la criada.

—El juego ha sido descubierto, Martha. Comprenda, ya lo sé. Será mejor que me lo cuente todo.

La mujer se desplomó en una silla con el rostro bañado en lágrimas.

—Es cierto, es cierto. El timbre no funcionaba bien, no estaba segura de si llamaban, pero luego pensé que sería mejor ir a asegurarme. Llegué justo en el momento en que él la golpeaba en la cabeza. El fajo de billetes de cinco libras estaba sobre la mesa, delante de ella, y fue eso lo que lo impulsó a hacerlo, eso y ver que estaba sola en la casa cuando lo dejó entrar. No pude gritar. Estaba como paralizada y, entonces, se volvió y vi que era mi hijo...

»Oh, siempre ha sido malo. Yo le daba todo el dinero que podía. Ha estado dos veces en la cárcel. Debió de venir a verme y, entonces, la señorita Crabtree, viendo que yo no abría la puerta, fue a abrirla, y él, sorprendido, le entregó uno de esos poemas de los parados y la señora, siendo tan caritativa como era, le dijo que entrara para darle seis peniques. El fajo de billetes seguía encima de la mesa, donde estuvo mientras yo le daba el cambio. El diablo se apoderó de mi Ben y, poniéndose detrás de ella, la golpeó hasta matarla.

—¿Qué pasó después?

—¿Qué podía hacer yo? Es mi carne y mi sangre. Su padre era malo y Ben ha salido a él, pero también es mi hijo. Lo hice salir apresuradamente, regresé a la cocina y preparé la mesa a la hora de costumbre. ¿Cree usted que obré muy mal, señor? He intentado no mentirle cuando me ha interrogado.

Sir Edward se puso en pie.

—Mi pobre Martha —dijo con sentimiento—, lo siento muchísimo por usted. Pero, de todas maneras, la ley ha de seguir su curso, comprenda.

—Ha huido del país, señor, y en este momento no sé dónde está.

—Entonces existe la posibilidad de que escape de la cárcel, pero no confíe demasiado. ¿Quiere enviarme a la señorita Magdalen?

—Oh, sir Edward, es usted maravilloso —proclamó Magdalen cuando él acabó con su breve relato—. Nos ha salvado a todos. ¿Cómo podré agradecérselo?

El abogado le sonrió dándole unas palmaditas en la mano. Volvía a sentirse un gran hombre. La pequeña Magdalen había sido encantadora durante la travesía del *Siluric.* ¡El maravilloso encanto de la adolescencia! Claro que ahora lo había perdido por completo.

—La próxima vez que necesite un amigo, lo avisaré enseguida.

—No, no —exclamó sir Edward alarmado—, eso es precisamente lo que no quiero que haga. Acuda a un hombre más joven.

Se despidió de todos y, una vez en el interior de un taxi, exhaló un suspiro de alivio.

Incluso el encanto de una jovencita de diecisiete años le parecía dudoso.

No podía compararse con el de una biblioteca bien surtida sobre criminología.

El taxi entró en Queen Anne's Close, su callejón sin salida.

La aventura del señor Eastwood

El señor Eastwood miró al techo y luego al suelo. Desde abajo, su mirada ascendió lentamente por la pared derecha y, al fin, con un esfuerzo supremo, se posó de nuevo en la máquina de escribir.

En la página sólo había escrito un título en letras mayúsculas: EL MISTERIO DEL SEGUNDO PEPINO.

Un título magnífico. Anthony Eastwood comprendió que cualquiera que leyera aquel título se sentiría inmediatamente intrigado y atraído. «*El misterio del segundo pepino*», dirían. «¿Qué será esto? ¿Un pepino? ¿El segundo pepino? Tengo que leerlo.» Se quedarían emocionados y encantados por la consumada habilidad con que aquel maestro de la ficción policíaca había tramado aquel excitante misterio alrededor de una simple hortaliza.

El título estaba muy bien. Anthony Eastwood sabía mejor que nadie cómo escribir una historia. Lo malo era que no estaba inspirado. Los dos aspectos esenciales de una historia son el título y la trama; el resto es sólo cuestión de detalles. Algunas veces, el mismo título sugiere la trama y, entonces, todo es coser y cantar. Pero, en este caso, el título continuaba adornando la parte superior de la página y no se le ocurría absolutamente nada para el argumento.

Nuevamente, el señor Eastwood buscó inspiración en el techo, en el suelo y en el papel que adornaba las paredes, sin conseguir nada.

«A la protagonista la llamaré Sonia —se dijo para animarse a continuar—. Sonia, o tal vez Dolores. Tendrá un cutis pálido como el marfil, de ese que no es debido a enfermedad alguna, y ojos como pozos insondables. Al héroe lo llamaré George o John, un nombre corto y muy inglés. Luego, al jardinero..., supongo que tendrá que haber un jardinero..., hay que encajar ese condenado pepino como sea, y el jardinero puede ser escocés con un cómico pesimismo respecto a las heladas tempranas.»

Este sistema algunas veces le funcionaba, pero aquella mañana no daba pie con bola. Sin embargo, Anthony podía ver a Sonia, a George y al jardinero cómico con toda claridad, aunque no demostraban la menor predisposición a cobrar actividad ni vida.

«Claro que podría ser un plátano en vez de un pepino —pensó desesperado—. O una lechuga, o una col de Bruselas... Vaya, una col de Bruselas, ¿qué te parece? Un criptograma con Bruselas..., un robo de bonos al portador..., un siniestro barón belga...»

Por un momento, creyó ver un destello de luz, pero volvió a apagarse. El barón belga no tomaba forma, y Anthony recordó de pronto que los pepinos y las heladas tempranas son incompatibles, lo cual era el motivo de los jocosos comentarios del jardinero escocés.

—¡Oh, maldita sea!

Se levantó para coger el *Daily Mail*. Era posible que

se publicara alguna muerte que lo inspirase, pero aquella mañana las noticias eran principalmente políticas. El señor Eastwood dejó el periódico con disgusto.

A continuación, cogió una novela de encima de la mesa, cerró los ojos e introdujo el dedo índice entre sus páginas. La palabra escogida al azar y elegida por la suerte era *oveja*. En el acto, con una nitidez sorprendente, en el cerebro del señor Eastwood empezó a desarrollarse una historia completa. Una muchacha encantadora..., su amante muerto en la guerra..., ella pierde la razón y guarda las ovejas en las montañas escocesas..., místico encuentro con el amante muerto... y un efecto final con las ovejas..., y a la luz de la luna, como en una pintura académica, la muchacha muerta sobre la nieve y dos rastros de pisadas...

Era una bonita historia. Anthony salió de su abstracción con un suspiro y meneó tristemente la cabeza. Sabía demasiado bien que el editor en cuestión no deseaba esa clase de historias, por bonitas que fuesen. Lo que él quería, y no cesaba de repetirlo (y la verdad era que pagaba muy bien por obtenerlo), eran historias de mujeres misteriosas y morenas con una puñalada en el corazón, con un protagonista injustamente sospechoso y el rápido esclarecimiento del misterio, del que siempre resultaba culpable la persona más inesperada gracias a las pistas más absurdas. En resumidas cuentas: *El misterio del segundo pepino*.

«Aunque —reflexionó Anthony— apuesto diez contra uno a que el editor le cambiaría el título para llamarlo de algún modo estúpido, como, por ejemplo, *Todos los crímenes son soeces*, sin consultarme siquiera. ¡Oh, maldito teléfono!»

Se dirigió rápidamente hacia el aparato y descolgó. Durante la última hora lo habían llamado dos veces: la primera se habían equivocado de número, y la otra fue para invitarlo a una cena de una sociedad femenina que odiaba cordialmente, pero a la que no pudo negarse.

—¡Diga! —gruñó.

Le respondió una voz femenina, dulce y acariciante, con un ligero acento extranjero.

—¿Eres tú, cariño?

—Pues..., esto..., no lo sé —dijo el señor Eastwood con amabilidad—. ¿Quién habla?

—Soy yo, Carmen. Escucha, cariño. Me persiguen..., estoy en peligro..., tienes que venir enseguida. Es cuestión de vida o muerte.

—Perdón. Me temo que se ha equivocado de...

Ella lo interrumpió antes de que pudiera terminar la frase.

—¡Madre de Dios! Ya vienen. Si descubren lo que estoy haciendo, me matarán. No me falles. Ven enseguida. Si no vienes será mi fin. Ya sabes, el 320 de Kirk Street. La contraseña es «pepino»...

Oyó que cortaba la comunicación.

—Bueno, ¡que me aspen si lo entiendo! —exclamó el señor Eastwood asombrado.

Se acercó a su caja de tabaco para llenar su pipa.

—Supongo que debe de haber sido algún extraño efecto de mi subconsciente. No puede haber dicho «pepino». Este asunto es extraordinario. ¿Ha dicho «pepino» o no?

Paseó de un lado a otro indeciso.

—El 320 de Kirk Street. Quisiera saber de qué va todo esto. Ella espera que acuda otro hombre. Ojalá me lo hubiera explicado. Kirk Street. La contraseña es «pepino». ¡Oh! Imposible, absurdo. Habrá sido una alucinación de mi fatigado cerebro.

Contempló la máquina de escribir con odio.

—¿Y tú para qué sirves? Me gustaría saberlo. Te he estado mirando toda la mañana y ¿de qué me has servido? Un autor debe sacar sus argumentos de la vida real..., de la vida real, ¿te enteras? Ahora voy en busca de uno.

Se encasquetó el sombrero, dirigió una mirada tierna a su preciosa colección de esmaltes antiguos y salió del apartamento.

Kirk Street, como saben la mayoría de los londinenses, es una arteria larga y apartada, dedicada principalmente a tiendas de anticuarios, donde se ofrecen toda clase de artículos a precios inverosímiles. Hay tiendas de cobre antiguo, de cristalería, de enseres de todo tipo de segunda mano y de compraventa de ropa.

El 320 era una tienda de cristal antiguo, y mil objetos de variadas formas ocupaban prácticamente todo el espacio. Anthony tuvo que avanzar cautelosamente por el pasillo central, rodeado de copas de vino, mientras sobre su cabeza oscilaban arañas y lámparas de cristal. Una mujer muy vieja estaba sentada al fondo de la tienda. Tenía un bigote que le habría envidiado más de un jovencito.

Al ver al señor Eastwood, dijo con una voz terrible:

—¿Qué desea?

Anthony era un joven que se acobardaba muy fácilmente y, en el acto, preguntó el precio de algunos vasos tallados.

—Cuarenta y cinco chelines la media docena.

—Oh, vaya. Son muy bonitos, ¿verdad? ¿Cuánto valen estos candelabros?

—Bonitos... Waterford antiguo. Se los dejaré por dieciocho guineas la pareja.

El señor Eastwood comprendió que se estaba metiendo en un lío. Al poco rato, estaría comprando algo bajo la fuerza hipnótica de los ojos de aquella vieja. Sin embargo, no osaba salir de la tienda.

—¿Y ese otro? —preguntó señalando un candelabro.

—Treinta y ocho guineas.

—¡Ah! Eso es más de lo que puedo pagar.

—¿Qué es lo que desea? —preguntó la vieja—. ¿Algo para un regalo de boda?

—Eso es —dijo Anthony, agarrándose a la explicación—, pero es una pareja muy difícil de contentar.

—Ah, bueno. —La vieja se levantó con aire resuelto—. Una bonita pieza de cristal viene bien a todo el mundo. Aquí tengo un par de botellas talladas... y este bonito juego de licor, lo más apropiado para unos novios.

Durante los diez minutos siguientes, Anthony las pasó moradas. La vieja lo tenía bien cogido y le fue enseñando todas las piezas de cristal imaginables. Anthony estaba desesperado.

—¡Bonito, muy bonito! —exclamó mientras dejaba a un lado un pesado jarrón. Al fin, dijo apresuradamente—: Oiga, ¿tienen ustedes teléfono?

—No, no tenemos. Pero hay uno público en el estanco de enfrente. Bueno, ¿qué ha dicho usted que escogía: la copa o esos elegantes vasos antiguos?

Anthony desconocía el arte gentil de las mujeres para salir de una tienda sin comprar nada.

—Será mejor que me lleve el juego de licor —opinó en tono lúgubre.

Le pareció lo más pequeño. Lo aterrorizaba la idea de verse cargado con una araña.

Con amargura, pagó el importe de su compra. Entonces, mientras la vieja lo envolvía, recuperó de nuevo su valor. Al fin y al cabo, sólo lo creería un excéntrico. Además, ¿qué le importaba a él lo que pudiera pensar?

—Pepino —dijo con voz clara y firme.

La vieja interrumpió la operación de envolver el juego de licor.

—¿Cómo? ¿Qué ha dicho usted?

—Nada —se apresuró a mentir Anthony.

—¡Oh! Creía que había dicho «pepino».

—Eso he dicho —replicó él desafiante.

—Vaya. Y ¿por qué no lo ha dicho antes? Haciéndome perder el tiempo... Entre por esa puerta y suba. Ella lo está esperando.

Como en un sueño, Anthony cruzó la puerta indicada y luego subió una escalera muy sucia. Al final había otra puerta abierta que dejaba ver una sala diminuta.

Vio a una joven sentada en una silla con los ojos fijos en el suelo y expresión anhelante. ¡Qué muchacha! Ella sí que tenía la verdadera palidez marfileña de la que tantas veces hablaba en sus libros. ¡Y sus ojos...! ¡Qué ojos! No era inglesa, se adivinaba a primera vista. Tenía un atractivo exótico que se veía incluso en la cara sencillez de sus vestidos.

Anthony se detuvo en el umbral de la puerta, algo avergonzado. Había llegado el momento de las explicaciones, pero la joven se puso de pie y, con un grito de alegría, fue a refugiarse en sus brazos.

—¡Has venido! ¡Has venido! ¡Oh, alabada sea la Virgen!

Anthony, que no era de los que desperdician las oportunidades, la secundó con fervor. Al fin, ella se separó mirándolo a los ojos con una timidez encantadora.

—Nunca te habría conocido. Te lo aseguro.

—¿No?

—No, incluso tus ojos son distintos y eres diez veces más guapo de cómo te había imaginado.

—¿De veras?

«Conserva la calma, muchacho —se dijo Anthony—, no pierdas la calma. La situación se va desenvolviendo muy bien, pero no pierdas la cabeza.»

—¿Puedo besarte otra vez?

—Por supuesto. Tantas veces como quieras.

Hubo un agradable intermedio.

«¿Quién diablos debe de ser? —pensó Anthony—. Espero que no se presente el individuo a quien ella aguarda. Es encantadora.»

De pronto, la muchacha se separó de él con el terror reflejado en el rostro.

—No te habrán seguido hasta aquí, ¿no?

—Cielos, no.

—Son muy astutos. Tú no los conoces tan bien como yo. Boris es el mismísimo demonio.

—Pronto cazaré a Boris para ti.

—Eres un león..., sí, un león. En cuanto a ellos, son unos canallas..., todos. ¡Escucha, ya lo tengo! Me habrían matado si llegan a saberlo. Yo tenía miedo, no sabía qué hacer, y entonces me he acordado de ti... Chiss, ¿qué ha sido eso?

Se había oído un ruido abajo, en la tienda. Le indicó

que permaneciera donde estaba y salió de puntillas para ir hasta la escalera. Luego se volvió muy pálida y con los ojos desorbitados.

—Madre de Dios. Es la policía. Están subiendo. ¿Tienes un cuchillo? ¿Un revólver? ¿Algo?

—Querida mía, no esperarás en serio que asesine a un policía, ¿verdad?

—¡Oh, pero tú estás loco..., loco! Te detendrán y luego te colgarán de una soga hasta que mueras.

—¿Tú crees que harán eso? —preguntó el señor Eastwood con una sensación harto desagradable en la espalda.

Se oyeron pasos en la escalera.

—Ya vienen —susurró la muchacha—. Niégalo todo. Es tu única esperanza.

—Eso es bastante fácil —respondió él *sotto voce*.

Un minuto después entraron dos hombres en la habitación. Vestían de paisano, pero tenían un porte autoritario que denotaba su profesión. El más bajo de los dos, un tipo moreno de ojos grises, fue quien llevó la voz cantante.

—Conrad Fleckman, queda usted detenido por el asesinato de Anna Rosenburg. Todo lo que diga podrá ser utilizado en su contra. Aquí tiene la orden de detención, y le aconsejo que nos acompañe sin resistencia.

Un grito ahogado escapó de los labios de la joven mientras Anthony daba un paso adelante con una sonrisa en los labios.

—Está usted en un error, agente. Mi nombre es Anthony Eastwood.

Los dos detectives parecieron no inmutarse lo más mínimo ante su declaración.

—Eso ya lo veremos luego —replicó el más alto—. Entretanto, usted se viene con nosotros.

—Conrad —gimió la muchacha—, Conrad, no dejes que te lleven.

Anthony miró a los detectives.

—¿Me permitirán, por lo menos, que me despida de esta señorita?

Con más educación de la que había esperado, los dos hombres se dirigieron hacia la puerta mientras Anthony arrastraba a la joven hasta la ventana.

—Escúchame. Lo que he dicho es cierto. Yo no soy Conrad Fleckman. Sin duda te has equivocado al marcar el número. Me llamo Anthony Eastwood. He acudido con gusto a tu llamada porque..., bueno, el caso es que he venido.

Ella lo miraba incrédula.

—¿Tú no eres Conrad Fleckman?

—No.

—¡Oh! —exclamó con desesperación—. ¡Te he besado!

—Eso no importa. Los cristianos primitivos lo convirtieron en una práctica habitual. Unos tipos muy inteligentes. Ahora, escúchame, me voy con esta gente. Pronto demostraré mi identidad. Entretanto, no te molestarán y podrás advertir a tu estimado Conrad. Después...

—¿Sí?

—Nada, sólo eso. Mi número de teléfono es Northwestern 1473, y procura que la operadora no te ponga con el número equivocado.

Ella le dedicó una mirada encantadora entre sonrisas y lágrimas.

—No lo olvidaré, te aseguro que no lo olvidaré.

—Muy bien. Entonces, adiós. Oye...

—¿Qué?

—Ya que hablábamos de los cristianos primitivos. Una vez más no importará, ¿verdad?

Ella le echó los brazos al cuello y sus labios rozaron apenas los suyos.

—Me gustas, sí, me gustas. ¿Lo recordarás ocurra lo que ocurra?

Anthony se desprendió de su abrazo de mala gana para aproximarse a sus raptores.

—Estoy dispuesto a acompañarlos. Supongo que no detendrán a esta señorita.

—No, señor, esté tranquilo —repuso el detective más bajo con cortesía.

«Estos hombres de Scotland Yard no son malos tipos», pensó Anthony mientras los seguía por la estrecha escalera.

En la tienda no había ni rastro de la vieja, pero Anthony captó una respiración trabajosa procedente de una puerta que se abría al fondo y adivinó que estaba escondida, observando cautelosamente el desarrollo de los acontecimientos.

En cuanto salieron a Kirk Street, exhaló un profundo suspiro y se dirigió al más bajo de los agentes.

—Escuche, inspector, porque supongo que será usted un inspector...

—Sí, señor. Inspector Verrall. Éste es el sargento Carter.

—Pues bien, inspector Verrall, ha llegado el momento de razonar y de escuchar lo que le digo. No soy Conrad Como-se-llame. Mi nombre es Anthony Eastwood y soy escritor. Si quiere acompañarme a mi apartamento, creo que podré convencerlo de mi identidad.

El tono de seguridad con el que Anthony hablaba debió de impresionar a los detectives y, por primera vez, apareció una sombra de duda en el rostro de Verrall.

Al parecer, Carter era más difícil de contentar.

—Vaya —gruñó—. Pero, según recordará usted, esa joven lo ha llamado «Conrad».

—¡Ah! Ésa es otra cuestión. No me importa admitir ante ustedes que, por... razones de mi incumbencia, me he hecho pasar por cierto hombre llamado Conrad ante esa joven. Comprendan, es una cuestión privada.

—Bonita historia, ¿verdad? —observó Carter—. No, señor, usted se viene con nosotros. Para un taxi, Joe.

Detuvieron un taxi y los tres hombres subieron al coche. Anthony hizo el último intento dirigiéndose a Verrall, que parecía el más razonable de los dos.

—Pero escuche, mi querido inspector, ¿qué problema hay en que ustedes dos vengan a mi piso y vean si les digo la verdad? Pueden hacer que el taxi espere si quieren. ¡Es una oferta generosa! No tardaremos ni cinco minutos.

Verrall lo miró con mucha atención.

—Bueno, por extraño que parezca, creo que dice la verdad. No me gustaría hacer el ridículo en la comisaría por habernos equivocado de hombre. ¿Cuál es la dirección?

—Brandenburg Mansions, 48.

Verrall se la repitió al conductor. Los tres guardaron silencio hasta que llegaron a su destino. Carter se apeó y Verrall le dirigió un gesto a Anthony para que lo siguiera.

—No es preciso dar lugar a situaciones violentas —dijo al descender—. Entraremos amigablemente como si el señor Eastwood hubiera invitado a un par de amigos a un aperitivo.

A Anthony le encantó aquella sugerencia y su opinión sobre el Departamento de Investigación Criminal mejoró notablemente.

En la puerta tuvieron la suerte de encontrar a Rogers, el portero. Anthony lo detuvo.

—¡Ah! Buenas tardes, Rogers.

—Buenas tardes, señor Eastwood —contestó respetuoso.

Apreciaba a Anthony, que lo trataba con una liberalidad no siempre imitada por sus convecinos.

Anthony se volvió cuando estaba ya al pie de la escalera.

—A propósito, Rogers —dijo como por casualidad—, ¿cuánto tiempo llevo viviendo aquí? Estaba discutiéndolo con estos amigos míos.

—Déjeme que piense, señor. Ahora debe de hacer cosa de cuatro años.

—Lo que imaginaba.

Anthony dirigió una mirada de triunfo a los dos detectives. Carter gruñó, pero Verrall sonreía abiertamente.

—Bien, aunque esto no es suficiente —observó—. ¿Subimos?

Anthony les abrió la puerta de su piso y se alegró al recordar que su criado, Seamark, había salido. Cuantos menos testigos hubiera de aquella catástrofe, mejor.

La máquina de escribir estaba en el mismo sitio donde la había dejado. Carter se acercó a la mesa y leyó el título.

—«*El misterio del segundo pepino*» —anunció con voz lúgubre.

—Una de mis historias —explicó el escritor con indiferencia.

—Ésa es otra buena prueba, señor —afirmó Verrall—. A propósito, señor, ¿de qué trata? ¿Cuál es el misterio del segundo pepino?

—Ah, ésa es la cuestión. Ese segundo pepino es el que tiene la culpa de haber armado todo este jaleo.

Carter lo miraba con fijeza y, de pronto, tocándose la frente significativamente, exclamó:

—Está trastornado, pobre hombre.

—Ahora, caballeros —se apresuró a decir el señor Eastwood—, pasemos a lo que importa. Aquí tienen cartas dirigidas a mí, mi talonario de cheques, comunicaciones de mis editores... ¿Qué más desean?

Verrall examinó los papeles que Anthony le había confiado.

—Por mi parte —respondió respetuoso—, no deseo nada más, señor. Estoy plenamente convencido, pero no puedo asumir la responsabilidad de soltarlo. Compréndalo: aunque parezca evidente que ha estado usted viviendo aquí como el señor Eastwood durante algunos años, es posible que Conrad Fleckman y Anthony Eastwood sean la misma persona. Debo registrar el piso, tomar sus huellas dactilares y llamar a jefatura.

—Me parece un programa muy razonable —observó Anthony—. Les aseguro que pueden disponer de todos los secretos de los que sea culpable que encuentren.

El inspector sonrió. Para ser detective, era una persona muy humana.

—¿Quiere usted pasar a la otra habitación con Carter mientras yo me ocupo del registro?

—De acuerdo. ¿No podría ser al revés?

—¿Cómo dice?

—Que usted, yo y un par de whiskys ocupáramos la habitación contigua mientras nuestro amigo el sargento lleva a cabo el registro.

—¿Lo prefiere así, señor?

—Sí, lo prefiero.

Dejaron a Carter ocupado en investigar el contenido del escritorio con destreza profesional y, mientras se dirigían a la otra habitación, lo oyeron llamar a Scotland Yard.

—Así está mejor —dijo Anthony colocando un vaso de whisky y sifón junto a su butaca, después de haberle servido su copa al inspector Verrall—. ¿Quiere que beba yo primero para demostrarle que el whisky no está envenenado?

El detective sonrió.

—Todo esto es muy irregular, pero en nuestra profesión se aprenden algunas cosas. Por ejemplo, desde el primer momento he comprendido que nos habíamos equivocado, pero, naturalmente, hay que cumplir con el papeleo. Nadie puede escapar de la burocracia, ¿no cree, señor?

—Lo supongo —repuso Anthony con pesar—. Aunque el sargento todavía no parece muy convencido, ¿verdad?

—Ah, el sargento Carter es un hombre muy suspicaz. No le sería fácil engañarlo.

—Ya lo he observado. A propósito, inspector, ¿no podría ponerme al corriente de lo que ocurre?

—¿En qué sentido, señor?

—Vamos, ¿no comprende que me devora la curiosidad? ¿Quién era Anna Rosenburg y por qué la asesinaron?

—¡Mañana lo leerá todo en los periódicos, señor!

—«Mañana puedo tener diez mil años más» —recitó Anthony—. Creo que puede usted satisfacer mi legítima curiosidad, inspector. Deje a un lado sus escrúpulos oficiales y cuéntemelo todo.

—Esto es muy irregular, señor.

—Mi querido inspector, ¿justo ahora que somos tan amigos?

—Bien, señor. Anna Rosenburg era una judía alemana que vivía en Hampstead y, sin visibles medios de vida, cada año que pasaba era más rica.

—A mí me ocurre lo contrario —comentó Anthony—. Tengo medios visibles de vida y cada año que pasa soy más pobre. Tal vez sería mejor que me fuese a vivir a Hampstead. Siempre he oído decir que Hampstead es muy acogedor.

—Hace tiempo —continuó Verrall—, se dedicaba a la compraventa de ropa usada...

—Eso lo explica todo —lo interrumpió Anthony—. Recuerdo que vendí el uniforme después de la guerra, no el de campaña, sino el de gala. Todo el apartamento estaba lleno de pantalones rojos y galones dorados. Un hombre gordo vestido con un traje de cuadros llegó en un Rolls-Royce, acompañado por un tipo con una maleta. Me pagó una libra y diez chelines por todo. Añadí una cazadora y unos prismáticos al lote para llegar a las dos libras. A una señal suya, el empleado abrió la maleta y lo metió todo dentro. Después, el gordo me dio un billete de diez libras y me pidió el cambio.

—Hará cosa de diez años —prosiguió el inspector—, en Londres había varios refugiados políticos españoles... y, entre ellos, un tal Fernando Ferráez con su joven esposa y una niña. Eran muy pobres y la esposa estaba enferma. Anna Rosenburg visitó el lugar donde estaban hospedados para preguntarles si tenían algo que vender. Don Fernando había salido y su esposa decidió deshacerse de un precioso mantón maravillosamente bordado que había sido uno de los últimos regalos que le había hecho su esposo antes de huir de España. Cuando don Fernando regresó, se puso furioso al saber que había vendido el mantón y trató en vano de recuperarlo. Cuando al fin consiguió dar con aquella vendedora de ropa de segunda mano, ésta declaró que había vuelto a vender el mantón a una mujer cuyo nombre desconocía. Don Fernando estaba desesperado. Dos meses después, lo apuñalaron en la calle y falleció a causa de las heridas. Anna Rosenburg nadaba en la abundancia, cosa sospechosa. Y, durante los diez años siguientes, su casa de Hampstead fue asaltada por lo menos ocho veces. Cuatro intentos resultaron frustrados y en ellos no se llevaron nada, pero las otras veces tuvieron éxito y, entre otras cosas, se llevaron el mantón bordado.

El inspector hizo una pausa y luego, obedeciendo un gesto apremiante de Anthony, continuó:

—Hace una semana, Carmen Ferráez, la hija de don Fernando, llegó a este país procedente de un convento de Francia, y lo primero que hizo fue ir a ver a Anna Rosenburg en Hampstead. Se sabe que tuvo una escena violenta con la vieja y las palabras que le dijo al marcharse fueron oídas por una de las criadas: «Usted lo tiene todavía. Todos estos años se ha estado haciendo rica con él, pero le aseguro solemnemente que al final le traerá mala suerte. No tiene derecho moral sobre él y llegará un día en que deseará no haber visto nunca el mantón de las mil flores».

»Tres días después de esto, Carmen Ferráez desapareció misteriosamente del hotel donde se hospedaba. En su habitación se encontró un nombre y una dirección: el nombre era el de Conrad Fleckman, y también una nota de un hombre que resultó ser un anticuario que le preguntaba si estaba dispuesta a desprenderse de cierto mantón bordado que él creía que estaba en su poder. La dirección que se mencionaba en la nota era falsa.

»Está bien claro que el mantón es el centro de todo el misterio. Ayer por la mañana, Conrad Fleckman visitó a Anna Rosenburg. Estuvo con ella cosa de una hora o más y, cuando se marchó, se vio obligada a acostarse, puesto que después de la entrevista se quedó muy pálida y alterada. Aun así, dio orden de que, si él volvía a verla, lo recibiría. Anoche, se levantó para salir a eso de las nueve y ya no volvió. Esta mañana la encontraron en la casa de Conrad Fleckman con una puñalada en el corazón y, en el suelo, junto a ella, ¿qué cree usted que había?

—¿El mantón? ¿El mantón de las mil flores?

—Algo mucho más espeluznante, algo que explicaba todo el misterioso asunto del mantón y descubría su valor oculto... Perdóneme, supongo que debe de ser el jefe.

Acababan de llamar a la puerta, Anthony contuvo su impaciencia lo mejor que pudo y esperó el regreso del inspector. Ahora estaba bien tranquilo respecto a su posición. En cuanto le tomaran las huellas dactilares, comprenderían su error.

Entonces, quizá llamaría Carmen.

¡El mantón de las mil flores! Qué historia más extraña, la clase de misterio que correspondía a la exquisita belleza morena de la joven.

Despertó de su ensimismamiento. Sí que tardaba el inspector. Se levantó y abrió la puerta. El piso estaba en silencio. ¿Se abrían marchado? No era posible que ni siquiera se hubiesen despedido. Entró en la habitación contigua. Estaba vacía..., igual que el saloncito. ¡Con un vacío extraño! Todo tenía una curiosa apariencia destartalada. ¡Santo cielo! ¡Sus esmaltes..., la plata!

Corrió como un loco por todo el piso, pero en todas partes encontró la misma respuesta. Lo habían desvalijado. Todos los objetos de valor habían desaparecido.

Anthony se dejó caer en una butaca, escondiendo la cabeza entre las manos con un gemido, hasta que oyó el timbre de la puerta. La abrió y se encontró frente a Rogers.

—Perdone, señor, pero esos caballeros me han dicho que suba a ver si desea usted algo.

—¿Qué caballeros?

—Esos dos amigos suyos, señor. Los he ayudado a embalar lo mejor que he podido. Por suerte, tenía dos buenas maletas en el sótano. —Sus ojos inspeccionaron el suelo—. He barrido la paja lo mejor que he podido, señor.

—¿Han embalado las cosas aquí? — gimió Anthony.

—Sí, señor. ¿No era lo que usted quería, señor? Ha sido el caballero más alto el que me lo ha dicho y, al ver que usted estaba muy ocupado hablando con el otro caballero en el cuarto pequeño, no he querido molestarlo.

—No estaba hablando con él. Era él quien hablaba conmigo, maldita sea.

Rogers carraspeó.

—Le aseguro que siento mucho su necesidad, señor.

—¿Qué necesidad?

—La de separarse de sus pequeños tesoros, señor.

—¿Eh? ¡Oh, sí! ¡Ja, ja! —Soltó una risa forzada—. Supongo que ahora ya se habrán marchado. Me refiero a esos amigos míos.

—Oh, sí, señor, hace ya rato. Les he llevado las maletas hasta el taxi y el caballero alto ha vuelto a subir y luego han bajado los dos corriendo y se han ido enseguida. Perdone, señor, pero ¿ocurre algo malo?

Era normal que Rogers lo preguntara. El profundo gemido de Anthony habría despertado la compasión de cualquiera.

—Todo es un desastre. Gracias, Rogers. Comprendo que usted no tiene la culpa. Déjeme solo, tengo que hacer una llamada.

Cinco minutos más tarde, Anthony le relataba todo lo ocurrido al inspector Driver, que estaba sentado ante él con el bloc de notas en la mano. Driver era un hombre antipático (reflexionó Anthony) y no parecía un auténtico inspector. Otra sorprendente muestra de la superioridad del arte sobre la naturaleza.

Anthony llegó al término de su relato y el inspector cerró su bloc de notas.

—¿Y bien? —preguntó Anthony nervioso.

—Está claro como el día. Es la banda Patterson. Han asestado muy buenos golpes últimamente. Un hombre alto y rubio, otro moreno y menudo, y la chica.

—¿La chica?

—Sí, morena y guapísima. Por lo general, actúa como reclamo.

—¿Una chica española?

—Es posible que se haga pasar por española. Nació en Hampstead.

—Ya decía yo que era un lugar muy acogedor —murmuró Anthony.

—Sí, está muy claro —afirmó el inspector levantándose para marcharse—. Marca su teléfono y le cuenta una historia, adivinando que usted acudirá enseguida. Luego se va a casa de mamá Gigsono, que no tiene reparos en aceptar una propina a cambio de ceder su habitación a aquellos que no pueden reunirse en público. Amantes, ¿comprende? Nada criminal. Usted cae en la trampa, luego lo traen aquí y, mientras uno de ellos le cuenta un cuento, el otro se escabulle con el botín. Son los Patterson, no cabe la menor duda, lleva su marca.

—¿Y mis cosas? —preguntó Anthony intranquilo.

—Haremos lo que podamos, señor, pero los Patterson son muy astutos.

—Eso parece —replicó él con amargura.

El inspector se marchó, y apenas acababa de salir cuando volvieron a llamar a la puerta. Era un niño que traía un paquete.

—Esto es para usted, señor.

Anthony lo tomó con cierta sorpresa. No esperaba ningún paquete. Regresó a la sala y cortó el cordel.

¡Era el juego de licor!

—¡Maldición!

Entonces vio que en el fondo de uno de los vasos había una diminuta rosa artificial y su pensamiento voló hacia la habitación de Kirk Street.

«Me gustas..., sí, me gustas. ¿Lo recordarás ocurra lo que ocurra?»

Eso era lo que ella había dicho: «ocurra lo que ocurra...». ¿Acaso había querido decir...?

Anthony se contuvo.

—Esto no vale —se reprendió.

Sus ojos repararon en la máquina de escribir y fue a sentarse ante ella con aire resuelto:

EL MISTERIO DEL SEGUNDO PEPINO

Su rostro volvió a adquirir una expresión soñadora. El mantón de las mil flores. ¿Qué habrían encontrado en el suelo junto al cadáver de la víctima? ¿Algo espeluznante que explicaría todo el misterio?

Nada, naturalmente, puesto que todo había sido una farsa para retener su atención. El falso policía había empleado el truco de *Las mil y una noches,* interrumpiéndolo en el momento más interesante. Pero ¿acaso no podría haber algo espeluznante que explicase aquel misterio? ¿Por qué no, si uno se lo proponía?

Anthony retiró la hoja de papel que había en la máquina y la sustituyó por otra en la que escribió este título:

EL MISTERIO DEL MANTÓN ESPAÑOL

Lo contempló unos minutos en silencio.

Luego empezó a escribir con rapidez...

Philomel Cottage

—Adiós, querida.

—Adiós, cariño.

Alix Martin se quedó apoyada en la pequeña puerta rústica y contempló la figura de su marido que se alejaba por el camino en dirección al pueblo.

Finalmente, el señor Martin dobló un recodo y lo perdió de vista, pero Alix continuó en la misma posición, acariciando distraída un mechón de sus preciosos cabellos castaños que le caía sobre la frente, con la mirada distante y soñadora.

Alix Martin no era hermosa, ni siquiera bonita, estrictamente hablando. Pero su rostro, el rostro de una mujer que ya había pasado la primera juventud, tenía una expresión radiante y se había dulcificado hasta tal punto que sus antiguos compañeros de oficina apenas la habrían reconocido. La señorita Alix King había sido una joven eficiente, de modales ligeramente bruscos, muy capaz y segura de sí misma.

Alix se había graduado en una escuela muy exigente. Durante quince años, desde los dieciocho a los treinta y tres, se había mantenido (y también a su madre inválida durante siete) gracias a su trabajo de taquimecanógrafa.

Había sido la lucha por la vida lo que había endurecido los suaves rasgos de su rostro de niña.

Cierto que tuvo un romance o algo así con Dick Windyford, un compañero de oficina. En el fondo, muy femenina, Alix había sabido siempre que él la amaba aunque lo ocultara. De cara a la galería, eran amigos, nada más. Con su escaso sueldo, Dick había tenido que contribuir a la educación de su hermano menor y, por el momento, no podía pensar en casarse.

Y entonces, de repente, se liberó del trabajo cotidiano del modo más inesperado. Una prima lejana había muerto y había dejado todo su dinero a Alix. Unos miles de libras, las suficientes para proporcionarle una renta anual de doscientas. Para Alix aquello fue la libertad, la vida, la independencia. Ella y Dick no tendrían que esperar más.

Pero Dick reaccionó de un modo extraño. Nunca había hablado a Alix directamente de su amor, y en ese momento parecía menos inclinado que nunca. La evitaba, y se volvió reservado y pesimista. Alix no tardó en comprender la razón. Se había convertido en una mujer con recursos propios, y la delicadeza y el orgullo impedían que Dick le pidiera que fuera su esposa.

Ella le quiso más que nunca por eso, e incluso se preguntaba si no habría de ser ella quien diera el primer paso cuando por segunda vez ocurrió lo inesperado.

Conoció a Gerald Martin en casa de unos amigos. Se enamoraron locamente y, a la semana, estaban prometidos. Y la joven, que nunca había creído en los flechazos, estaba rendida a sus pies.

Sin buscarlo, había encontrado la forma de despertar a su antiguo amor. Dick Windyford fue a verla furioso y tartamudeando de pura rabia.

—¡Ese hombre es un completo desconocido! ¡No sabes nada de él!

—Sé que le quiero.

—¿Cómo puedes saberlo en una semana?

—No todo el mundo necesita once años para descubrir que se ha enamorado —replicó Alix muy enfadada.

Dick se puso lívido.

—Yo te he querido desde que te conocí, y creí que tú también me querías.

Alix fue sincera.

—Yo también lo creí —admitió—. Pero fue porque no sabía qué era el amor verdadero.

Entonces Dick estalló. Ruegos, súplicas, incluso amenazas contra el hombre que lo había sustituido. Alix se sorprendió al descubrir aquel volcán oculto bajo el aspecto reservado del hombre que había creído conocer tan bien.

Esa mañana soleada, apoyada contra la pequeña puerta de su casita, sus pensamientos la habían llevado a recordar aquella escena. Hacía un mes que estaba casada, y era completamente feliz. No obstante, durante la ausencia temporal de su marido, que lo era todo para ella, una sombra de ansiedad invadió su felicidad perfecta. Y la causa de su ansiedad era Dick Windyford.

Por tercera vez desde la boda tuvo el mismo sueño. El escenario variaba, pero los hechos principales eran siempre los mismos. Sin embargo, por terrible que fuera la pesadilla, aún había algo más horrible al despertar, aunque durante el sueño fuera para ella algo perfectamente natural e inevitable. Ella, Alix Martin, se alegraba de la muerte de su esposo y alargaba las manos agradecidas hacia el asesino e incluso le daba las gracias. El sueño siempre terminaba igual, cuando ella se refugiaba en los brazos de Dick Windyford.

No le había dicho nada de aquel sueño a su marido, pero en secreto le preocupaba más de lo que habría querido admitir. ¿Sería un aviso..., un aviso contra Dick Windyford?

El timbre del teléfono que sonaba en el interior de la casa le sacó del ensimismamiento. Entró y lo atendió. Se tambaleó y tuvo que apoyarse para no caer.

—¿Quién dice usted que es?

—Vaya, Alix, ¿qué le ocurre a tu voz? No te habría conocido. Soy Dick.

—¡Ah! —dijo Alix—. ¡Ah! ¿Dónde estás?

—En la Posada del Viajero, así se llama, ¿no? ¿O es que ni siquiera conoces la existencia de la posada del pueblo? Estoy de vacaciones, y he venido a pescar por aquí. ¿Tienes algún inconveniente en que os haga una visita esta noche después de cenar?

—No —replicó Alix, tajante—. No vengas.

Hubo una pausa y luego Dick volvió a hablar con la voz sutilmente alterada.

—Perdona —le dijo muy formal—. No era mi intención molestarte.

Alix se apresuró a rectificar para que él no pensara que su comportamiento era rarísimo. Aunque lo era. Tenía los nervios a flor de piel.

—Quería decir que esta noche tenemos un compromiso —explicó tratando de que su voz sonara lo más natural posible—. ¿Por qué no vienes a cenar mañana?

Evidentemente Dick había notado la falta de cordialidad en su tono.

—Muchísimas gracias —contestó en el mismo tono

formal—, pero es probable que no tarde en marcharme.
Depende de si se presenta o no un amigo mío. Adiós,
Alix. —Hizo una pausa y luego agregó en tono distin-
to—: Te deseo mucha suerte, querida.

Alix colgó el aparato con alivio.

«No debe venir —se repitió para sí—. No debe venir.
¡Oh, qué tonta soy! Ponerme tan nerviosa por semejante
tontería. De todas maneras, me alegro de que no vaya a
venir.»

Cogió un sombrero de paja de encima de una mesa,
salió de nuevo al jardín y se detuvo para mirar el nombre grabado en el porche: Philomel Cottage.

«¿Verdad que es un nombre bonito?», le había dicho
a Gerald en cierta ocasión antes de casarse, y él se había
reído.

«Eres una chica de ciudad —le había dicho en tono
afectuoso—. No creo que hayas oído nunca el canto del
ruiseñor. Y me alegro. Los ruiseñores deberían cantar
sólo para los amantes. Ya los escucharemos juntos las
noches de verano delante de nuestra propia casa.»

Y el recuerdo de cómo los habían escuchado hizo
que Alix se sonrojara de felicidad, de pie en el umbral
de su hogar.

Fue Gerald quien encontró Philomel Cottage, y se lo
contó a Alix con gran entusiasmo. Era lo que necesitaban,
una ocasión única, la oportunidad de su vida. Y cuando Alix la vio, también quedó cautivada. Era cierto que
estaba un tanto apartada, a tres kilómetros del pueblo
más cercano, pero resultó que la casa en sí era magnífica, con su estilo antiguo y sus magníficos cuartos de baño,
con agua caliente, luz eléctrica y teléfono, y Alix quedó
prendada en el acto. Luego surgió una contrariedad. El

propietario, un hombre rico que la hizo a su capricho, se negó a alquilarla. Únicamente aceptaría venderla.

Aunque Gerald Martin poseía una buena renta, no estaba en posición de tocar el capital. Todo lo que podía ofrecer eran mil libras y el propietario pedía tres mil. Pero Alix, que estaba enamorada de la casita, acudió en su ayuda. Su capital estaba disponible, al ser en bonos al portador, y contribuyó con la mitad para adquirir la casa. Así que Philomel Cottage pasó a ser suya y Alix no lamentó su decisión ni una sola vez. Y si bien era cierto que los sirvientes no apreciaban aquella soledad campestre, aunque de momento no tenían ninguno, Alix, que anhelaba la vida de hogar, disfrutaba preparando exquisitas comidas y cuidando de la casa.

El jardín, exuberante de flores, lo atendía un anciano del pueblo que acudía un par de veces por semana.

Ese día, al rodear la casa, Alix se extrañó al ver al viejo jardinero trabajando en los parterres. Estaba sorprendida porque sus días de trabajo eran los lunes y viernes, y en cambio era miércoles.

—Vaya, George, ¿qué está haciendo aquí? —preguntó al acercarse a él.

El viejo se enderezó con una risita mientras se llevaba la mano al sombrero.

—Me imaginé que le extrañaría, pero ahí tiene, señora. El viernes hay una fiesta en el pueblo, y me he dicho: ni al señor Martin ni a su buena esposa les importará que por una vez vaya el miércoles en vez del viernes.

—Tiene usted mucha razón —respondió Alix—. Espero que disfrute mucho en la fiesta.

—Sí —respondió George con sencillez—. Es agradable llenarse la panza sabiendo que no es uno el que paga.

El señor de la finca da un té como Dios manda a todos los arrendatarios y, además, señora, quería verla antes de que se marchara para saber qué es lo que hay que plantar. ¿Tiene idea de cuándo volverá más o menos?

—Pero si no me voy a ningún sitio.

George la miró extrañado.

—¿No se va a Londres mañana?

—No. ¿Cómo se le ha ocurrido algo así?

George ladeó la cabeza.

—Ayer me encontré al señor en el pueblo y me dijo que usted se iba mañana a Londres, y que no sabía cuándo regresaría.

—Tonterías —dijo Alix, riendo—. No debió de entenderlo bien.

De todas maneras, se preguntaba qué era lo que podría haber dicho Gerald para que el viejo llegara a semejante conclusión. ¿Ir a Londres? No pretendía volver a Londres nunca.

—Aborrezco Londres —afirmó de pronto con voz ronca.

—¡Ah! —exclamó George en tono bonachón—. He debido de confundirme, aunque diría que lo dijo bastante claro. Me alegro de que se quede. No me gusta el trajín que hay en las calles y menos todavía Londres. ¿Quién necesita ir allí? Demasiados coches, eso es lo malo de hoy en día. En cuanto alguien tiene coche, ya no puede estarse quietecito. El señor Ames, el anterior propietario de la casa, era un caballero la mar de tranquilo hasta que se agenció uno. No hacía ni un mes que lo tenía cuando puso en venta la casa. ¡Con el dineral que se había gastado en ella! ¡Tantos cuartos de baño, luz eléctrica y toda la pesca! «Nunca recuperará el dinero», le dije. Y me contestó: «Pero, George, conseguiré dos mil libras por esa casa, que es lo que me ha costado». Y vaya si las consiguió.

—Consiguió tres mil —dijo Alix, sonriendo.

—Dos mil —repitió George—. Entonces se habló mucho de lo que pedía.

—En realidad fueron tres mil —insistió Alix.

—Las mujeres no entienden de números —replicó el jardinero sin dejarse convencer—. ¿No me dirá que el señor Ames tuvo la caradura de pedirle tres mil en voz alta?

—A mí no me las pidió —dijo Alix—, sino a mi marido.

George volvió a inclinarse sobre el parterre.

—El precio era de dos mil —repitió obstinado.

Alix no se tomó la molestia de discutir con él. Fue a otro de los parterres y empezó a cortar flores para un ramo.

Cuando se dirigía a la casa con su fragante carga, observó un pequeño objeto verde oscuro que asomaba entre las hojas de una planta. Se agachó para recogerlo y vio que era la agenda de su marido.

La abrió y hojeó el contenido con cierto regocijo. Casi desde el principio de su matrimonio había comprendido que el impulsivo y sentimental Gerald poseía las sorprendentes virtudes de la pulcritud y el orden. Quería que las comidas se sirvieran puntuales y siempre planeaba lo que haría al día siguiente con la misma diligencia.

Al repasar la agenda, le divirtió ver que en el día 14 de mayo había anotado: «Boda con Alix en San Pedro a las 2.30».

—Será tonto... —murmuró Alix para sí, pasando las páginas.

Y de pronto se detuvo.

—Miércoles, 18 de junio. Vaya, es hoy.

Y en el espacio correspondiente a ese día estaba escrito con la letra precisa de Gerald: «Nueve de la noche». Nada más. ¿Qué era lo que pensaba hacer Gerald a las nueve? Alix sonrió al pensar que, si aquello ocurriera en una novela como las que leía a menudo, la agenda le habría revelado algo increíble. Seguramente el nombre de otra mujer. Fue pasando las hojas hacia atrás. Fechas, citas, oscuras referencias a tratos comerciales, pero sólo un nombre de mujer: el suyo.

Sin embargo, mientras se guardaba la agenda en el bolsillo y llevaba las flores al interior de la casa, sintió una vaga inquietud. Acudieron a ella las palabras de Dick Windyford como si estuviera allí repitiéndolas. Era cierto. ¿Qué sabía de él? Al fin y al cabo, Gerald tenía cuarenta años. En todo ese tiempo debía de haber habido otras mujeres en su vida.

Alix sacudió la cabeza con impaciencia. Era mejor que no se entregase a esos pensamientos. Tenía otra preocupación más importante. ¿Debía o no decirle a su marido que Dick Windyford había telefoneado?

Cabía la posibilidad de que Gerald se lo hubiera encontrado en el pueblo, pero en ese caso seguramente lo mencionaría en cuanto llegara a casa y podría olvidarse del asunto. Pero si no era así, ¿qué debía hacer? Alix se daba cuenta de que se inclinaba por no decir nada.

Si se lo contaba, estaba segura de que invitaría a Dick Windyford a Philomel Cottage. Entonces se enteraría de que el propio Dick había propuesto ir a visitarlos y de que ella se había negado. Y cuando le preguntase por qué lo había hecho, ¿qué le diría? ¿Le contaría su sueño? Gerald se reiría o, lo que era peor, vería que ella le daba una importancia excesiva a algo que para él no la tenía.

Al final, bastante avergonzada, decidió no decir nada. Era el primer secreto que ocultaba a su marido, algo que hizo que se sintiera intranquila.

Cuando oyó que Gerald regresaba del pueblo, se apresuró a entrar en la cocina y, para ocultar su turbación, fingió que estaba muy ocupada preparando la comida.

Enseguida comprendió que Gerald no se había encontrado con Dick Windyford e inmediatamente se sintió aliviada y nerviosa a su vez, pues ahora sí que le estaba ocultando algo a su marido.

No fue hasta después de cenar, cuando estaban sentados en la salita de estar, con las ventanas abiertas para que entrara la suave brisa de la noche mezclada con el perfume de los jazmines, que Alix recordó la agenda.

—Aquí tengo algo con lo que por lo visto estabas regando las flores —le dijo, y se la arrojó sobre el regazo.

—Se me cayó en un parterre, ¿eh?

—Sí. Ahora sé todos tus secretos.

—Soy inocente —replicó Gerald, negando con la cabeza.

—¿Y qué me dices de lo que has anotado para las nueve de la noche?

—¡Oh!, eso... —Por un momento pareció sorprendido, pero luego sonrió como si aquello le divirtiera—. Es una cita con una chica guapísima, Alix. Tiene el cabello castaño, los ojos azules y se parece muchísimo a ti.

—No te comprendo —dijo Alix, fingiendo ponerse seria—. Estás apartándote de la cuestión.

—No. A decir verdad, lo anoté para acordarme de revelar algunos negativos esta noche, y que tú me ayudaras.

Gerald Martin era un fotógrafo entusiasta. Poseía una cámara un tanto anticuada, pero con una óptica excelente, y él mismo revelaba las fotografías en un sótano pequeño que había preparado como cuarto oscuro.

—¿Y tiene que ser precisamente a las nueve? —dijo Alix burlona.

Gerald pareció algo molesto.

—Mi querida niña —contestó con cierta irritación—, siempre hay que buscar una hora precisa para hacer las cosas. Eso es lo que te permite trabajar como es debido.

Alix permaneció callada unos instantes, observando a su marido, que fumaba sentado en un sillón, con la cabeza apoyada en el respaldo de la butaca y las líneas del rostro, pulcramente afeitado, recortadas contra el fondo oscuro. Y de pronto, por alguna razón desconocida, sintió que la invadía una ola de pánico, y sin poder evitarlo exclamó:

—¡Oh, Gerald! ¡Ojalá supiera algo más de ti!

Su marido se volvió asombrado hacia ella.

—Pero, mi querida Alix, si ya sabes todo lo que hay que saber sobre mí. Te he hablado de mi infancia en Northumberland, de mi vida en Sudáfrica y de estos últimos diez años en Canadá, llenos de éxito.

—¡Oh, los negocios!

Gerald se echó a reír.

—Sé a lo que te refieres, a la parte amorosa. Todas las mujeres sois iguales. Sólo os interesan las cuestiones personales.

Alix sintió que se le secaba la garganta mientras murmuraba:

—Bueno, pero debes de haber tenido amores. Quiero decir que si yo supiera...

Hubo un silencio de uno o dos minutos. Gerald Martin había fruncido el ceño y la indecisión se reflejaba en su rostro. Cuando habló, fue en tono grave, sin el menor rastro de la frivolidad anterior:

—¿Crees que es sensato montar toda una escena como si yo fuera Barba Azul? Claro que ha habido mujeres en mi vida. No lo niego. No me creerías si lo negara. Pero puedo jurarte que ninguna de ellas ha significado nada para mí.

La sinceridad en su voz era tal que Alix se sintió agradablemente reconfortada.

—¿Satisfecha, Alix? —le preguntó con una sonrisa. Y luego la contempló con cierta curiosidad—. ¿Cómo se te ha ocurrido sacar un tema tan desagradable precisamente esta noche?

Alix se puso de pie y comenzó a pasear inquieta.

—¡Oh! No lo sé —contestó—. He estado nerviosa todo el día.

—Es curioso —dijo Gerald en voz baja, como si hablara consigo mismo—. Es muy curioso.

—¿Por qué es curioso?

—Oh, querida, no te pongas así. Sólo digo que es curioso porque por lo general estás siempre serena y eres tan dulce.

Alix intentó sonreír.

—Hoy todo se confabula para molestarme —confesó—. Incluso el viejo George tenía la ridícula idea de que nos íbamos a Londres. Según él, se lo has dicho tú.

—¿Cuándo lo has visto? —preguntó Gerald en tono crispado.

—Ha venido a trabajar hoy en vez del viernes.

—Maldito viejo idiota... —dijo Gerald enojado.

Alix lo miró extrañada. Su marido tenía el rostro congestionado por la ira. Nunca lo había visto tan furioso. Al percatarse de su asombro, Gerald hizo un esfuerzo por recuperar el dominio de sí mismo.

—Bueno, es un maldito viejo idiota —protestó.

—¿Qué le dijiste para que pensara que nos íbamos?

—¿Yo? No le dije nada. A menos que... Oh, sí, recuerdo que en broma dije que nos íbamos a Londres a la mañana siguiente, y supongo que lo tomaría en serio. O debió de entenderlo mal. Supongo que le has dado un disgusto.

Gerald esperó ansioso su respuesta.

—Puede, pero es de esos ancianos que cuando se les mete una idea en la cabeza... Bueno, no es fácil quitársela.

Entonces le contó lo mucho que había insistido el jardinero en la cantidad pedida por la casita.

Gerald guardó silencio unos instantes y luego dijo lentamente:

—Ames estaba dispuesto a aceptar dos mil libras en efectivo, y las mil restantes aplazadas. Supongo que de ahí viene el error.

—Es muy probable —concedió Alix.

Luego miró el reloj y lo señaló con picardía:

—Ya deberíamos estar abajo, Gerald. Pasan cinco minutos de la hora prevista.

Una sonrisa muy peculiar apareció en el rostro de Gerald.

—He cambiado de opinión —dijo tranquilamente—. Esta noche no revelaremos las fotografías.

La mente de una mujer es algo muy curioso. Cuando se acostó aquel miércoles por la noche, Alix se sentía contenta y tranquila. Su felicidad, momentáneamente amenazada, resurgió triunfante como nunca.

Pero la noche del día siguiente, comprendió que ciertas fuerzas ocultas la estaban minando interiormente. Dick Windyford no había vuelto a telefonear y, sin embargo, percibía su influencia. Rememoraba sus palabras una y otra vez: «¡Ese hombre es un completo desconocido! ¡No sabes nada de él!». Y con ellas, acudía a su mente el recuerdo del rostro de su marido diciéndole: «¿Crees que es sensato montar toda una escena como si yo fuera Barba Azul?». ¿Por qué lo habría dicho?

Había una advertencia en ellas, la insinuación de una amenaza. Era como si le hubiera dicho: «Sería mejor que no te metieras en mi vida privada, Alix. Podrías llevarte una sorpresa desagradable si lo hicieras».

El viernes por la mañana Alix estaba convencida de que había habido otra mujer en la vida de Gerald, una que había tratado de ocultarle con astucia. Sus celos, que habían tardado en despertar, estaban desatados.

¿No sería que iba a encontrarse con una mujer el miércoles a las nueve? ¿Habría inventado la historia del revelado de las fotografías en el apuro del momento?

Tres días antes habría jurado que conocía perfectamente a su marido, y ahora le parecía un extraño del que no sabía nada. Recordó el enfado irracional que Gerald había mostrado hacia el pobre George, un comportamiento tan contrario a su acostumbrado buen carácter. Un pequeño detalle, tal vez, pero demostraba que en realidad no conocía tan bien a su marido.

Alix necesitaba varias cosas del pueblo para el fin de semana, y el viernes por la tarde anunció que iría a buscarlas mientras Gerald se ocupaba del jardín. Pero, para su sorpresa, éste se opuso con vehemencia e insistió en ir él mismo y que Alix se quedara en casa. Alix se vio obligada a ceder, pero la insistencia de Gerald la sorprendió y alarmó. ¿Por qué aquel afán de evitar a toda costa que fuera al pueblo?

De pronto, la explicación surgió de un modo natural y se desplegó ante ella con total claridad: ¿era posible que, a pesar de no decirle nada, Gerald se hubiera encontrado a Dick Windyford en el pueblo? Sus propios celos, dormidos en el momento de casarse, habían emergido después. ¿Le habría ocurrido lo mismo a Gerald? ¿Acaso no estaría tratando de impedir que volviera a ver a Dick Windyford? Una explicación que daba sentido a los hechos y consolaba la mente alterada de Alix, tanto, que la abrazó con entusiasmo.

Sin embargo, pasada la hora del té, seguía sintiéndose inquieta y enferma de impaciencia. Luchaba contra una tentación que la asaltaba desde la marcha de Gerald. Por fin, tras calmar su conciencia con la excusa de que la habitación necesitaba una buena limpieza, subió al vestidor de su marido con el plumero en la mano para disimular.

«Si pudiera estar segura —se repetía—. Si pudiera estar completamente segura.»

Asimismo, se decía en vano que cualquier cosa comprometedora habría desaparecido hacía años, a lo que contraargumentaba que los hombres guardan algunas veces la prueba más condenatoria llevados por un sentimentalismo exagerado.

Al final, Alix sucumbió y, con las mejillas arreboladas por la vergüenza que le provocaba semejante acción, revisó paquetes de cartas y documentos, abrió todos los cajones y examinó incluso los bolsillos de los trajes de su marido. Sólo dos cajones se le resistieron: el último de la cómoda y el pequeño de la parte derecha del escritorio, que estaban cerrados con llave. Sin embargo, a esas alturas Alix había dejado atrás la vergüenza y estaba convencida de que en uno de ellos encontraría la prueba de aquella mujer ficticia del pasado que la obsesionaba.

Recordó que Gerald se había dejado las llaves olvidadas sobre el aparador. Bajó a buscarlas y las probó una por una. La tercera correspondía a la cerradura del cajón del escritorio, que Alix se apresuró a abrir. Había un talonario de cheques y una cartera bien provista de billetes, y en el fondo, varias cartas atadas con una cinta.

Con la respiración agitada, Alix desató el paquete, y luego un intenso rubor cubrió su rostro mientras dejaba las cartas de nuevo en el interior del cajón y volvía a cerrarlo. Aquellas cartas eran suyas, las que había escrito a Gerald Martin antes de casarse con él.

Se dirigió a la cómoda, impulsada más por el deseo de no dejar nada por registrar que por la esperanza de encontrar lo que buscaba. Se sentía avergonzada y convencida de la locura de su obsesión.

Ante su contrariedad, ninguna de las llaves de Gerald abría el cajón. Sin desanimarse, Alix recorrió las otras habitaciones y se hizo con un surtido de llaves. Finalmente descubrió con alegría que la llave del guardarropa también servía para la cómoda. Abrió el cajón, pero en su interior no había más que un fajo de recortes de periódicos manchados y descoloridos por el tiempo.

Alix exhaló un suspiro de alivio. Sin embargo, revisó los polvorientos recortes para averiguar qué es lo que había interesado tanto a su marido como para guardarlos bajo llave. Casi todos eran de periódicos norteamericanos, de varios años atrás, y trataban del proceso de un famoso estafador y bígamo, Charles Lemaitre. Lemaitre había sido considerado sospechoso del asesinato de varias mujeres. Se había encontrado un esqueleto oculto bajo el suelo de una de las casas que había alquilado, y la mayoría de las mujeres con las que «contrajo matrimonio» desaparecieron sin dejar rastro.

Él se había defendido contra las acusaciones con suma habilidad y la ayuda de algunos de los abogados de más talento de Estados Unidos. El veredicto escocés «Absuelto por falta de pruebas» habría sido más apropiado para el caso, pero en su defecto se le consideró inocente de la acusación principal, aunque lo sentenciaron a un largo período de cárcel por el resto de los cargos presentados contra él. Alix recordaba la sensación que produjo aquel caso, y también la que causó la huida de Lemaitre unos tres años más tarde. No volvieron a detenerlo. La personalidad de aquel hombre y su extraordinario atractivo para las mujeres fueron muy comentados en los periódicos ingleses, junto con un resumen de su nerviosismo durante el juicio, sus protestas apasionadas y los repentinos colapsos que sufría a causa de un corazón débil, aunque algunos ignorantes los atribuyeron a sus dotes artísticas.

Había una fotografía de él en uno de los recortes que tenía en la mano, y Alix la estudió con cierto interés. Un caballero de barba larga con aspecto de catedrático.

¿A quién le recordaba aquella cara? De pronto, sobresaltada, comprendió que era Gerald en persona. Aquellas cejas y aquellos ojos tenían un gran parecido con los suyos. Tal vez había conservado el recorte por esa razón. Sus ojos leyeron el párrafo que aparecía junto a la foto. Al parecer, habían encontrado ciertas notas en la agenda del acusado que coincidían con las fechas en que se deshizo de sus víctimas. Luego, una mujer había identificado al prisionero por un lunar que tenía en la muñeca izquierda, precisamente donde comenzaba la palma de la mano.

Alix dejó caer los papeles al tiempo que se tambaleaba. En la muñeca izquierda, justo donde comenzaba la palma de la mano, Gerald tenía un pequeño lunar.

La habitación giraba a su alrededor. Después le pareció extraño no haber tenido inmediatamente la certeza absoluta. ¡Gerald Martin era Charles Lemaitre! Lo supo y lo aceptó con la velocidad del rayo. Fragmentos sueltos de recuerdos acudieron a su memoria, como las piezas de un rompecabezas que iban encajando en su lugar.

El dinero pagado por la casa, su dinero, únicamente su dinero; los bonos al portador que había confiado a su custodia. Incluso su sueño aparecía con su verdadero significado. En lo más profundo de su ser, su subconsciente siempre había temido a Gerald Martin y había deseado escapar de él y, para ello, su otro yo había pedido ayuda a Dick Windyford. Por eso también había aceptado la verdad con tanta facilidad, sin dudas ni vacilaciones. Ella iba a convertirse en otra de las víctimas de Lemaitre. Quizá muy pronto.

Dejó escapar un grito ahogado al recordar la anotación en la agenda: «Miércoles, a las nueve de la noche».

¡Con lo fácil que era levantar las baldosas del sótano! En una ocasión anterior, ya había ocultado el cadáver de una de sus víctimas en un sótano. Lo tenía planeado para la noche del miércoles, pero escribirlo de antemano con aquella tranquilidad, ¡era una locura! No, era lógico. Gerald tomaba siempre nota de sus compromisos, y para él un crimen era una cuestión de negocios exactamente igual que cualquier otra.

Pero ¿qué la había salvado? ¿Qué podía ser lo que la había salvado? ¿Se había apiadado de ella en el último momento? No, como un rayo le vino la respuesta: el viejo George.

Ahora entendía el enfado incontenible de su marido. Sin duda había preparado el terreno diciendo a todo el mundo que se encontraba que se iban a Londres al día siguiente. Luego George fue a trabajar inesperadamente y, al hablarle de Londres, ella había desmentido la historia. Era demasiado arriesgado deshacerse de ella aquella noche, exponiéndose a que el jardinero repitiera su conversación a quien quisiera escucharla. ¡Había escapado de milagro! De no haber mencionado aquel asunto tan trivial... Alix se estremeció.

Y entonces se quedó como si se hubiera convertido en una estatua de piedra. En aquel momento oyó el chirrido de la cancela. Su marido había regresado.

Por un momento, Alix continuó inmóvil. Luego se acercó de puntillas a la ventana y espió oculta detrás de la cortina.

Sí, era su marido. Sonreía satisfecho y tarareaba una tonadilla. En la mano llevaba algo que casi paralizó el corazón de la aterrorizada Alix: una pala nueva.

Alix lo supo instintivamente: iba a ser esa noche.

Pero tenía una oportunidad. Gerald, todavía tarareando, desapareció por la parte de atrás de la casa.

Sin vacilar un momento, echó a correr escaleras abajo y salió de la casa, aunque en el preciso momento en que atravesaba la puerta, su marido hizo su aparición por un lado de la casa.

—Hola —le dijo—. ¿Adónde vas tan deprisa?

Alix procuró parecer tranquila y la misma de siempre desesperadamente. De momento había perdido su oportunidad, pero si conseguía no despertar sus sospechas volvería a tenerla más tarde. Incluso en ese momento, tal vez.

—Iba a dar un paseo hasta el final del sendero —dijo con una voz que le sonó débil e insegura a sus propios oídos.

—Muy bien —replicó Gerald—. Te acompañaré.

—No, por favor, Gerald. Estoy nerviosa, me duele la cabeza, preferiría ir sola.

Él la miró fijamente y Alix creyó ver recelo en sus ojos.

—¿Qué te ocurre, Alix? Estás pálida, temblorosa.

—No es nada. —Se forzó a sonreír—. Me duele la cabeza, eso es todo. Un paseo me sentará bien.

—Bueno, no va a servir de nada que me digas que no te acompañe —declaró Gerald con esa risa tan natural en él—. Iré contigo quieras o no.

Alix no se atrevió a insistir más. Si sospechaba lo que sabía...

Con un esfuerzo, consiguió recuperar algo de su tranquilidad habitual. No obstante, se daba cuenta de que él la miraba de reojo de cuando en cuando, como si no estuviera del todo satisfecho. Alix presentía que sus sospechas no se habían disipado.

Cuando regresaron a la casa, Gerald insistió en que debía acostarse y le llevó agua de colonia para que se pusiera un poco en las sienes. Como siempre, se mostró como un marido atento y solícito, y no obstante Alix se sintió indefensa como si estuviera atada de pies y manos en una trampa.

No la dejó sola ni un momento. Fue con ella a la cocina y la ayudó a llevar al salón las viandas frías que había preparado para la cena. Apenas podía tragar bocado, pero se esforzó en comer, e incluso en parecer alegre y natural. Se daba cuenta de que luchaba por su vida. Estaba a solas con aquel hombre, lejos de cualquier ayuda, completamente a su merced. Su única oportunidad era aplacar sus sospechas para que la dejara sola unos instantes, los suficientes para alcanzar el teléfono del recibidor y pedir auxilio. Aquélla era su única esperanza.

Una esperanza momentánea la animó al recordar el modo en que él había abandonado su plan la otra noche. ¿Y si le dijera que Dick Windyford iba a visitarles aquella noche?

Las palabras vibraron en sus labios, pero se apresuró a rechazarlas. Aquel hombre no perdería su segunda oportunidad. Había una voluntad, un entusiasmo, detrás de su calma aparente que le daba náuseas. Sólo conseguiría precipitar el crimen. La mataría enseguida y luego, con la misma tranquilidad, telefonearía a Dick Windyford con cualquier excusa para que no acudiera a la cita. ¡Oh, si Dick fuera a verlos aquella noche! Si Dick...

De repente se le ocurrió una idea y echó una mirada rápida de soslayo a su marido como si temiera que él le hubiese adivinado el pensamiento. Mientras urdía su plan, sintió renacer el valor. Se mostró tan natural que ella misma se asombró.

Alix preparó el café y lo sirvió en el porche, donde solían sentarse las noches cálidas.

—A propósito —dijo Gerald de pronto—, más tarde revelaremos esas fotografías.

Alix sintió que un escalofrío le recorría el cuerpo, pero contestó con naturalidad:

—¿No puedes hacerlo solo? Esta noche estoy muy cansada.

—No tardaremos mucho —sonrió—, y te aseguro que luego no te sentirás cansada.

Las palabras parecieron divertirlo. Alix se estremeció. Era el momento de llevar a cabo su plan; ahora o nunca.

Se puso de pie.

—Voy a telefonear al carnicero —anunció con calma—. No te muevas.

—¿Al carnicero? ¿A estas horas de la noche?

—Ya sé que la tienda está cerrada, bobo, pero él está en casa. Mañana es sábado y, antes de que se los lleve otra, quiero que me traiga unos filetes de ternera bien temprano. El viejo haría cualquier cosa por mí.

Entró rápidamente en la casa y cerró la puerta. Oyó que Gerald decía:

—No cierres la puerta.

—Así no entrarán los mosquitos —replicó Alix con ligereza—. Los aborrezco. ¿Te da miedo que le haga la corte al carnicero, tontorrón?

Una vez dentro, cogió el teléfono y dio el número de la Posada del Viajero. La pasaron enseguida.

—¿El señor Windyford está todavía ahí? ¿Podría hablar con él?

Entonces el corazón le dio un vuelco. Se abrió la puerta y su marido entró en el recibidor.

—Vete, Gerald —protestó—. No me gusta que me escuchen cuando hablo por teléfono.

Él se limitó a echarse a reír mientras se sentaba en una silla.

—¿Seguro que estás llamando al carnicero? —le preguntó.

Alix estaba desesperada. Su plan había fracasado. Dentro de unos instantes, Dick Windyford se pondría al teléfono. ¿Se arriesgaría a gritar pidiendo ayuda?

Y luego, mientras deprimida y nerviosa apretaba y soltaba la tecla que permitía que la voz se oyera o no al otro extremo de la línea, se le ocurrió otra idea.

«Será difícil —pensó—. Tendré que mantener la cabeza fría, escoger bien las palabras y no titubear ni un momento, pero creo que lo conseguiré. Debo hacerlo.»

Y en aquel momento oyó la voz de Dick Windyford.

Alix respiró profundamente. Luego apretó la tecla con firmeza y habló.

Volvió a dejar el teléfono en la horquilla y, respirando con dificultad, miró a su marido.

—De manera que es así como hablas con el carnicero, ¿eh? —dijo Gerald.

—Es el toque femenino —replicó Alix en tono ligero.

Rebosaba excitación. Gerald no había sospechado nada y, sin duda, Dick acudiría aunque no hubiese comprendido lo que ocurría.

Alix fue a la sala de estar y encendió la luz. Gerald la siguió.

—Pareces muy contenta —comentó mirándola con curiosidad.

—Sí —respondió Alix—, ya no me duele la cabeza.

Ocupó la butaca acostumbrada y le sonrió a su marido, que fue a sentarse frente a ella. Estaba salvada. Eran sólo las ocho y veinticinco, y mucho antes de las nueve Dick habría llegado.

—No me ha gustado mucho el café de hoy —se quejó Gerald—. Estaba muy amargo.

—Es que he comprado uno diferente. Si no te gusta, no volveré a comprarlo, querido.

Alix cogió su labor y empezó a coser. Gerald leyó varias páginas de su libro y luego, mirando el reloj, dejó la novela.

—Las ocho y media. Es hora de bajar al sótano y empezar a trabajar.

A Alix se le cayó la labor de las manos.

—¡Oh! Aún no. Esperemos hasta las nueve.

—No, pequeña, las ocho y media es la hora a la que tenía previsto hacerlo. Así podrás acostarte antes.

—Pero yo prefiero esperar hasta las nueve.

—Ya sabes que cuando tengo previsto hacer algo a una hora concreta me gusta atenerme a ella. Vamos, Alix. No quiero esperar ni un minuto más.

Alix lo miró y, a pesar suyo, sintió que el terror la invadía. Gerald se había quitado la máscara. Le temblaban las manos, le brillaban los ojos de excitación y se pasaba continuamente la lengua por los labios resecos. Ya no se esforzaba en disimular su nerviosismo.

«Es cierto, no puede esperar, está como loco», pensó Alix.

Se acercó a ella y la obligó a ponerse de pie, agarrándola del hombro.

—Vamos, pequeña, o te llevaré a rastras.

Su tono era alegre, pero había tal ferocidad en el fondo que Alix se quedó paralizada. Con un esfuerzo supremo logró desasirse y se apoyó, acobardada, contra la pared. Estaba indefensa. No podía escapar, no podía hacer nada, y él se le iba acercando.

—Ahora, Alix.

—No, no.

Lanzó un grito y estiró las manos en un gesto de impotencia para impedir que se le acercara más.

—Gerald, basta, tengo algo que decirte, tengo que confesarte una cosa.

Él se detuvo.

—¿Confesarme? —preguntó con curiosidad.

—Sí, confesarte. —Había dicho lo primero que le había pasado por la cabeza y continuó desesperada, procurando mantener su atención—: Es algo que debería haberte dicho hace tiempo.

En el rostro de Gerald apareció una expresión de desprecio.

—Un antiguo amor, supongo —se burló.

—No —contestó Alix—. Es otra cosa. Supongo que tú lo llamarías... Sí, un crimen.

En el acto vio que había pulsado la tecla adecuada y que de nuevo acaparaba su interés. Esto le devolvió el valor y se sintió dueña absoluta de la situación.

—Será mejor que vuelvas a sentarte —le dijo tranquila.

Ella cruzó la sala y se sentó en su butaca. Incluso se entretuvo en recoger la labor, aunque tras su calma aparente estaba improvisando a toda prisa, porque la historia que iba a contarle debía mantener su atención hasta que llegara la ayuda.

—Te conté —empezó a decir lentamente— que había sido taquimecanógrafa durante quince años, y eso no es del todo cierto. Hubo dos intervalos. El primero tuvo lugar cuando yo tenía veintidós años. Conocí a un hombre mayor, dueño de una pequeña propiedad. Se enamoró de mí y me pidió que fuera su esposa. Acepté y nos casamos. —Hizo una pausa—. Y lo persuadí para que contratara un seguro de vida en el que yo fuera la beneficiaria.

Vio aparecer un súbito y vivo interés en el rostro de su marido y continuó con más seguridad.

—Durante la guerra, trabajé algún tiempo en el dispensario de un hospital. Allí manejé toda clase de drogas y venenos.

Se interrumpió pensativa. Ahora Gerald estaba muy interesado, no cabía duda. Al asesino le atraen los crímenes. Alix había jugado aquella carta y había ganado. Echó una ojeada al reloj. Eran las nueve menos veinticinco.

—Existe un veneno... Es un polvo blanco. Una pizca significa la muerte. ¿Entiendes tú de venenos, quizá?

Hizo la pregunta con cierta inquietud. Si la respuesta era afirmativa, tendría que ir con cuidado.

—No —respondió Gerald—. Sé muy poco de eso.

Ella exhaló un suspiro de alivio.

—Pero habrás oído hablar de la hioscina, ¿verdad? Es una droga que actúa como un veneno, pero que no deja el más mínimo rastro. Cualquier médico extendería un certificado de defunción por fallo cardíaco. Robé una pequeña cantidad y la conservé.

Hizo una pausa para reunir fuerzas.

—Continúa —dijo Gerald.

—No, tengo miedo. No puedo contártelo. Otro día.

—Ahora —replicó él impaciente—. Quiero saberlo.

—Llevábamos casados un mes. Yo me llevaba muy bien con mi marido, era muy amable y solícita, y él no hacía más que alabarme delante de los vecinos. Todos sabían lo buena esposa que era. Yo misma le preparaba el café todas las noches. Y un día, cuando estábamos solos, puse en su taza un poquitín de ese alcaloide mortal.

Alix hizo una pausa y enhebró la aguja con gran parsimonia. Ella, que nunca había hecho teatro, en aquellos momentos habría rivalizado con la mejor actriz del mundo en la interpretación de la envenenadora a sangre fría.

—No sufrió demasiado. Yo le observaba. Jadeó un poco y dijo que le faltaba el aire. Abrí la ventana. Entonces dijo que no podía moverse. En cuestión de segundos estaba muerto.

Se detuvo sonriendo. Eran las nueve menos cuarto. No tardarían en llegar.

—¿A cuánto ascendía la prima del seguro? —le preguntó Gerald.

—A unas dos mil libras. Hice algunas inversiones y las perdí. Por eso tuve que volver a trabajar en la oficina, pero nunca tuve intención de seguir allí mucho tiempo. Entonces conocí a otro hombre. En el trabajo conservé mi nombre de soltera, y él no supo que había estado casada. Éste era más joven, bien parecido, y gozaba de buena posición económica. Nos casamos en Sussex. La ceremonia fue sencilla. No quiso hacerse un seguro de vida, pero desde luego hizo testamento a mi favor. Le gustaba que yo le preparara el café, igual que a mi primer marido. —Alix sonrió pensativa y añadió con sencillez—: Lo hago muy bien.

Luego continuó:

—Yo tenía varios amigos en el pueblo donde vivíamos y se compadecieron mucho de mí cuando una noche, después de cenar, mi marido falleció repentinamente. No me gustó el médico. No creo que sospechara de mí, pero desde luego le sorprendió mucho la repentina muerte de mi marido. Aún no sé por qué volví a la oficina. Supongo que por costumbre. Mi segundo marido me dejó unas cuatro mil libras. Esa vez no especulé con ellas. Las invertí. Luego...

Pero Gerald la interrumpió. Con el rostro congestionado y medio ahogado, la señalaba con un dedo tembloroso.

—¡El café, Dios mío! ¡El café!

Ella lo miró sorprendida.

—Ahora comprendo por qué estaba tan amargo. ¡Eres el demonio! ¡Has llevado a cabo otra de tus sucias jugarretas!

Sus manos asieron los brazos del sillón. Parecía dispuesto a saltar sobre ella.

—Me has envenenado.

Alix se había ido alejando hasta la chimenea y aterrorizada se disponía a negarlo, cuando lo pensó mejor. En un segundo se lanzaría sobre ella. Hizo acopio de valor. Lo retó con la mirada, segura de sí misma.

—Sí —respondió—. Te he envenenado y el veneno ya empieza a hacer su efecto. Ya no puedes moverte del sillón, no puedes moverte...

Si pudiera mantenerlo allí, por lo menos unos minutos...

¡Ah! ¿Qué era aquello? Pasos en el camino. El chirrido de la cancela, más pisadas, y la puerta del recibidor que se abría...

—No puedes moverte —repitió.

Luego pasó corriendo ante él y salió de la sala para ir a refugiarse en los brazos de Dick Windyford.

—¡Dios mío, Alix! —gritó él.

Luego se volvió hacia el hombre que lo acompañaba, un policía alto y fornido vestido de uniforme.

—Vaya a ver lo que ha ocurrido en esa habitación.

Acostó con delicadeza a Alix en el diván y se inclinó sobre ella.

—Mi pequeña —murmuró—. Mi pobre niña. ¿Qué te han hecho?

Alix cerró los ojos y sus labios pronunciaron su nombre.

Dick se volvió cuando el policía le tocó en el brazo.

—En esa habitación no hay más que un hombre sentado en una butaca. Por su expresión diría que le han pegado un susto tremendo y...

—¿Sí?

—Bueno, señor, está muerto.

Se sobresaltaron al oír la voz de Alix hablando como en sueños, con los ojos cerrados:

—Y al cabo de poco —dijo como si estuviera recitando algo— murió.

Accidente

—... Y se lo aseguro, es la misma mujer, ¡sin la menor duda!

El capitán Haydock miró el rostro vehemente y excitado de su amigo y suspiró. Habría deseado que Evans no se mostrara tan rotundo y exultante. Durante el curso de su carrera, el viejo capitán de marina había aprendido a no preocuparse por las cosas que no le concernían. Su amigo Evans, inspector retirado del Departamento de Investigación Criminal, tenía una filosofía muy distinta: actuar según la información recibida había sido su lema en sus primeros tiempos, y ahora lo había ampliado hasta buscar él mismo la información. El inspector Evans había sido un policía muy listo y despierto, que se había ganado justamente el ascenso. Incluso ahora, ya retirado del cuerpo e instalado en la casita de sus sueños, su instinto profesional seguía en activo.

—No suelo olvidar una cara —reiteró satisfecho—. La señora Anthony... Sí, es la señora Anthony, sin lugar a dudas. Cuando usted la presentó como la señora Merrowdene, la reconocí en el acto.

El capitán Haydock se movió intranquilo. Los Merrowdene eran sus vecinos más cercanos, aparte del propio

Evans, y el que éste identificara a la señora Merrowdene con una antigua heroína de una *cause célèbre,* lo
contrariaba.

—Ha pasado mucho tiempo —apuntó con voz débil.

—Nueve años —replicó Evans con la precisión de
siempre—. Nueve años y tres meses. ¿Recuerda el caso?

—Vagamente.

—Resultó que Anthony consumía arsénico con regu-
laridad —dijo Evans—, y por eso la absolvieron.

—Bueno, ¿por qué no habían de hacerlo?

—Por ninguna razón. Es el único veredicto que podían
pronunciar dadas las pruebas. Absolutamente correcto.

—Entonces —replicó Haydock—, no veo por qué ha
de preocuparse.

—¿Quién se preocupa?

—Yo creía que usted.

—En absoluto.

—El caso está más que cerrado —continuó el capitán—.
Si la señora Merrowdene tuvo la desgracia en un momento de su vida de ser juzgada y absuelta por un crimen...

—Por lo general, no se considera una desgracia el ser
absuelto —intervino Evans.

—Ya sabe a lo que me refiero —señaló el capitán Haydock irritado—. Si la pobre señora tuvo que pasar esa
amarga experiencia, no es asunto nuestro sacarlo a relu-
cir, ¿no le parece?

Evans no respondió.

—Vamos, Evans. La señora era inocente, usted mismo acaba de decirlo.

—Yo no he dicho que fuera inocente, sino que fue
absuelta.

—Es lo mismo.

—No siempre.

El capitán Haydock, que había empezado a golpear con la pipa el costado del sillón, se detuvo y se irguió con una expresión de alerta.

—¡Vaya, vaya, vaya! —dijo—. Así que ésas tenemos, ¿eh? ¿Usted cree que no era inocente?

—Yo no diría eso. Sólo que... no lo sé. Anthony tenía la costumbre de tomar arsénico, y su esposa se lo compraba. Un día, por error, tomó demasiado. ¿La equivocación fue suya o de su esposa? Nadie pudo decirlo y el jurado, con mucha sensatez, le concedió el beneficio de la duda. Eso está muy bien y no veo nada malo en ello, pero de todas formas me gustaría saber...

El capitán Haydock volvió a dedicar toda su atención a la pipa.

—Bien —dijo tranquilo—, no es asunto nuestro.

—No estoy tan seguro.

—Pero, seguramente...

—Escúcheme un momento. Ese hombre, Merrowdene, anoche en su laboratorio, trajinando entre sus tubos de ensayo, ¿recuerda lo que dijo?

—Sí. Mencionó la prueba de Marsh para al arsénico. Dijo que usted debería saberlo muy bien, que era cosa de su ramo, y se rio. No lo habría dicho si hubiese pensado por un momento...

—Quiere decir que no lo habría dicho de haberlo sabido —lo interrumpió Evans—. Llevan ya tiempo casados: ¿seis años, me dijo usted? Apuesto lo que quiera a que no tiene la menor idea de que su esposa fue la célebre señora Anthony.

—Y desde luego no lo sabrá por mí —afirmó el capitán Haydock.

Evans continuó sin prestarle atención.

—Deje de interrumpirme. Después de la prueba de Marsh, Merrowdene calentó una sustancia en un tubo de ensayo, disolvió el residuo metálico en agua y luego lo precipitó agregándole nitrato de plata. Ésa era la prueba de los cloratos. Un experimento claro y sencillo, pero tuve oportunidad de leer estas palabras en un libro que estaba abierto sobre la mesa.

Haydock miró a su amigo.

—Bueno, ¿y qué?

—Sólo eso. En mi profesión también hacemos pruebas. Hay que ir añadiendo los hechos, sopesarlos, separar el residuo de los prejuicios y la imprecisión general de los testigos. Pero hay otra prueba mucho más precisa, aunque bastante peligrosa. Un asesino raramente se contenta con un solo crimen. Si se le da tiempo y nadie sospecha de él, cometerá otro. Usted detiene a un hombre, ¿ha asesinado o no a su esposa? Tal vez el caso no esté demasiado claro. Examine su pasado. Si descubre que ha tenido varias esposas y que todas murieron, digamos de un modo extraño, ¡entonces puede estar bien seguro de su culpabilidad! No me refiero a legalmente, no sé si me entiende, sino a una certeza moral. Y una vez que uno lo sabe, puede continuar buscando pruebas.

—¿Y bien?

—Voy al grano. Eso está muy bien cuando existe un pasado que revisar. Pero supongamos que usted detiene a un asesino que acaba de cometer su primer crimen. Entonces esa prueba no dará resultado. Ahora supongamos que el detenido es absuelto y empieza una nueva vida con otro nombre. ¿Repetirá o no su crimen?

—Es una idea horrible.

—¿Sigue usted pensando que no es asunto nuestro?

—Sí. No tiene usted motivos para creer que la señora Merrowdene no sea más que una mujer inocente.

El exinspector guardó silencio unos instantes y luego dijo despacio:

—Le he dicho que buscamos en su pasado y no encontramos nada. Eso no es del todo cierto. Tenía un padrastro y, cuando ella cumplió los dieciocho años, se enamoró de cierto joven, y el padrastro hizo valer su autoridad para separarlos. Un día, cuando paseaban por una parte peligrosa de los acantilados, hubo un accidente: el padrastro se acercó demasiado al borde de la cornisa, perdió pie, se cayó y se mató.

—No pensará...

—Fue un accidente. ¡Un accidente! La dosis extra de Anthony fue un accidente. No habría sido procesada de no haberse sospechado que había otro hombre que, por cierto, desapareció. Al parecer, no quedó tan satisfecho como el jurado. Le aseguro, Haydock, que, por lo que respecta a esa mujer, tengo miedo de que ocurra otro accidente.

El anciano capitán se encogió de hombros.

—Han pasado nueve años desde ese asunto. ¿Por qué iba a haber ahora otro «accidente»?

—Yo no he dicho ahora. He dicho cualquier día de éstos. Si aparece el móvil.

El capitán Haydock volvió a encogerse de hombros.

—Bueno, no sé cómo va usted a evitarlo.

—Ni yo tampoco —respondió Evans con pesar.

—Yo de usted dejaría las cosas tal como están —opinó el capitán Haydock—. No sale nada bueno de entrometerse en los asuntos ajenos.

Pero aquel consejo no fue del gusto del inspector, que era un hombre paciente pero decidido. Se despidió de su amigo y echó a andar hacia el pueblo, mientras daba vueltas a las posibilidades de una acción exitosa.

Al entrar en la estafeta de correos para comprar sellos, tropezó con el objeto de sus preocupaciones: George Merrowdene. El exprofesor de química era un hombre menudo, de aspecto soñador y modales amables y correctos, que por lo general andaba siempre distraído. Reconoció al inspector, lo saludó afectuosamente y se agachó para recoger las cartas que, a causa del choque, se le habían caído al suelo. Evans se agachó también y, al ser más rápido de movimientos, las alcanzó primero y se las devolvió a su propietario con unas palabras de disculpa.

Al hacerlo, les echó un vistazo, y la dirección de la primera del montón volvió a despertar súbitamente sus sospechas. Iba dirigida a una conocida compañía de seguros.

Al instante tomó una decisión, y el distraído George Merrowdene se encontró poco después, y sin saber cómo, caminando por el pueblo en compañía del exinspector. Tampoco habría podido decir cómo surgió el tema de los seguros de vida en la conversación.

Evans no tuvo dificultad en lograr su objetivo. Merrowdene, por su propia voluntad, le comunicó que acababa de contratar un seguro de vida y que la beneficiaria era su esposa, y quiso saber lo que Evans opinaba de la compañía en cuestión.

—He hecho algunas inversiones poco acertadas —le explicó— y, como resultado, mis rentas han disminuido. Si me ocurriera algo, mi esposa quedaría en mala situación. Con este seguro lo dejo todo arreglado.

—¿Ella no se opuso? —preguntó Evans con un tono

despreocupado—. Algunas esposas a veces no quieren. Dicen que trae mala suerte.

—¡Oh, Margaret es una mujer muy práctica! —respondió Merrowdene sonriendo—. Y nada supersticiosa. En realidad, me parece que la idea fue suya. No le gusta verme preocupado.

Evans tenía ya la información que deseaba. Poco después se despidió del otro y siguió su camino con una expresión grave en el rostro. El difunto señor Anthony también había asegurado su vida en favor de su mujer pocas semanas antes de su muerte.

Acostumbrado a confiar en su instinto, tenía plena certeza en su interior, pero saber cómo actuar era algo muy distinto. No quería detener al criminal con las manos en la masa, sino impedir que se cometiera otro crimen, y eso era mucho más difícil.

Estuvo pensativo todo el día. Aquella tarde se celebraba una feria al aire libre en la finca de un terrateniente local y Evans asistió a la misma. Allí se entretuvo probando suerte en el juego de la pesca, adivinando el peso de un cerdo y tirando a los cocos con la misma mirada de concentración. Incluso invirtió media corona en una consulta con Zara, la adivina, y su bola de cristal, sonriendo un poco para sus adentros al recordar las operaciones llevadas a cabo contra los adivinos en sus tiempos de inspector.

No prestó mucha atención a la voz cantarina y misteriosa de la adivina hasta que el final de una frase atrajo su atención.

—... y pronto, muy pronto, por cierto, se verá implicado en un asunto de vida o muerte, de vida o muerte para otra persona.

—¿Cómo? ¿Qué dice? —preguntó con brusquedad.

—Una decisión, tiene usted que tomar una decisión. Tiene que andarse con cuidado, con mucho... mucho cuidado. Si comete un error, el más pequeño error...

—¿Sí?

La adivina se estremeció. El inspector Evans sabía que todo aquello eran tonterías, pero, aun así, estaba impresionado.

—Se lo advierto: no debe cometer el más pequeño error. Si lo hace, veo con toda claridad el resultado: una muerte.

¡Qué extraño! Una muerte. ¡Qué curioso que se le hubiera ocurrido decir eso!

—Si cometo un error, el resultado será una muerte, ¿es eso?

—Sí.

—En ese caso —apuntó Evans, que se puso de pie al tiempo que le daba la media corona—, no debo cometer errores, ¿no es así?

Lo dijo en tono intrascendente, pero al salir de la tienda tenía las mandíbulas apretadas. Era fácil decirlo, pero no tanto estar seguro de que no los fuera a cometer. No podía equivocarse. Una vida, una valiosa vida humana, dependía de ello.

Y nadie podía ayudarlo. Miró a lo lejos la figura de su amigo Haydock. «Deje las cosas como están», le diría, y eso es lo que, a la sazón, no podía hacer.

Haydock hablaba con una mujer que, después de despedirse, caminó hacia donde estaba Evans; el inspector la reconoció. Era la señora Merrowdene, y el inspector, siguiendo un impulso, se cruzó en su camino con toda la intención.

La señora Merrowdene era una mujer bastante atractiva. Tenía la frente ancha y unos ojos castaños muy bonitos y de mirada serena, así como una expresión plácida en el rostro. Parecía una *madonna* italiana, algo que acentuaba peinándose con la raya en medio y ondas sobre las orejas. Su voz era profunda y amodorrada.

Al ver a Evans, le dedicó una sonrisa de bienvenida.

—Me pareció que era usted, señora Anthony; quiero decir, señora Merrowdene —dijo en tono ligero.

Había cometido el desliz a conciencia al tiempo que la vigilaba con disimulo. Vio que abría un poco los ojos y se le aceleraba la respiración, pero su mirada no sólo no flaqueó, sino que se tornó firme y orgullosa.

—Estoy buscando a mi marido —dijo con tranquilidad—. ¿No lo habrá visto?

—La última vez que lo he visto caminaba hacia allí.

Echaron a andar en la dirección indicada, charlando animadamente. El inspector sentía cómo su admiración aumentaba. ¡Qué mujer! ¡Qué dominio de sí misma! ¡Qué elegancia! Una mujer extraordinaria, y muy peligrosa. Sí, estaba seguro de que era peligrosa.

Aún se sentía intranquilo, aunque estaba satisfecho de los primeros pasos que había dado. Prevenida de que la había reconocido, no era de esperar que se atreviera a intentar nada. Quedaba la cuestión de Merrowdene. Si pudiera avisarle...

Encontraron al hombre contemplando distraído la muñeca de porcelana que había recibido como premio en el juego de la pesca. Su esposa le sugirió que volvieran a casa, y él se avino enseguida. La señora Merrowdene se volvió hacia el inspector.

—¿Le gustaría acompañarnos y tomar una taza de té con nosotros, señor Evans?

¿Había un ligero reto en el tono de su voz? A él, por lo menos, se lo pareció.

—Gracias, señora Merrowdene. La acepto con muchísimo gusto.

Y fueron caminando juntos mientras comentaban temas cotidianos. Brillaba el sol, soplaba una ligera brisa y todo parecía agradable y corriente.

La doncella había ido a la feria, le explicó la señora Merrowdene cuando llegaron a la encantadora casita. Fue a su habitación a quitarse el sombrero y, al regresar, se dispuso a preparar el té, calentando el agua sobre un infiernillo de plata. De un estante cerca de la chimenea cogió tres vasitos con los platos correspondientes.

—Tenemos un té chino muy especial —explicó—. Y siempre lo tomamos al estilo chino, en vasitos en lugar de tazas.

Se interrumpió, miró el interior de uno de los vasitos y lo cambió por otro con una exclamación de disgusto.

—George, eres terrible. Ya has vuelto a coger un vasito de éstos.

—Lo siento, querida —dijo el profesor disculpándose—. Tienen la medida exacta. Los que encargué aún no me los han enviado.

—Cualquier día nos envenenarás a todos —comentó su esposa sonriendo—. Mary se los encuentra en el laboratorio y los trae aquí sin molestarse en lavarlos, a menos que tengan algo muy visible en su interior. Vaya, el otro día pusiste en uno cianuro potásico y la verdad, George, eso es peligrosísimo.

Merrowdene pareció ligeramente irritado.

—Mary no tiene por qué coger las cosas de mi laboratorio, ni tocar nada de allí.

—Pero muchas veces dejamos allí las tazas después de tomar el té. ¿Cómo va ella a saberlo? Sé razonable, querido.

El profesor se marchó a su laboratorio murmurando entre dientes y la señora Merrowdene, con una sonrisa, echó el agua hirviendo sobre el té y apagó de un soplido la llama del infiernillo.

Evans estaba intrigado, pero al fin creyó ver un rayo de luz. Por alguna razón desconocida, la señora Merrowdene estaba mostrando sus cartas. ¿Es que aquello iba a derivar en el «accidente»? ¿Decía todo aquello con el propósito de preparar su coartada de antemano y de manera que, cuando algún día ocurriera el «accidente», Evans se viera obligado a declarar a su favor? Qué tonta era, porque antes de todo eso...

De pronto contuvo el aliento. La señora Merrowdene había servido el té en los tres vasitos. Colocó uno delante de él, otro ante ella y el tercero en una mesita que había cerca de la chimenea, junto a la butaca favorita de su marido. Fue al colocar este último cuando sus labios se curvaron en una sonrisa especial, y fue esa sonrisa la que lo convenció.

¡Lo sabía!

Una mujer extraordinaria y peligrosa. Que actuaría sin demora ni preparación. Esa tarde, esa misma tarde, con él como testigo. Su osadía le cortó la respiración.

Era inteligente, endiabladamente inteligente. No podría probar nada. Ella contaba con que él no sospecharía por la sencilla razón de ser demasiado pronto. ¡Qué mujer! ¡Qué sorprendente velocidad de pensamiento y acción!

Tomó aliento antes de inclinarse ligeramente hacia delante.

—Señora Merrowdene, soy hombre de caprichos extraños. ¿Me disculpará usted uno?

Ella lo miró intrigada, pero sin recelo.

Evans se levantó, cogió el vasito de la mujer, se acercó a la mesita y sustituyó el que había por el de ella. Después dejó este último delante de ella.

—Me gustaría verla beberse éste.

Sus ojos se encontraron con los de ella, firmes, indomables, mientras el color desaparecía paulatinamente de su rostro. La señora Merrowdene alargó la mano y cogió la taza. Evans contuvo la respiración. ¿Y si había cometido un error?

Ella se la llevó a los labios, pero en el último momento, con un escalofrío, se apresuró a verter el contenido del vasito en una maceta de helechos. Luego lo miró, retándolo.

Él exhaló un profundo suspiro y volvió a sentarse.

—¿Y bien? —dijo ella.

Su tono había cambiado. Ahora era ligeramente burlón... y desafiante.

—Es usted una mujer muy inteligente, señora Merrowdene —le contestó Evans tranquilo—. Creo que me comprende. No debe repetirse. ¿Sabe a qué me refiero?

—Sé a qué se refiere.

Su voz carecía de expresión.

Evans asintió satisfecho. Era una mujer inteligente y no quería que la colgaran en la horca.

—A su salud y a la de su marido —brindó, llevándose el vasito a los labios.

Entonces su rostro cambió. Se contorsionó horriblemente, intentó levantarse, gritar. Su cuerpo se agarrotaba con el rostro abotagado. Se desplomó de espaldas en el sillón, preso de convulsiones.

La señora Merrowdene se inclinó hacia delante sin dejar de mirarlo. Una leve sonrisa asomó en su rostro. Con voz muy suave y amable le dijo:

—Ha cometido usted un error, señor Evans. Ha creído que yo quería matar a George. ¡Qué iluso ha sido usted, qué iluso!

Permaneció unos minutos contemplando al muerto, al tercer hombre que había amenazado con interponerse en su camino y separarla de aquel a quien amaba.

Su sonrisa se acentuó. Parecía más que nunca una *madonna*. Entonces levantó la voz y llamó:

—¡George..., George! ¡Oh! Ven enseguida. Me temo que ha ocurrido un desgraciado accidente. Pobre señor Evans...

El segundo gong

Joan Ashby salió de su dormitorio y se detuvo en el rellano. Iba a entrar de nuevo en su habitación cuando, bajo sus pies, le pareció oír resonar un gong.

Inmediatamente echó a correr. Tanta era su prisa que, en el rellano de la escalera, tropezó con un joven que venía por el pasillo en dirección contraria.

—¡Hola, Joan! ¿A qué viene tanta prisa?

—Lo siento, Harry. No te había visto.

—Eso parece —replicó Harry Dalehouse en tono seco—. Pero, como te decía, ¿a qué viene tanta prisa?

—Ha sonado el gong.

—Lo sé, pero es sólo el primero.

—No, el segundo.

—El primero.

—El segundo.

Mientras discutían, habían bajado la escalera y ahora se encontraban en el recibidor, donde el mayordomo, tras dejar la maza del gong, se aproximó a ellos con paso solemne y majestuoso.

—Es el segundo —insistió Joan—. Lo sé. Bueno, para empezar, mira la hora que es.

Harry Dalehouse se fijó en el gran reloj de péndulo.

—Son las ocho y doce minutos —observó—. Joan, creo que tienes razón, pero no he oído la primera llamada. Digby —le preguntó al mayordomo—, ¿es la primera llamada o la segunda?

—La primera, señor.

—¿A las ocho y doce minutos? Digby, alguien va a recibir una reprimenda por esto.

Una ligera sonrisa apareció en el rostro del mayordomo.

—Esta noche la cena se servirá diez minutos más tarde. Son órdenes de su tío, señor.

—¡Increíble! —exclamó Harry—. ¡Vaya, vaya! Adónde vamos a llegar... ¡Caramba! ¡No dejará de sorprenderme! ¿Qué le ocurre a mi respetable tío?

—El tren de las siete lleva media hora de retraso, y como...

El mayordomo se interrumpió al oír un ruido semejante al chasquido de un látigo.

—¿Qué diablos...? —dijo Harry—. Ha sonado como un disparo.

—Debe de haber sido el petardeo de un automóvil, señor —replicó el mayordomo—. La carretera pasa muy cerca de la casa por ese lado y las ventanas de la escalera están abiertas.

—Podría ser —comentó Joan—. Pero entonces el sonido habría venido de allí. —Señaló a la derecha—. Y creo que el ruido ha sonado por aquí. —Señaló a la izquierda.

Apareció Geoffrey Keene, un hombre de tez morena, que se sumó a la discusión negando con la cabeza.

—No lo creo. Yo estaba en el salón y he salido creyendo que el ruido provenía de esa dirección. —Con un gesto indicó el lugar donde estaban el gong y la puerta principal.

—Este, oeste y sur, ¿eh? —dijo el incorregible Harry—. Bien, yo lo completaré. Escojo el norte. Creo que ha sonado a nuestra espalda. ¿Se les ocurre alguna explicación?

—Bueno, siempre cabe la posibilidad de un crimen —opinó Keene sonriendo—. Perdóneme, señorita Ashby.

—No ha sido nada. Sólo un escalofrío —dijo Joan.

—Buena ocurrencia, un crimen —continuó Harry—. Pero ¡cielos! Sin gemidos, sin sangre. Me temo que en realidad será un cazador furtivo persiguiendo un conejo.

—No es tan emocionante, pero supongo que ésa debe de ser la explicación —convino el otro—. Claro que ha sonado tan cerca... Sea como sea, entremos al salón.

—Gracias a Dios, no llegamos tarde —exclamó Joan acalorada—. He bajado corriendo la escalera creyendo que era la segunda llamada.

Y, riendo, entraron todos al salón.

Lytcham Close era una de las casas antiguas más famosas de Inglaterra. Hubert Lytcham Roche, su propietario, era el último descendiente de un extenso linaje, y sus parientes más lejanos solían comentar: «El viejo Hubert, la verdad es que deberían encerrarlo. El pobre está más loco que una cabra».

Más allá de la exageración natural de amigos y parientes, había algo de verdad. Hubert Lytcham Roche era sin duda un excéntrico. Músico famoso, tenía un carácter indomable y un sentido desmesurado de su propia importancia. Las personas a las que invitaba a su casa debían respetar sus costumbres o no volvían a ser sus huéspedes.

Una de sus manías era la música. Si tocaba para sus huéspedes, como solía hacer algunas noches, debían guardar absoluto silencio. Un comentario en voz baja, el frufrú de un vestido o un leve movimiento bastaban para que los mirara iracundo, y los presentes ya podían despedirse de ser invitados de nuevo.

Otra de sus manías era la puntualidad absoluta para la comida más importante del día. El desayuno era algo intrascendente, se podía bajar a desayunar al mediodía si se quería. El almuerzo lo mismo, un ágape sencillo consistente en carne fría y frutas en conserva. Pero la cena era un rito, un festín preparado por un *cordon bleu* que había sacado de la cocina de un gran hotel tentándolo con un sueldo fabuloso.

El primer gong sonaba a las ocho y cinco minutos de la tarde. Y a las ocho y cuarto el segundo. Instantes después se abría la puerta, se anunciaba la cena y los huéspedes se dirigían al comedor en una procesión solemne. Todo el que tuviera la temeridad de llegar después de la segunda llamada, quedaba expulsado a partir de aquel momento, y Lytcham Close cerraba sus puertas para siempre al desdichado huésped.

De ahí la ansiedad de Joan Ashby y también el asombro de Harry Dalehouse al oír que el rito sagrado iba a ser retrasado diez minutos aquella noche. Aunque no se podía decir que fuera íntimo de su tío, visitaba Lytcham Close lo bastante a menudo como para saber que aquello era algo inusitado.

—Es la primera vez en muchas semanas —comentó Harry— que no está aquí el primero mirando su reloj y paseando como un tigre enjaulado que espera la hora de la comida. Esta vez le he ganado.

Geoffrey Keene, secretario de Lytcham Roche, estaba también muy sorprendido.

—Es algo inaudito —comentó—. No creo que tenga precedentes. ¿Está seguro?

—Lo ha dicho Digby.

—Nos ha contado algo de un tren —continuó Joan Ashby—. Por lo menos, eso he creído entender.

—Supongo que lo sabremos a su debido tiempo, pero es muy extraño —comentó Keene pensativo.

Los dos hombres guardaron silencio unos instantes mientras contemplaban a la joven.

Joan Ashby era una criatura encantadora, de ojos azules, cabellos rubios como el oro y mirada traviesa. Aquélla era su primera visita a Lytcham Close; la había invitado Harry.

La puerta se abrió y Diana Cleves, la hija adoptiva de Lytcham Roche, entró en la habitación.

Diana poseía una gracia y un embrujo especiales gracias a sus ojos negros y a su lengua mordaz. Casi todos los hombres se enamoraban de ella y ella disfrutaba de ese don. Una extraña criatura. Parecía emanar calor y, al mismo tiempo, se mostraba fría como un témpano.

Harry y Geoffrey salieron a su encuentro y ella les sonrió alentadora. Luego posó su mirada en Harry. Pese a su tez morena, Geoffrey enrojeció y se retiró unos pasos.

Sin embargo, Geoffrey se resarció unos instantes después cuando entró la esposa de Lytcham Roche. Era alta, morena, de ademanes lánguidos, y parecía flotar envuelta en los suaves pliegues de un vestido verde claro. La acompañaba Gregory Barling, un hombre de mediana edad, nariz afilada y mandíbula enérgica. Era una figura prominente en el mundo de las finanzas, de muy buena familia por parte de padre. Durante varios años había sido amigo íntimo de Hubert Lytcham Roche.

¡Gong!

La llamada resonó en la casa y, cuando su eco ya se extinguía, se abrió la puerta de par en par y Digby anunció:

—La cena está servida.

Luego, aun siendo un criado tan correcto, no pudo disimular una mirada de asombro. ¡Por primera vez en mucho tiempo su señor no estaba en aquella habitación!

Evidentemente, su asombro era compartido por todos. La señora Lytcham lanzó una risita forzada.

—Es muy extraño. Y, la verdad, no sé qué hacer.

Todos estaban sorprendidos. La austera tradición de Lytcham Close se había interrumpido. ¿Qué ocurría? Cesaron las conversaciones y se hizo un silencio expectante.

Al fin la puerta se abrió una vez más: todos contuvieron un suspiro de alivio pensando en cómo se resolvería la situación. No debía decirse nada que pusiera de relieve que el propio anfitrión había quebrantado las rígidas costumbres de la casa.

Pero el recién llegado no era Lytcham Roche. En vez de una figura corpulenta, barbuda y con aspecto de vikingo, avanzó por el largo salón un hombre menudo, de aspecto extranjero, con la cabeza como un huevo y unos bigotes exagerados, que vestía un esmoquin impecable.

Con los ojos brillantes, el recién llegado se dirigió hacia donde estaba la señora Lytcham Roche rodeada por los huéspedes.

—Mil perdones, madame —le dijo—. Lamento haber llegado con retraso.

—¡Oh, nada de eso! —murmuró la señora Lytcham Roche—. Nada de eso, monsieur... —Se detuvo.

—Poirot, madame, Hércules Poirot.

Oyó un ligero «¡oh!» a sus espaldas que había escapado de labios de una mujer. Había sido más una exclamación contenida que el principio de una frase. ¿Debía sentirse halagado?

—Sabía que vendría —murmuró en tono amable—, *n'est ce pas, madame?* Su marido seguramente se lo dijo.

—Oh, sí —dijo la señora Lytcham Roche en tono poco convincente—. Quiero decir que supongo que sí. Soy tan distraída, monsieur Poirot. Nunca recuerdo nada, pero, por fortuna, Digby cuida de todo.

—Mi tren ha llegado con retraso —añadió Poirot—. Hubo un accidente en la línea antes de que pasáramos nosotros.

—¡Oh! —exclamó Diana—. Por eso se ha retrasado la cena.

Poirot volvió rápidamente la mirada hacia ella y la observó sin disimulo.

—Eso se sale de lo corriente, ¿verdad?

—En realidad no puedo imaginar... —empezó a decir la señora Lytcham Roche, y luego se detuvo—. Quiero decir —continuó aturdida— que es tan extraño. Hubert nunca...

Poirot miró uno a uno a todos los miembros del grupo.

—¿El señor Lytcham Roche no ha bajado todavía?

—No, es algo que nunca había pasado, es inexplicable. —La mujer miró suplicante a Geoffrey Keene.

—El señor Lytcham Roche es la puntualidad personificada —afirmó Keene—. No ha bajado tarde a cenar desde... Bueno, no creo que se haya retrasado nunca.

Para un extraño, la situación habría sido ridícula: aquellos rostros preocupados y la consternación general.

—Ya sé —dijo la señora Lytcham con el aire de quien trata de resolver un problema—. Llamaré a Digby.

Y lo hizo en el acto.

El mayordomo acudió sin tardanza.

—Digby —dijo la señora Lytcham—, ¿el señor está...?

Y como tenía por costumbre, dejó la frase sin terminar, pero era evidente que el mayordomo esperaba que lo hiciera y replicó enseguida:

—El señor ha bajado a las ocho menos cinco y ha ido al despacho, señora.

—¡Oh! —Hizo una pausa—. ¿Cree que no habrá oído el gong?

—Yo creo que sí, el gong está precisamente junto a la puerta del despacho, como la señora bien sabe.

—Sí, sí, claro —respondió la señora Lytcham Roche más aturdida que nunca.

—¿Quiere que vaya a avisarle de que la cena está servida, señora?

—Oh, gracias, Digby. Sí, creo que... Sí, sí, vaya usted.

»¡No sé qué haría sin Digby! —exclamó la señora Lytcham Roche dirigiéndose a sus invitados cuando el mayordomo se hubo marchado.

Se hizo un silencio.

Al fin regresó Digby respirando afanosamente.

—Perdóneme, señora, la puerta del despacho está cerrada.

Y fue entonces cuando Hércules Poirot tomó el mando de la situación.

—Creo que lo mejor es que vayamos al despacho —anunció.

Encabezó la marcha y todos lo siguieron; parecía algo natural que fuera él quien asumiera la autoridad. Ya no era un huésped de aspecto ridículo, sino una personalidad y el dueño absoluto de la situación.

Salió al recibidor, pasó por delante de la escalera y del reloj de péndulo y se dirigió al rincón donde estaba el gong. Justo al lado se hallaba la puerta del despacho.

Golpeó con los nudillos, primero suavemente y luego con creciente ímpetu, sin obtener respuesta. Con toda tranquilidad, se puso de rodillas para mirar por la cerradura. Luego se levantó y echó una ojeada a su alrededor.

—Messieurs —dijo—, ¡hemos de tirar abajo esta puerta de inmediato!

Y como antes, nadie discutió su autoridad. Geoffrey Keene y Gregory Barling eran los huéspedes más fornidos y se dispusieron a atacar la puerta bajo la dirección de Poirot. No fue cosa fácil. Las puertas de Lytcham Close eran muy sólidas, no como las modernas. Resistió el ataque con gallardía, pero al fin sucumbió bajo el empuje de los dos hombres y se abrió.

El grupo vaciló ante la puerta, enfrentado a lo que inconscientemente habían temido ver. Frente a ellos estaba la ventana y, a la izquierda, entre ésta y la puerta, había una mesa escritorio. Sentado, no detrás de la mesa, sino a uno de sus lados, se hallaba un hombre corpulento desplomado; su postura lo decía todo. La mano derecha colgaba inerte y, justo debajo, en el suelo, había un pequeño revólver.

Poirot se dirigió a Gregory Barling en tono de mando.

—Llévese a la señora Lytcham Roche y a las otras dos señoritas.

Barling asintió comprensivamente y puso una mano sobre el hombro de su anfitriona. Ella se estremeció.

—Se ha suicidado —murmuró ella—. ¡Es horrible!

Y con un nuevo estremecimiento dejó que se la llevaran de allí. Las dos jóvenes la acompañaron.

Poirot entró en la habitación y los dos hombres lo siguieron.

Se arrodilló junto al cadáver después de pedirles que no se acercaran. La bala, que había entrado por el lado derecho de la cabeza y salido por el izquierdo, seguramente había ido a parar al espejo que había en la pared, puesto que estaba roto. Sobre la mesa escritorio y en una hoja de papel estaba escrito: «Lo lamento», con letra insegura y temblorosa.

Los ojos de Poirot miraron de nuevo hacia la puerta.

—La llave no está en la cerradura —dijo—. Me pregunto...

Introdujo la mano en el bolsillo del muerto.

—Aquí está —anunció—. Por lo menos, eso creo. ¿Tendría la bondad de comprobarlo, monsieur?

Geoffrey Keene cogió la llave y la metió en la cerradura.

—Sí, encaja.

—¿Y la ventana?

Harry Dalehouse fue hasta ella.

—Cerrada.

—¿Me permite?

Poirot se puso de pie con gran agilidad para acercarse a Harry. Se trataba de una cristalera que el detective

282

examinó antes de abrirla para revisar la hierba del exterior. Luego volvió a cerrarla.

—Amigos míos —les dijo—, debemos llamar a la policía y, hasta que vengan y dictaminen que esto ha sido un suicidio, no hay que tocar nada. Debe de llevar muerto como mucho un cuarto de hora.

—Lo sé —dijo Harry con voz ronca—. Hemos oído el disparo.

—*Comment?* ¿Qué es lo que ha dicho?

Harry se lo explicó, ayudado por Geoffrey Keene, y, cuando estaba a punto de acabar el relato, reapareció Barling.

Poirot repitió lo que había dicho antes y, mientras Keene iba a telefonear, le rogó a Barling que le concediera unos minutos.

Dejaron a Digby de guardia ante la puerta del despacho y pasaron a una pequeña galería mientras Harry iba en busca de las señoras.

—Usted era, según tengo entendido, amigo íntimo del señor Lytcham Roche —comenzó Poirot—. Y por esa razón me dirijo a usted antes que a nadie. Según la costumbre, tal vez debería haber hablado primero con madame, pero de momento no lo considero *practique*. —Hizo una pausa—. Me hallo en una situación difícil y voy a exponerle los hechos con total sencillez. Soy detective privado.

El financiero sonrió.

—No hace falta que me lo diga, monsieur Poirot. Su nombre es bien conocido.

—Monsieur es muy amable —replicó Poirot haciendo una pequeña inclinación—. Entonces, sigamos adelante. En mi dirección de Londres recibí una carta del señor Lytcham Roche diciéndome que tenía razones para creer que le habían estafado una gran cantidad de dinero y que, por razones familiares, no deseaba dar parte a la policía, pero sí que yo acudiera a aclarar el asunto. Pues bien, me avine a ello y me dispuse a viajar, aunque no tan pronto como hubiera deseado el señor Lytcham Roche, porque, al fin y al cabo, tengo otros asuntos que atender, y el señor Lytcham Roche no era el rey de Inglaterra, si bien parecía creerlo así.

Barling sonrió con aspereza.

—Desde luego se creía un rey.

—Exacto. Oh, ¿comprende? Su carta podría interpretarse como un acto propio de un excéntrico, no estaba desequilibrado, *n'est ce pas?*

—Lo que acaba de hacer parece indicarlo.

—Oh, monsieur, pero el suicidio no siempre es obra de un desequilibrado. El jurado puede negarlo para no herir los sentimientos de los familiares.

—Hubert no era un individuo normal —afirmó Barling con decisión—. Le daban ataques de ira, era un obseso en lo que se refiere al orgullo de familia, aparte de sus muchas otras manías, pero a pesar de todo era un hombre astuto.

—Sin duda. Era lo bastante astuto para darse cuenta de que le estaban robando.

—¿Y acaso un hombre se suicida porque le roban? —preguntó Barling.

—Es ridículo, monsieur. Y eso me recuerda la necesidad de darnos prisa y aclarar este asunto. Por razones familiares, ésa es la frase que empleó en su carta. *Eh bien*, monsieur, usted es un hombre de mundo y sabe que es precisamente por eso, por cuestiones familiares, por lo que se suicidan los hombres.

—¿Qué quiere decir usted?

—Que parece como si *ce pauvre monsieur* hubiera descubierto algo y hubiese sido incapaz de enfrentarse a la verdad. Comprenda, tengo un deber que cumplir. Me contrató para aclarar este asunto y me comprometí a ello. El difunto no quería que se avisara a la policía por «cuestiones familiares», de modo que debo actuar con mucha rapidez y descubrir la verdad.

—¿Y cuando la haya descubierto?

—Entonces deberé hacer uso de mi discreción.

—Ya —dijo Barling, que fumó en silencio unos instantes antes de añadir—: De todas maneras, me temo que no voy a poder ayudarle. Hubert nunca me confiaba nada, así que no sé nada.

—Pero sí podrá decirme quiénes tuvieron la oportunidad de robar al pobre caballero.

—Es difícil de decir. Claro que está el apoderado de la finca, un empleado nuevo.

—¿El apoderado?

—Sí, Marshall. El capitán Marshall. Un muchacho muy simpático que perdió un brazo en la guerra. Vino aquí hará cosa de un año, pero Hubert lo apreciaba, me consta, y además confiaba en él.

—Si fuera el capitán Marshall quien le hubiera estafado, no habría razones de familia para guardar silencio.

—No... —Su vacilación no escapó a la perspicacia de Poirot—. Tal vez sean habladurías...

—Le suplico que me lo cuente.

—Muy bien, lo haré. ¿Se ha fijado usted en una joven muy atractiva que estaba en el salón?

—Me he fijado en dos jóvenes muy bonitas.

—Oh, sí, la señorita Ashby. Es muy guapa. Es la primera vez que viene a esta casa. Harry Dalehouse le pidió a la señora Lytcham Roche que la invitara, pero yo me refiero a la morena, a la señorita Diana Cleves.

—Sí me he fijado —dijo Poirot—. Es de ésas mujeres que atraen las miradas de los hombres.

—Es un diablillo —exclamó Barling—. Ha coqueteado con todos los hombres en treinta kilómetros a la redonda. Alguien la asesinará cualquier día.

Se secó la frente con el pañuelo, consciente del interés con que lo miraba el detective.

—Y esa joven es...

—Es la hija adoptiva de Lytcham Roche. Se sentían muy desilusionados al verse sin hijos y adoptaron a Diana Cleves, que era algo así como una prima. Hubert la quería mucho, puede decirse que la idolatraba.

—¿Y en consecuencia le disgustaba la idea de que un día fuera a casarse? —sugirió Poirot.

—Sí, si el elegido no era la persona apropiada.

—¿Y la persona apropiada era usted, monsieur?

Barling se sonrojó sobresaltado.

—Yo no he dicho...

—*Mais non, mais non!* Usted no ha dicho nada. Pero es así, ¿no es cierto?

—Sí, me enamoré de ella, y Lytcham Roche se mostró satisfecho; encajaba en los planes que tenía para ella.

—¿Y qué opinaba mademoiselle?

—Ya le digo que es la encarnación del mismo diablo.

—Comprendo. Tenía sus propias ideas sobre cómo divertirse, ¿no es eso? Pero ¿en qué momento interviene el capitán Marshall?

—Ha estado saliendo a pasear mucho con él, y la

gente empieza a hablar. No es que yo crea que haya nada, sólo otra conquista más.

Poirot asintió.

—Pero suponiendo que sí hubiera algo... Bien, en ese caso podría ser ésa la explicación de por qué el señor Lytcham Roche buscaba la máxima discreción.

—¿No comprende que no hay razón humana para sospechar de Marshall?

—*Oh, parfaitement, parfaitement!* Tal vez se trate sólo de un cheque falsificado por alguno de los habitantes de la casa. Y ese joven Dalehouse, ¿quién es?

—Un sobrino.

—¿Heredará?

—Es hijo de una hermana. Claro que conservará el nombre, no queda ningún otro Lytcham Roche.

—Ya.

—La finca no consta en la herencia, aunque siempre ha pasado de padre a hijos. Siempre imaginé que se la dejaría a su esposa mientras ella viviera, y luego tal vez a Diana si aprobaba su matrimonio. No sé si me explico, pero su marido debería llevar el nombre de Lytcham Roche.

—Comprendo —respondió Poirot—. Ha sido usted muy amable y me ha ayudado mucho, monsieur. ¿Puedo pedirle una cosa más? Que explique a madame Lytcham Roche todo lo que le he dicho, y le suplique con todo el respeto que me conceda unos minutos.

Antes de que lo creyera posible se abrió la puerta y la señora Lytcham Roche, caminando como sobre una nube, fue a sentarse en una silla.

—El señor Barling me lo ha explicado todo —dijo—. Claro que hay que evitar el escándalo. Aunque tengo la sensación de que en realidad todo esto es fruto de la mala suerte, ¿no le parece? Me refiero a lo del espejo y todo lo demás.

—*Comment?* ¿Espejo?

—En cuanto lo vi me pareció una señal, una maldición, ¿sabe? Creo que las familias antiguas a menudo arrastran una maldición. Hubert fue siempre muy extraño, y últimamente estaba más raro que nunca.

—Me perdonará usted la pregunta, madame, pero ¿no estarían necesitados de dinero?

—¿Dinero? Yo nunca pienso en el dinero.

—¿Sabe usted lo que dicen, madame? «Los que nunca piensan en el dinero lo necesitan en grandes cantidades.»

Y se permitió una ligera risita. Ella no respondió y se quedó con la mirada perdida.

—Gracias, madame —dijo.

La entrevista tocó a su fin.

Poirot hizo sonar el timbre y Digby acudió enseguida.

—Me gustaría que me contestara a unas preguntas —le dijo—. Soy detective privado y su señor me mandó llamar antes de morir.

—¡Un detective! —exclamó el mayordomo.

—¿Contestará a mis preguntas, por favor? Cuénteme lo referente al disparo.

Escuchó el relato del mayordomo.

—De modo que cuatro personas estaban en el recibidor.

—Sí, señor. El señor Dalehouse, la señorita Ashby y el señor Keene, que había salido del salón.

—¿Dónde estaban los demás?

—¿Los demás, señor?

—Sí, la señora Lytcham Roche, la señorita Cleves y el señor Barling.

—La señora Lytcham Roche y el señor Barling han bajado más tarde, señor.

—¿Y la señorita Cleves?

—Creo que la señorita Cleves también estaba en el salón, señor.

Poirot le hizo algunas preguntas más y luego despidió al mayordomo con el ruego de que pidiera a la señorita Cleves que fuera a verlo.

Acudió inmediatamente y el detective la estudió de cerca en vista de las revelaciones de Barling. Estaba muy bonita con aquel vestido de satén blanco y una rosa cerrada en el hombro.

Sin dejar de observarla, le explicó las circunstancias que le habían llevado a Lytcham Close. Pero ella sólo se mostró asombrada, al parecer no fingía, y sin el menor rastro de inquietud. Habló de Marshall con indiferencia y sólo al mencionar a Barling pareció alterarse.

—Ese hombre es un sinvergüenza —dijo crispada—. Se lo advertí al viejo, pero no quiso escucharme y continuó dejando el dinero en sus cochinas manos.

—Mademoiselle, ¿siente usted que su padre haya muerto?

Ella lo miró extrañada.

—Por supuesto. Soy una mujer moderna, monsieur Poirot, y no lloro. Pero quería al viejo, aunque, claro está, haya sido lo mejor para él.

—¿Lo mejor para él?

—Sí. Cualquier día lo habrían encerrado. Cada vez estaba más convencido de que el último Lytcham Roche de Lytcham Close era omnipotente.

Poirot asintió pensativo.

—Yo, ya..., sí. Signos inequívocos de enajenación mental. A propósito, ¿me permite que admire su bolso? Es muy bonito... con todas estas rositas de seda. ¿Por dónde iba? Ah, sí, ¿ha oído usted el disparo?

—¡Ya lo creo! Pero he creído que se trataba del petardeo de un automóvil, el disparo de un cazador furtivo, o cualquier cosa.

—¿Estaba usted en el salón?

—No. En el jardín.

—De acuerdo. Gracias, mademoiselle. Ahora me gustaría ver al señor Keene, ¿es posible?

—¿Geoffrey? Le diré que venga.

Keene entró alerta e interesado.

—El señor Barling me ha explicado la razón de su presencia en esta casa. No creo que yo pueda decirle nada, pero si...

Poirot le interrumpió.

—Sólo quiero saber una cosa, monsieur Keene. ¿Qué era lo que ha recogido del suelo antes de que echáramos abajo la puerta del despacho?

—Yo... —Pareció que Keene iba a caerse de la silla, pero al fin se acomodó de nuevo—. No sé a qué se refiere —dijo en tono ligero.

—Oh, yo creo que sí, monsieur. Usted estaba detrás de mí, lo sé. Pero un amigo mío dice que tengo ojos en el cogote. Usted se ha agachado para coger algo del suelo y se lo ha guardado en el bolsillo derecho del esmoquin.

Hubo una pausa. La indecisión se reflejaba en el favorecido rostro de Keene, que al fin tomó una decisión.

—Escoja usted mismo, monsieur Poirot —le dijo, inclinándose hacia delante y vaciando su bolsillo.

De él cayeron una boquilla, un pañuelo, un pequeño capullo de seda rosa y una cajita dorada para guardar cerillas.

Hubo un breve silencio y luego Keene dijo:

—A decir verdad, era esto. —Cogió la cajita de cerillas—. Ha debido de caérseme a primera hora de la tarde.

—Creo que no —replicó Poirot.

—¿Qué quiere decir?

—Lo que digo, monsieur; soy un hombre pulcro, ordenado y metódico. De haber estado en el suelo esa caja de cerillas la habría visto... ¡seguro, con ese tamaño! No, monsieur, creo que era algo más pequeño..., como esto, tal vez. —Señaló el pequeño capullo de seda—. ¿Del bolso de la señorita Cleves, quizá?

Se hizo un breve silencio y al fin Keene lo admitió con una carcajada.

—Sí, eso es. Ella... me lo dio anoche.

—Ya —respondió Poirot en el momento en que se abría la puerta y entraba en la habitación un hombre alto y rubio en traje de calle.

—Keene, ¿qué es todo esto? ¿Lytcham Roche se ha suicidado? No puedo creerlo. Es increíble.

—Capitán Marshall, permítame que le presente a monsieur Hércules Poirot —dijo Keene. El otro se sobresaltó—. Él se lo explicará todo. —Y salió de la habitación, cerrando la puerta con un golpe.

—Monsieur Poirot... —John Marshall era muy impetuoso—. Me alegro muchísimo de conocerle. Es una suerte tenerlo aquí. Lytcham Roche no me dijo que iba a venir usted. Soy uno de sus más fervientes admiradores, señor.

«Un joven desconcertante», pensó Poirot, aunque no

tan joven, ya que tenía las sienes grises. Eran la voz y los ademanes los que daban aquella impresión.

—La policía...

—Ya está aquí. He venido con ellos al saber la noticia. No parecían muy sorprendidos. Claro que el pobre estaba loco de atar, pero aun así...

—¿Incluso así le cuesta creer que se suicidara?

—Sí, con franqueza. No habría imaginado, bueno, que Lytcham Roche considerase que el mundo podría funcionar sin él.

—Según me han comentado, últimamente había tenido dificultades económicas.

Marshall asintió.

—Especuló, siguiendo los absurdos consejos de Barling.

—Voy a serle franco —dijo Poirot con mucha calma—. ¿Hay algún motivo para suponer que el señor Lytcham Roche sospechara que usted le estafaba en sus cuentas?

Marshall miró al detective con un asombro burlón, tan sincero que Poirot se vio obligado a sonreír.

—Ya veo que le ha sorprendido mucho, capitán Marshall.

—Sí, por supuesto. Esa idea es ridícula.

—¡Ah! Otra pregunta. ¿No sospecharía acaso que se proponía robarle a su hija adoptiva?

—Oh, ¿ya sabe lo nuestro? —Rio algo violento.

—Entonces, ¿es cierto?

Marshall asintió.

—Pero el viejo no sabía nada. Diana no quiso decírselo. Supongo que hizo bien. Habría estallado como un barril de pólvora. Me habría despedido, y eso habría sido todo.

—Y en vez de eso, ¿cuál era su plan?

—Pues le doy mi palabra de que apenas lo sé. Lo dejé todo en manos de Diana. Dijo que ella lo arreglaría. A decir verdad, yo estaba buscando un empleo en otra parte y, de haberlo encontrado, se habría solucionado todo.

—¿Y mademoiselle se habría casado con usted a pesar de que existiera la posibilidad de que el señor Lytcham Roche retirase la pensión? Porque, según tengo entendido, la señorita Diana es bastante aficionada al dinero.

Marshall pareció bastante incómodo.

—Yo habría intentado ganarlo para ella, señor.

En aquel momento Geoffrey Keene entró en la habitación.

—Los policías se marchan ya y les gustaría hablar con usted, monsieur Poirot.

—*Merci.* Voy enseguida.

En el despacho encontró a un inspector corpulento y al médico forense.

—¿Monsieur Poirot? —le preguntó el policía—. He oído hablar mucho de usted. Soy el inspector Reeves.

—Es usted muy amable —respondió Poirot, que le estrechó la mano—. No necesitará de mi cooperación, ¿verdad? —Y lanzó una risita.

—Esta vez no, señor. Todo está claro como el agua.

—Entonces ¿está todo resuelto? —quiso saber el detective.

—Desde luego. La puerta y la ventana estaban cerradas, y la llave se encontraba en el bolsillo del fallecido, que se comportó de un modo extraño durante los últimos días. No cabe duda alguna.

—¿Todo encaja, pues?

El médico lanzó un gruñido.

—Debía de estar sentado en una posición muy extraña para que la bala diera en el espejo. Pero el suicidio también es una cosa extraña.

—¿Han encontrado la bala?

—Sí, aquí está. —El médico se la enseñó—. Cerca de la pared y debajo del espejo. La pistola era propiedad del señor Roche. La guardaba siempre en el cajón del escritorio. Algo se esconde detrás de todo esto, pero me atrevería a asegurar que nunca llegaremos a saberlo.

Poirot asintió.

El cadáver había sido trasladado a un dormitorio y la policía se disponía a marcharse. Poirot se quedó junto a la puerta principal viendo cómo se alejaban los agentes; un rumor lo hizo volverse. Harry Dalehouse estaba detrás de él.

—¿No tendrá usted por casualidad una linterna potente, amigo mío? —le preguntó el detective.

—Sí, iré a buscarla.

Cuando volvió con ella, lo acompañaba Joan Ashby.

—Pueden ustedes acompañarme si lo desean —les dijo Poirot con amabilidad.

Nada más salir por la puerta principal dobló a la derecha y avanzó hasta detenerse ante el ventanal del despacho, que quedaba separado del camino por un metro y medio de césped. Poirot se inclinó e iluminó la hierba con la linterna. Al enderezarse de nuevo, negó con la cabeza.

—No —dijo—, aquí no.

Se quedó allí, pensativo. A cada lado del césped había un parterre florido, y la atención de Poirot estaba fija en el de la derecha, lleno de margaritas y crisantemos. El haz de luz de la linterna iluminaba el lugar donde se veían claramente huellas de pisadas sobre la tierra blanda.

—Cuatro —murmuró Poirot—. Dos en dirección a la ventana y otras dos en sentido contrario.

—Serán del jardinero —sugirió Joan.

—No, mademoiselle, no. Fíjese bien. Esos zapatos son pequeños, de tacón alto, zapatos de mujer. La señorita Diana me ha dicho que había estado en el jardín. ¿Recuerda si ha bajado antes que usted, mademoiselle?

Joan negó con la cabeza.

—No me acuerdo. Iba tan deprisa pensando que tocaba ya el segundo gong... Lo que sí creo recordar es que la puerta de su habitación estaba abierta cuando he pasado por delante, pero no estoy segura. La de la señora Lytcham sí que estaba cerrada.

—Muy bien —contestó Poirot.

Y algo en la entonación de su voz hizo que Harry lo mirara intrigado. El detective había fruncido el ceño.

En la puerta encontraron a Diana Cleves.

—La policía se ha marchado —les dijo—. Todo ha concluido.

Y lanzó un profundo suspiro.

—¿Podría hablar con usted un momento, mademoiselle?

Ella lo condujo hasta la galería y, en cuanto Poirot entró, cerró la puerta.

—Usted dirá. —Lo miraba un tanto sorprendida.

—Una pregunta sin importancia, mademoiselle. ¿Ha estado usted esta noche junto al parterre que hay cerca del ventanal del despacho?

—Sí. A eso de las siete, y luego otra vez, poco antes de la cena.

—No comprendo —dijo Poirot.

—No veo que haya nada que «comprender», como usted dice —replicó ella en tono seco—. He estado cortando margaritas para la mesa. Siempre me ocupo de las flores. Ha sido a eso de las siete.

—¿Y luego, más tarde?

—¡Oh! A decir verdad, me he manchado de maquillaje el vestido, aquí, en el hombro, en el momento en que me disponía a bajar y no me apetecía cambiarme. Entonces he recordado haber visto una rosa en el parterre y he corrido a cortarla para prendérmela y así disimular la mancha. Mire. —Se acercó a él y levantó el capullo para que Poirot viera la diminuta mancha untuosa.

La señorita Cleves permaneció junto a él, los hombros casi rozándose.

—¿A qué hora ha sido eso?

—Unos diez minutos después de las ocho, supongo.

—¿No... no ha tratado usted de abrir el ventanal?

—Creo que sí. Sí. He pensado que sería más rápido entrar por ahí, pero estaba cerrado.

—Ya. —Poirot exhaló un profundo suspiro—. Y el disparo... ¿dónde estaba usted cuando se ha oído? ¿Todavía junto al parterre?

—Oh, no. Eso ha sido dos o tres minutos después, antes de que entrara por la puerta lateral.

—¿Sabe usted qué es esto, mademoiselle?

En la palma de su mano tenía un capullo de seda.

—Parece uno de los capullitos de mi bolso de noche —respondió la joven con frialdad—. ¿Dónde lo ha encontrado?

—Estaba en el bolsillo del señor Keene —señaló Poirot con acritud—. ¿Se lo dio usted, mademoiselle?

—¿Le ha dicho él que se lo di yo?

Poirot sonrió.

—¿Cuándo se lo dio usted, señorita?

—Anoche.

—¿Le ha dicho que conteste eso?

—¿Qué quiere decir? —preguntó la joven enfadada.

Poirot no respondió. Salió de la galería y fue hasta el salón. Allí estaban Barling, Keene y el capitán Marshall.

—Messieurs —les dijo con brusquedad—, ¿tendrían la bondad de acompañarme al despacho?

Salió al recibidor y se dirigió muy decidido hasta donde se encontraban Joan y Harry.

—Ustedes también, se lo ruego. ¿Tendría alguien la bondad de pedir a madame que venga? Gracias. ¡Ah! Y aquí está el bueno de Digby. Digby, una pregunta sencilla, pero sumamente importante. ¿La señorita Cleves ha preparado algún jarrón con margaritas justo antes de la cena?

El mayordomo pareció asombrado.

—Sí, señor.

—¿Está seguro?

—Completamente seguro, señor.

—*Très bien*. Ahora, vamos todos al despacho.

Una vez allí se puso de cara a ellos.

—Les he pedido que vinieran por una razón. La policía ya se ha ido. Ellos dicen que el señor Lytcham Roche se ha suicidado y, por lo tanto, el caso se da por cerrado. —Hizo una pausa—. Pero yo, Hércules Poirot, les aseguro que no está cerrado.

Mientras todos lo miraban asombrados, se abrió la

puerta para dar paso a la señora Lytcham Roche, que entró en la habitación caminando como si levitara.

—Estaba diciendo que el caso no está cerrado, señora. Es cuestión de psicología. El señor Lytcham Roche tenía la *manie de grandeur*, se creía un rey, y un hombre así no se suicida. No, no. Puede volverse loco, pero nunca matarse. Así que el señor Lytcham Roche no se ha suicidado. —Hizo otra pausa—. Ha sido asesinado.

—¿Asesinado? —Marshall lanzó una risita—. ¿Solo en una habitación y con la puerta y la ventana cerradas?

—Sea como fuere: ha sido asesinado —insistió Poirot.

—Y supongo que después se levantaría para cerrar la puerta o la ventana —se burló Diana.

—Voy a enseñarles algo —dijo Poirot. Se acercó al ventanal y lo abrió con suavidad—. ¿Lo ven?, ahora está abierto. Pero si lo cierro sin girar la manija, el ventanal queda ajustado, no cerrado, ya que no se ha movido la barra central.

A continuación, le dio un golpe seco; la manija resbaló y la barra central se hundió en el agujero.

—¿Lo ven? —dijo Poirot en tono bajo—. Esto es lo que sucede cuando el mecanismo está flojo, como en este caso.

Y se volvió con el rostro grave.

—Cuando ha sonado el disparo a las ocho y doce minutos, había cuatro personas en el recibidor. Cuatro personas tienen coartada. Pero ¿dónde estaban las otras tres? ¿Usted, madame? En su habitación. Y usted, monsieur Barling, ¿estaba también en su habitación?

—Sí.

—Y usted, mademoiselle, ¿estaba en el jardín como ha declarado?

—No comprendo... —empezó a decir Diana.

—Espere. —El detective se volvió hacia la señora Lytcham Roche—. Dígame, madame, ¿sabe usted quién heredará el dinero de su marido?

—Hubert me leyó su testamento. Dijo que debía saberlo. A mí me dejaba tres mil libras al año, y la casa de verano o la de la ciudad, la que yo prefiriera. Todo lo demás se lo dejaba a Diana con la condición de que, si se casaba, su marido debía llevar su nombre.

—¡Ah!

—Pero lo rectificó hace unas pocas semanas.

—¿Sí, madame?

—También se lo dejaba todo a Diana, pero con la condición de que se casara con el señor Barling. De casarse con cualquier otro, todo pasaría a su sobrino Harry Dalehouse.

—Pero el nuevo testamento se redactó hace sólo unas semanas —comentó Poirot—. Puede que mademoiselle no lo supiera. —Se volvió hacia ella con aire acusador—. Mademoiselle Diana, ¿quiere usted casarse con el capitán Marshall o con el señor Keene?

Ella atravesó la habitación y posó su brazo en el de Marshall.

—Continúe —le dijo Diana.

—Yo presentaré el caso contra usted, mademoiselle. Usted no quería perder al capitán Marshall, pero tampoco el dinero. Su padre adoptivo nunca habría consentido su matrimonio con el capitán Marshall, pero si moría, usted estaba casi segura de que lo conseguiría todo. De manera que ha salido al jardín y ha ido hasta el parterre que da al ventanal, llevando consigo la pistola que había cogido del cajón del escritorio. Se acerca a su víctima charlando amigablemente. Dispara y deja la pistola en el suelo, cerca de su mano, después de haberla limpiado y de haber impreso las huellas de su padre. Vuelve a salir, da un golpe seco para que encaje la barra y luego entra en la casa. ¿Es así como ha ocurrido? Se lo pregunto a usted, mademoiselle.

—¡No! —gritó Diana—. No... ¡No!

Él la miró sonriendo.

—No —le dijo—, no ha sido así. Podría haber sucedido de este modo, es posible..., verosímil. Pero no ha podido ser así por dos razones. La primera es que usted estaba cortando margaritas a las siete; la segunda, por lo que ha dicho esta señorita.

Se volvió hacia Joan, que la miró atónita.

—Sí, mademoiselle. Usted me ha dicho que se había apresurado a bajar convencida de que era la segunda llamada, porque había escuchado la primera.

Dirigió una rápida mirada a su alrededor.

—¿No comprenden lo que significa? —exclamó—. No lo entienden. ¡Miren! ¡Miren! —Se dirigió a la butaca donde se había sentado la víctima—. ¿Se han fijado en la posición del cadáver? No estaba sentado detrás del escritorio, sino al lado, de cara al ventanal. ¿Les parece lógico suicidarse así? *Jamais, jamais!* Se escriben unas palabras de disculpa: «Lo lamento», en una hoja de papel, se abre el cajón, se saca la pistola, se apoya en la cabeza y se dispara. Así es como se suicida uno. Pero ahora ¡consideremos el crimen! La víctima está sentada detrás del escritorio y el asesino a su espalda, charlando. Y, sin dejar de hablar, dispara. ¿Dónde va la bala entonces? —Hizo una pausa—. Después de atravesar la cabeza sale por la puerta, si está abierta, y da en el gong.

»¡Ah! ¿Empiezan a comprender? Ésa ha sido la primera llamada que ha oído mademoiselle, puesto que su habitación está justo encima.

»¿Qué hace el asesino a continuación? Cierra la puerta, pone la llave en el bolsillo del muerto y luego lo coloca de lado, presiona los dedos del cadáver en la pistola para que se impriman sus huellas y la deja en el suelo, junto a él. Rompe el espejo que hay en la pared, como último detalle de su puesta en escena. En resumen, "prepara" el suicidio. Luego sale por el ventanal, que cierra como les he explicado, y no pisa la hierba, donde podrían quedar marcadas sus pisadas, sino el parterre, donde quedarán disimuladas sin dejar el menor rastro. Regresa a la casa y, a las ocho y doce minutos, cuando está solo en el salón, dispara otro revólver fuera del ventanal y sale apresuradamente al recibidor. ¿Es así como lo ha hecho, señor Geoffrey Keene?

Como fascinado, el secretario contempló el dedo acusador que lo señalaba y luego cayó al suelo con un grito agónico.

—Creo que ya tengo la respuesta —dijo Poirot—. Capitán Marshall, ¿sería tan amable de llamar a la policía? —Se acercó al hombre desvanecido—. Supongo que seguirá todavía inconsciente cuando lleguen.

—Geoffrey Keene —murmuró Diana—. ¿Qué motivos podía tener?

—Imagino que, como secretario, tendría ciertas oportunidades: facturas, cheques. Algo despertó las sospechas del señor Lytcham Roche y quiso que yo viniera.

—Pero ¿por qué usted? ¿Por qué no llamó a la policía?

—Creo, mademoiselle, que usted puede responder a esa pregunta. Monsieur sospechaba que había algo entre usted y este joven. Para distraer su atención del capitán Marshall, usted había coqueteado desvergonzadamente con el señor Keene. ¡Sí, no se moleste en negarlo! El señor Keene, al enterarse de mi próxima llegada, actuó rápidamente. Lo esencial de su plan era que pareciera que el crimen se había cometido a las ocho y doce minutos, momento en el que él tenía coartada. Su único cabo suelto fue la bala, que debió de caer al suelo cerca del gong y que no tuvo tiempo de buscar. Cuando nos hemos dirigido al despacho la ha visto y la ha recogido, pensando que en semejante momento de tensión nadie lo notaría, pero yo sí, pues me fijo en todo. Lo he interrogado y, tras reflexionar unos instantes, ha hecho una pequeña comedia. Ha insinuado haber cogido el capullito de seda, ha representado el papel del enamorado que protege a la mujer amada. ¡Oh! Ha sido muy inteligente, y si usted no hubiera cortado margaritas...

—No comprendo qué tiene eso que ver.

—¿No? Escuche, sólo había cuatro huellas en el parterre y, cuando usted ha estado cortando flores, seguramente ha dejado muchas más. De manera que, antes de que usted volviera para cortar la rosa, alguien ha debido de borrarlas. El jardinero no ha sido, no trabaja después de las siete. Entonces tiene que haber sido el culpable, el asesino, y, por lo tanto, el crimen se ha cometido antes de que se oyera el disparo.

—Pero ¿cómo es que no hemos oído el verdadero disparo? —preguntó Harry.

—Porque se ha hecho con silenciador. Lo descubrirán cuando encuentren el revólver entre los matorrales.

—¡Ha corrido un riesgo enorme!

—¿Por qué? Todo el mundo estaba vistiéndose para

la cena. Era un buen momento. La bala era lo único que lo delataba, e incluso eso creía haberlo solucionado.

Poirot mostró la bala.

—La ha tirado debajo del espejo mientras yo examinaba el ventanal con el señor Dalehouse.

—¡Oh! —Diana se volvió hacia Marshall—. Casémonos, John, y vayámonos lejos de aquí.

Barling carraspeó.

—Mi querida Diana, según los términos del testamento de mi amigo...

—¡No me importa! —exclamó la joven—. Podemos dedicarnos a pintar cuadros en el suelo.

—No será necesario —dijo Harry—. Iremos a partes iguales, Diana. No voy a aprovecharme de que el tío estuviera medio loco.

De pronto se oyó un grito. La señora Lytcham Roche se había puesto de pie.

—Monsieur Poirot..., el espejo..., ha debido de romperlo adrede.

—Sí, madame.

—¡Oh! —Ella lo miró fijamente—. Pero eso trae mala...

—Sí, y sobre todo se la va a traer al señor Geoffrey —replicó Poirot alegremente.

Índice

DESCUBRE LOS CLÁSICOS DE AGATHA CHRISTIE

Y LOS CASOS MÁS NUEVOS DE HÉRCULES POIROT
ESCRITOS POR SOPHIE HANNAH

www.coleccionagathachristie.com